EL RETRATO DE DORIAN GRAY

ALMA CLÁSICOS ILUSTRADOS

EL RETRATO DE DORIAN GRAY

Oscar Wilde

Ilustraciones de
David Chapoulet

Edición revisada y actualizada

Título original: *The Picture of Dorian Gray*

© de esta edición:
Editorial Alma
Anders Producciones S.L., 2019
www.editorialalma.com

 @almaeditorial

© Traducción: Alfonso Sastre y José Sastre
Traducción cedida por Editorial EDAF, S. L. U.

Ilustraciones: David Chapoulet

Diseño de la colección: lookatcia.com
Diseño de cubierta: lookatcia.com
Maquetación y revisión: LocTeam, S.L.

ISBN: 978-84-17430-29-0
Depósito legal: B1016-2019

Impreso en España
Printed in Spain

Este libro contiene papel de color natural de alta calidad que no amarillea (deterioro por oxidación) con el paso del tiempo y proviene de bosques gestionados de manera sostenible.

ÍNDICE

Prefacio

El artista es el creador de las cosas bellas.

Revelar el arte y ocultar al artista es la meta del arte.

El crítico es el hombre que puede interpretar de una u otra manera su impresión de las cosas bellas.

Tanto la más alta como la más baja forma de crítica son una forma de autobiografía.

Los que dan un significado feo a las cosas bellas son personas defectuosas.

Los que dan un significado bello a las cosas bellas tienen una personalidad cultivada. Para ellos hay esperanza.

No hay libros morales ni libros inmorales.

Los libros están bien escritos o mal escritos. Eso es todo.

El siglo XIX tiene aversión al realismo porque siente rabia de ver reflejada en él su propia cara.

La vida moral del hombre forma parte de los temas que trata el artista, pero la moralidad del arte consiste en el uso perfecto de un medio imperfecto. Ningún artista desea probar nada. Todas las cosas ciertas se pueden probar.

Ningún artista tiene simpatías éticas. Una simpatía ética en un artista es un imperdonable amaneramiento de estilo.

Ningún artista es morboso. El artista puede expresarlo todo.

El pensamiento y la palabra son para el artista los instrumentos del arte.

El vicio y la virtud son para el artista los materiales del arte.

Desde el punto de vista de la forma, el oficio modelo es el de músico.

Desde el punto de vista del sentimiento, el oficio modelo es el de actor.

Todo arte es a la vez superficial y simbólico. Los que buscan bajo lo superficial lo hacen a su propio riesgo. Los que intentan comprender sólo lo simbólico, también lo hacen a su propio riesgo. Es al espectador y no a la vida a quien el arte refleja realmente.

La diversidad de opiniones acerca de un trabajo artístico nos demuestra que el trabajo es nuevo, completo y vital.

Cuando los críticos no tienen la misma opinión que el artista, es que éste está de acuerdo consigo mismo.

Nosotros podemos perdonar al hombre que hace una cosa útil, mientras no la admire. La única excusa para hacer una cosa inútil es admirarla intensamente.

Todo arte es completamente inútil.

I

En el estudio había un fragante olor a rosas, y cuando el ligero vientecillo de verano que pasaba entre los árboles del jardín entró a través de la ventana abierta, trajo con él un aroma de lilas y un delicado perfume de flores de cardo.

Desde el diván persa, sobre el cual estaba tumbado, fumando innumerables cigarrillos como era su costumbre, lord Henry Wotton podía ver las flores de color de miel de un laburno, cuyas trémulas ramas parecían no ser capaces de sostener toda la belleza que había sobre ellas. De cuando en cuando se veían las fantásticas sombras de los pájaros que volaban tras las cortinas de seda del gran ventanal, dando lugar a un ambiente japonés que hacía pensar en las caras pálidas de los pintores de Tokio, que a través de un arte necesariamente inmóvil quieren expresar el sentido de la velocidad y el movimiento. El sordo murmullo de las abejas abriéndose paso a través de los grandes arbustos o volando con monótona insistencia alrededor de las flores de alguna madreselva hacía que la calma fuera aún más opresiva. El ruido de Londres era como la larga nota de un lejano órgano.

En el centro de la habitación, sobre un caballete, había un gran retrato de un joven de extraordinaria belleza y frente a él, a poca distancia, estaba sentado el artista mismo, Basil Hallward, cuya repentina desaparición hace algunos años causó una gran agitación pública y fue objeto de extrañas conjeturas.

Mientras el pintor miraba el gracioso y bello retrato que su arte había creado, una sonrisa de placer iluminó su rostro y se mantuvo en él. Pero de pronto se estremeció y cerró los ojos, llevándose las manos a la cara, como si hubiera querido detener en su cerebro algún pensamiento o algún curioso sueño del que no quisiera despertar.

—Es tu mejor obra, Basil, lo mejor que has hecho en tu vida —dijo lord Henry, lánguidamente—. Debes enviarlo el año que viene a Grosvenor. La Academia es demasiado grande y demasiado vulgar. Cuando he estado en ella ha habido siempre tanta gente que no he podido ver los cuadros o ha habido tantos cuadros que no he podido ver a la gente, lo cual es peor. Grosvenor es realmente el mejor sitio.

—Creo que no lo enviaré a ninguna parte —contestó él, echando la cabeza hacia atrás, de la misma forma que lo hacía en Oxford y que tanto hacía reír a sus amigos—. No, creo que no lo enviaré a ninguna parte.

Lord Henry levantó los ojos y le miró asombrado a través de las azuladas columnas de humo que salían de su cigarrillo.

—¿Que no lo enviarás a ningún sitio? Pero, mi querido amigo, ¿por qué? ¿Tienes alguna razón especial? ¡Qué raros sois los pintores! Tú trabajas para ganarte un nombre. Cuando lo tienes en tus manos, pareces no querer conseguirlo. Lo raro de ti es que crees que lo peor que hay en el mundo, aparte de que no hablen de ti, es que hablen de ti. Un retrato como éste puede hacerte llegar lejos entre los jóvenes ingleses y puede hacer que los viejos te tengan envidia, si es que son capaces de sentir alguna emoción.

—Sé que te reirás de mí —replicó—, pero realmente no puedo exhibirlo. He puesto demasiado de mí mismo en él.

Lord Henry se estiró en el diván riendo.

—Sí, sabía que te reirías, pero es completamente cierto.

—¡Demasiado de ti mismo! Te doy mi palabra, Basil, de que no sabía que eras tan vanidoso. No encuentro ningún parecido entre tú, con esa cara grande y áspera y ese pelo negro, y el joven Adonis de ese cuadro que parece como si estuviese hecho de marfil y pétalos de rosa. Porque, mi querido Basil, él es un Narciso y tú... bueno, tú tienes una expresión intelectual, pero nada más. Belleza, lo que es belleza, termina donde empieza la expresión intelectual. La inteligencia es un tipo de exageración y destruye la armonía del rostro. En el momento en que uno se pone a pensar, se hace todo nariz, o todo frente, o alguna cosa horrible por el estilo. Fíjate en los hombres importantes de todas las profesiones. ¡Qué horribles son! Excepto, por supuesto, los clérigos. Pero ellos no piensan. Un obispo vuelve a decir a los ochenta años lo que dijo ya a los dieciocho, y esto, como consecuencia natural, hace que siempre parezca delicioso. Tu misterioso joven amigo, cuyo nombre no me has dicho, pero cuyo retrato realmente me fascina, nunca piensa. Estoy seguro de eso. Es una despreocupada y bella criatura que podría estar aquí en invierno cuando no hubiese flores que mirar y en verano cuando quisiéramos enfriar nuestra mente. No te adules a ti mismo, Basil; no te pareces a él en nada.

—No me has entendido, Henry —contestó el artista—. Por supuesto que no soy como él, lo sé perfectamente. Es más, sentiría parecerme a él. ¿Te extraña? Te estoy diciendo la verdad. Hay como algo fatal en los que se distinguen por su físico o su inteligencia. Es mejor no ser diferente a los demás. El feo y el estúpido tienen lo mejor de este mundo. Pueden estar tranquilos y, si no saben nada de la victoria, se ahorran conocer la derrota. Viven como todos quisiéramos vivir, tranquilos e indiferentes. No causan la ruina de los demás ni la reciben de otras manos. Tu rango y tu riqueza, Henry; mi arte, si es que tiene algún valor; el físico de Dorian Gray; todos sufriremos por lo que los dioses nos han dado, sufriremos terriblemente.

—¿Dorian Gray? ¿Ése es su nombre? —preguntó lord Henry, acercándose a Basil Hallward.

—Sí, ése es su nombre. No quería decírtelo.

—Pero ¿por qué?

—Oh, no puedo explicarlo. Cuando alguien me gusta inmensamente nunca le digo a nadie su nombre. Es como ceder una parte de él. Yo he crecido amando el secreto. Es la única cosa que puede hacer misteriosa o maravillosa la vida moderna. La cosa más corriente es deliciosa si uno la esconde. Cuando dejo la ciudad nunca digo a mis amigos adónde voy. Si lo hiciera, perdería todo mi placer. Es una costumbre tonta, pero da algo de romance a la vida de uno. Supongo que pensarás que estoy loco de remate, ¿no?

—No del todo —contestó lord Henry—, no del todo, mi querido Basil. Pareces olvidar que estoy casado y que el único encanto del matrimonio es que convierte la infidelidad en algo absolutamente necesario para ambas partes. Nunca sé dónde está mi esposa y mi esposa nunca sabe lo que yo estoy haciendo. Cuando nos encontramos, ocasionalmente, o cuando comemos juntos o vamos a casa del duque, nos decimos las cosas más absurdas con las caras más serias. Mi mujer lo hace muy bien, mucho mejor que yo. Ella nunca se confunde en las fechas; yo, siempre. Pero cuando se da cuenta nunca se enfada. Algunas veces deseo que lo haga, pero ella simplemente se ríe de mí.

—Odio la forma que tienes de hablar de tu vida matrimonial, Henry —dijo Basil Hallward dirigiéndose a la puerta que daba al jardín—. Opino que realmente eres un buen esposo, pero que desconoces tus propias virtudes. Eres un extraordinario amigo. Hablas magníficamente y todo lo que haces está bien hecho. Tu cinismo es simplemente una pose.

—Ser natural es simplemente una pose, y es la más horrible que conozco —exclamó riendo lord Henry.

Los dos jóvenes salieron juntos al jardín y se sentaron a la sombra de un gran árbol sobre un banco de bambú. Los rayos del sol chocaban sobre las hojas. Entre la hierba, blancas margaritas se agitaban ligeramente.

Después de una pausa, lord Henry miró su reloj.

—Siento tener que irme, Basil —murmuró—, pero antes insisto en que me contestes a la pregunta que te he hecho hace un momento.

—¿Cuál es? —dijo el pintor mirando fijamente al suelo.

—Lo sabes perfectamente.

—No, Henry, no lo sé.

—Bien, te la repetiré. Quiero que me expliques por qué no quieres exhibir el retrato de Dorian Gray. Quiero que me digas la verdadera razón.

—Te he dicho ya la verdadera razón.

—No es cierto. Me has dicho que es porque hay demasiado de ti mismo en él, pero eso es una tontería.

—Henry —dijo Basil Hallward, mirándole a los ojos—, todo retrato que se pinta con sentimiento es un retrato del artista, no del modelo. El modelo es simplemente el accidente, la ocasión. No es a él a quien el pintor revela; sobre el lienzo coloreado es el pintor quien se revela a sí mismo. La razón por la cual no quiero exponer el cuadro es que temo haber descubierto en él el secreto de mi propia alma.

Lord Henry se rio.

—¿Y eso qué es? —preguntó.

—Te lo diré —dijo Hallward, pero una expresión de perplejidad apareció en su cara.

—Soy todo oídos, Basil —continuó su amigo, mirándole.

—Realmente hay muy poco que decir, Henry —contestó el pintor—, y temo que no me entiendas o que quizá no me creas.

Lord Henry sonrió y, agachándose, tomó una margarita de entre la hierba y empezó a examinarla.

—Estoy completamente seguro de entenderlo —replicó, mirando fijamente el pequeño círculo dorado de la flor—, y con respecto a lo de creer, te diré que yo puedo creerlo todo, aunque sea la cosa más increíble.

El viento agitó algunas ramas de los árboles y los ramilletes de lilas se movieron de un lado a otro en el lánguido aire. Una cigarra empezó a chirriar junto al muro y se oyó el runruneo de las alas azules de una libélula. A lord Henry le pareció oír los latidos del corazón de Basil Hallward y se preguntó qué sería lo que iba a oír.

—La historia es simplemente ésta —dijo el pintor después de un momento—. Hace dos meses fui a una fiesta a casa de lady Brandon. Ya sabes que nosotros, los pobres artistas, tenemos que mostrarnos en sociedad de cuando en cuando para recordar a la gente que no somos salvajes. Con frac y corbata blanca, como tú me dijiste una vez, hasta el más patán puede ganarse una reputación de ser civilizado. Bien, a los diez minutos de estar en el salón hablando con damas de vestidos recargados y con aburridos académicos, empecé a tener la sensación de que alguien me estaba mirando. Me volví a medias y vi a Dorian Gray por primera vez. Cuando nuestros ojos se encontraron, sentí que me ponía pálido. Una curiosa sensación de terror me atenazó. Supe que estaba frente a alguien cuya personalidad era tan fascinante que, si me dejaba arrastrar por ella, absorbería toda mi naturaleza, toda mi alma e incluso mi arte. Yo no quería ninguna influencia externa en mi vida. Tú sabes, Henry, lo independiente que soy por naturaleza. He sido siempre muy dueño de mí; siempre, hasta que encontré a Dorian Gray. Entonces… no sé cómo explicarlo. Algo me dijo que mi vida iba a atravesar una terrible crisis. Tuve la extraña sensación de que el destino me deparaba exquisitas alegrías y exquisitas penas. Me asusté y quise salir de allí. No era la conciencia quien me mandaba obrar así; aquello era una especie de cobardía. No di crédito a mí mismo por intentar escapar.

—Conciencia y cobardía son realmente lo mismo, Basil; la primera no es más que un bonito nombre de la segunda. Eso es todo.

—Yo no opino así, Henry, ni tú tampoco. Sin embargo, fuera por el motivo que fuese, quizá por orgullo, porque yo entonces era muy orgulloso, el caso es que me dirigí hacia la puerta. Allí, por supuesto, encontré a lady Brandon. «¿Se va a ir tan pronto, mister Hallward?», chilló. Ya sabes la voz de grillo que tiene.

—Sí, es un pavo real en todo menos en belleza —dijo lord Henry, arrancando las hojas de la margarita con sus largos y nerviosos dedos.

—No pude librarme de ella. Me presentó a la realeza: mucha gente con estrellas y condecoraciones, y a viejas damas con gigantescas tiaras y narices de loro. Habló de mí como si fuera su más querido amigo, aunque sólo la había visto una vez antes de aquélla. Creo que por entonces alguno de mis cuadros había tenido un gran éxito y que se habló mucho de él en los periódicos de a penique, los cuales son los que dan la inmortalidad en el siglo XIX. De pronto me encontré cara a cara con el joven cuya personalidad me había causado tan extrañas sensaciones. Estábamos muy cerca, casi nos tocábamos. Nuestros ojos se encontraron otra vez. Aunque estaba asustado, le pedí a lady Brandon que me lo presentara. Quizá no fuera una cosa tan temeraria, después de todo. Simplemente era inevitable. Nos hubiéramos hablado de todas formas. Estoy seguro de eso. Dorian me lo dijo después. Él también sintió que estábamos destinados a conocernos.

—¿Y cómo describió lady Brandon a este maravilloso joven? —preguntó su amigo—. Sé que ella hace un rápido *précis* de todos sus invitados. Recuerdo que una vez me trajo un viejo caballero truculento y de cara roja cubierto por completo de órdenes y bandas, y murmuró a mi oído en un trágico susurro, que debió de ser perfectamente audible para todos los que había en la habitación, los más asombrosos detalles de este hombre. Lo único que hice fue huir. Me gusta conocer a la gente por mí mismo, pero lady Brandon trata a sus invitados de la misma forma que un tasador trataría sus mercancías. Lo dice todo de ellos; todo menos, naturalmente, lo que a uno le gustaría saber.

—¡Pobre lady Brandon! Eres muy duro con ella —dijo Hallward.

—Mi querido amigo, ella intentó fundar un *salon* y lo único que consiguió fue abrir un restaurante. ¿Cómo voy a admirarla? Pero, dime, ¿qué fue lo que dijo de Dorian Gray?

—¡Oh!, algo como: «Un muchacho agradable; su pobre madre y yo éramos inseparables. He olvidado por completo a qué se dedica; me temo que a nada. ¡Oh!, sí; toca el piano, ¿o es el violín, querido mister Gray?». No pudimos aguantar la risa. Desde entonces somos amigos.

—La risa no es un mal principio para una amistad. Y es el mejor final —dijo el joven lord tomando otra margarita.

Hallward movió la cabeza.

—No entiendes lo que es la amistad, Henry —murmuró—, ni lo que es el odio en un caso como éste. Tú quieres a todo el mundo, lo cual quiere decir que todo el mundo te es indiferente.

—¡Eres terriblemente injusto! —exclamó lord Henry, echando hacia atrás su sombrero y mirando las pequeñas nubes que como copos de algodón avanzaban por el cielo azul turquesa—. Sí, terriblemente injusto. Yo encuentro una gran diferencia de unas personas a otras. Escojo a mis amigos por su buena apariencia, a mis conocidos por su buen carácter y a mis enemigos por su inteligencia. Todos debemos tener cuidado al escoger a nuestros enemigos. Yo no tengo ni uno solo que sea tonto. Todos son hombres de gran inteligencia y, por tanto, me aprecian. ¿Peco de vanidoso? Puede que sí.

—Eso pienso yo, Henry. Pero de acuerdo con esa clasificación yo debo de ser simplemente uno de tus conocidos.

—Mi querido Basil, tú eres mucho más que un conocido.

—Y mucho menos que un amigo. Algo así como un hermano, supongo.

—¡Oh, los hermanos! No me preocupan. Mi hermano mayor no quiere morirse y los demás tampoco parecen tener ganas de hacerlo.

—¡Henry! —exclamó Hallward indignado.

—Mi querido amigo, no hablo completamente en serio. Pero no puedo por menos de detestar a mis parientes. Supongo que todo proviene del hecho de que ninguno podemos soportar a los que tienen las mismas faltas que nosotros. Estoy completamente de acuerdo con el furor que siente la democracia inglesa contra lo que ellos llaman los vicios de las clases altas. Las masas sienten que la borrachera, la estupidez y la inmoralidad deberían ser propiedad suya, y si alguno de nosotros tiene un defecto de éstos, ellos piensan que está robando en sus propiedades. Cuando el pobre Southwark compareció ante el Tribunal del Divorcio, la indignación de la gente fue enorme, y no creo que haya ni siquiera un diez por ciento de los proletarios que viva decentemente.

—No estoy de acuerdo con ninguna de las palabras que has pronunciado, Henry, y, lo que es más, creo que tú tampoco lo estás.

Lord Henry se acarició su negra barba mientras se golpeaba el zapato con su bastón de ébano.

—¡Qué inglés eres, Basil! Es la segunda vez que me haces esa observación. Si uno explica una idea a un verdadero inglés, lo cual es muy expuesto, él nunca piensa en si la idea es buena o mala. La única cosa que considera de importancia es si uno cree en ella o no. Pero el valor de una idea no tiene nada que ver con la sinceridad del hombre que la expresa. Por el contrario, cuanto menos sincero es el hombre, más probabilidades hay de que la idea sea buena, porque en este caso no va acompañada de los deseos y los prejuicios que acarrea la sinceridad. Sin embargo, no me propongo discutir contigo de política ni de sociología ni de metafísica. Me gustan más las personas que sus principios, y más que nada prefiero a las personas sin principios. Háblame acerca de mister Dorian Gray. ¿Le ves a menudo?

—Todos los días. No sería feliz si no le viera todos los días. Me es absolutamente necesario.

—¡Extraordinario! Creí que lo único que te preocupaba era tu arte.

—Él es todo mi arte ahora —dijo el pintor gravemente—. Algunas veces pienso, Henry, que en la historia del mundo hay dos periodos importantes. El primero es la aparición de un nuevo medio para el arte; el segundo, la aparición de una nueva personalidad para el arte. Lo mismo que para los venecianos fue el descubrimiento de la pintura al óleo y que para los griegos fue el rostro de Antínoo, ha sido el rostro de Dorian Gray para mí. Y no es solamente el hecho de pintarlo; eso, desde luego, lo he hecho muchas veces. Él es algo más que un modelo. No voy a decirte que no esté satisfecho con las pinturas que he hecho de él o que el arte no pueda expresar toda su belleza. No hay nada que el arte no pueda expresar, y yo sé que el trabajo que he hecho desde que conocí a Dorian Gray ha sido el mejor de mi vida. Pero hay algo... ni sé si podrás entenderme. Su personalidad me sugiere una nueva forma de arte, un estilo completamente nuevo. Veo las cosas de forma diferente, pienso de un modo diferente. Puedo recrear la vida de una manera que antes estaba oculta para mí. «El sueño de unos días de meditación.» ¿Quién dijo eso? Lo he olvidado. Pero esto es lo que Dorian Gray ha sido para mí. La mera presencia de este adolescente, pues para mí es todavía un adolescente, aunque tenga realmente unos veinte años, su mera presencia... ¡Ah! ¿Puedes darte cuenta de lo que esto significa? Inconscientemente él define para mí las líneas de un nuevo estilo, un estilo que puede expresar toda la pasión del espíritu romántico, toda la perfección del espíritu griego. La armonía entre el alma y el cuerpo. ¡Lo que es esto! Nosotros, en nuestra locura, hemos separado estas dos cosas y hemos inventado un realismo vulgar, un idealismo vacío. ¡Henry! ¡Si supieras lo que es Dorian Gray para mí! ¿Recuerdas aquel paisaje mío que Agnew quería comprar a un alto precio, pero que yo no quise vender? Es uno de mis mejores cuadros. ¿Por qué lo es? Porque mientras lo estaba pintando Dorian Gray estaba junto a mí. Me transmitió alguna extraña influencia, y por primera vez en mi vida vi en aquel paisaje la maravilla que siempre había estado buscando y que nunca había encontrado.

—¡Basil, eso es extraordinario! Debo conocer a Dorian Gray.

Hallward se levantó y dio unos pasos por el jardín.

—Henry —dijo—, Dorian Gray es para mí simplemente el motivo de mi arte; tú no verás nada en él. Yo lo veo todo. Nunca está más presente en mi trabajo que cuando no hay ninguna imagen de él delante de mí. Esto me ha sugerido, como te he dicho, un nuevo estilo. Lo encuentro en las curvas de ciertas líneas, en lo sutil de ciertos colores. Eso es todo.

—Entonces, ¿por qué no quieres exponer su retrato? —preguntó lord Henry.

—Porque, sin intentarlo, he puesto en él algo de la expresión de toda esta curiosa idolatría artística, de la cual, por supuesto, nunca he hablado a nadie. Él no sabe nada acerca de ello. Nunca sabrá nada. Pero el mundo puede descubrirlo, y yo no quiero mostrar mi alma ante frívolas miradas. Mi corazón nunca será puesto bajo su microscopio. Hay demasiado de mí mismo en él, Henry, ¡demasiado de mí mismo!

—Los poetas no son tan escrupulosos como tú. Ellos saben lo útil que es la pasión para publicar muchas cosas. Hoy en día un corazón roto puede alcanzar muchas ediciones.

—Los odio por eso —exclamó Hallward—. Un artista puede crear cosas bellas, pero no debe poner nada de su propia vida en ellas. Estamos en una época en la que los hombres creen que el arte debe ser una forma de autobiografía. Hemos perdido el sentido abstracto de la belleza. Algún día le enseñaré al mundo lo que es esto; y por esa razón el mundo no verá nunca mi retrato de Dorian Gray.

—Creo que estás equivocado, Basil, pero no quiero discutir contigo. Solamente pienso en la pérdida intelectual. Dime, ¿Dorian Gray te tiene cariño?

El pintor pensó unos momentos.

—Él me quiere —contestó después de una pausa—. Sé que me quiere. Desde luego yo procuro serle agradable. Encuentro un extraño placer en decirle cosas que sé que después sentiré haber dicho. Por lo general es muy amable conmigo. Nos sentamos en el estudio y hablamos de mil cosas. De cuando en cuando, sin embargo, es terriblemente desconsiderado y parece encontrar un gran placer en mortificarme. Entonces siento, Henry, que le he dado toda mi alma a alguien que la trata como si fuera una flor para ponerse en el ojal, una condecoración para satisfacer su vanidad o un adorno para un día de verano.

—Los días de verano son muy largos, Basil —murmuró lord Henry—. Quizá tú te canses de él antes que él de ti. Es triste pensarlo, pero no hay duda de que el genio dura mucho más que la belleza. Ésta es la causa de que nos tomemos tanto interés en aprender. En la lucha por la existencia, queremos tener algo que soportar y llenamos nuestro cerebro de ideas y hechos, con la esperanza de conservar nuestro puesto. El hombre culto es el ideal moderno. Y la mente de este hombre culto es una cosa horrible. Es como un *bric-à-brac* monstruoso y polvoriento, donde todas las cosas se venden más caras de lo que en realidad valen. Creo que tú te cansarás antes. Algún día mirarás a tu amigo y te parecerá cambiado; no te gustará el color de su piel, o algo por el estilo. Te reprocharás amargamente haber confiado en él y pensarás que se ha portado mal contigo. Cuando lo veas otra vez estarás con él frío e indiferente. Será una lástima, pero esto cambiará tu carácter. Lo que me has contado es como un romance, pudiéramos llamarlo un romance de arte, y lo peor de los romances es que le dejan a uno completamente insensibilizado.

—Henry, no hables así. Mientras yo viva, la personalidad de Dorian Gray me dominará. Tú no puedes sentir lo que yo siento. Cambias demasiado a menudo.

—Ah, mi querido Basil, por eso exactamente soy capaz de sentir. Los que son fieles conocen solamente el lado trivial del amor; el infiel es el que conoce las tragedias del amor.

Y lord Henry encendió una cerilla después de sacar una pitillera de plata y empezó a fumar un cigarrillo con aire satisfecho, como si hubiera resumido el mundo en una frase.

Se oía el canto de innumerables gorriones entre las verdes hojas de las enredaderas y las sombras de las nubecillas pasaban sobre la hierba como si fueran bandadas de golondrinas. ¡Qué agradable era el jardín! ¡Qué deliciosas eran las emociones de la gente! Mucho más deliciosas que sus ideas, pensaba él. Nuestra alma y las pasiones de nuestros amigos son las cosas más fascinantes de la vida. Se imaginó con silenciosa alegría el aburrido banquete que se había evitado con su larga visita a Basil Hallward. Si hubiera ido a casa de su tía, seguro que se habría encontrado allí con lord Hoodbody, cuya conversación habría versado sobre la comida de los pobres y la necesidad de hosterías modelo. Hubiera oído pregonar a cada uno la importancia de las virtudes que, naturalmente, ellos no necesitaban practicar. El rico hubiera hablado del valor del ahorro y el holgazán hubiera disertado elocuentemente sobre la dignidad del trabajo. ¡Qué agradable era haber escapado de todo aquello! Mientras pensaba en su tía, recordó algo y, volviéndose hacia Hallward, dijo:

—Mi querido amigo, acabo de recordar una cosa.

—¿El qué, Henry?

—Dónde oí el nombre de Dorian Gray.

—¿Dónde fue? —preguntó Hallward, frunciendo el entrecejo.

—No te enfades, Basil. Fue en casa de mi tía, lady Agatha. Me dijo que había descubierto a un maravilloso joven que iba a acompañarla al East End y que su nombre era Dorian Gray. Estoy seguro de que nunca me dijo que era un joven bien parecido. Las mujeres no aprecian la belleza, por lo menos las buenas mujeres. Me dijo que era muy joven y que tenía un bello carácter. Me lo imaginé como una criatura con gafas y pelo lacio, horriblemente pecoso y caminando sobre unos pies enormes. Hubiese deseado saber que era tu amigo.

—Estoy contento de que no lo supieras, Henry.

—¿Por qué?

—No quiero que lo conozcas.

—¿No quieres que lo conozca?

—No.

—Mister Dorian Gray está en el estudio, señor —dijo el mayordomo, entrando en el jardín.

—Debes presentármelo ahora —exclamó lord Henry, riendo.

El pintor se volvió a su criado, que estaba de cara al sol con los ojos semicerrados.

—Dígale a mister Gray que espere, Parker; estaré con él dentro de un momento.

El hombre se inclinó ligeramente y entró en la casa.

Entonces Hallward miró a lord Henry.

—Dorian Gray es mi más querido amigo —dijo—. Tiene un simple y bello carácter. Tu tía tenía razón en lo que te dijo. No lo estropees. No intentes influirle. Tu influencia podría ser dañina. El mundo es ancho y hay mucha gente maravillosa en él. No intentes quitarme a la única persona que da a mi arte todo el encanto que posee; mi vida como artista depende de él. Ten cuidado, Henry, por favor.

Hablaba lentamente y las palabras parecían surgir de él casi contra su voluntad.

—¡Qué tonterías dices! —dijo lord Henry, sonriendo.

Asió a Hallward del brazo y ambos entraron en la casa.

II

Cuando entraron vieron a Dorian Gray. Estaba sentado junto al piano, de espaldas a ellos, mirando la partitura de las *Escenas en el bosque,* de Schumann.

—Tiene que dejarme esto, Basil —exclamó—. Quiero aprenderlo. Es algo encantador.

—Todo depende de cómo pose usted hoy, Dorian.

—¡Oh!, estoy cansado de posar; además no quiero un retrato mío de tamaño natural —contestó el muchacho, volviéndose en el taburete giratorio de una manera petulante.

Cuando vio a lord Henry sus mejillas se colorearon ligeramente y se levantó.

—Perdóneme, Basil, pero no sabía que había alguien con usted.

—Éste es lord Henry Wotton, Dorian, un viejo amigo de Oxford. Estaba diciéndole precisamente que usted era un modelo magnífico, pero ahora lo ha estropeado todo.

—Pero no ha estropeado mi placer en conocerlo, mister Gray —dijo lord Henry, adelantándose con la mano extendida—. Mi tía me ha hablado a menudo de usted. Es uno de sus favoritos y me temo que también sea una de sus víctimas.

—Ahora estoy en la lista negra de lady Agatha —contestó Dorian con cara de arrepentimiento—. Prometí acompañarla a un club de Whitechapel el martes pasado y me olvidé de ello por completo. Teníamos que tocar a dúo en el piano; tres dúos, creo. No sé lo que diría de mí. Tengo miedo a llamarla.

—Oh, ya le disculparé con mi tía. Es una devota suya y no creo que se haya enfadado por eso. El auditorio probablemente pensaría que era un dúo. Cuando tía Agatha se sienta al piano, hace ruido por dos.

—Eso es horrible para ella y no muy agradable para mí —contestó Dorian riendo.

Lord Henry le miró. Sí, era realmente maravilloso, con sus bien perfilados y finos labios rosados, sus francos ojos azules y su rizado pelo rubio. Había algo en su cara que atraía. Poseía todo el candor de la juventud, así como toda su pasión. Uno se daba cuenta de que el mundo aún no le había manchado. No era extraño que Basil Hallward le adorara.

—Es usted demasiado encantador para ser filántropo, mister Gray, demasiado encantador.

Y lord Henry se echó hacia atrás en el diván y abrió su pitillera. El pintor había estado ocupado preparando los pinceles y los colores. Parecía preocupado y cuando oyó la última frase de lord Henry le miró, dudó un momento y después dijo:

—Henry, quiero terminar el cuadro hoy. ¿Pensarías que soy enormemente maleducado si te pido que te vayas?

Lord Henry sonrió y miró a Dorian Gray.

—¿Debo irme, mister Gray? —preguntó.

—No, por favor, lord Henry. Veo que Basil está hoy bastante huraño, y no puedo soportarlo cuando está así. Además, quiero que me diga por qué no debo dedicarme a la filantropía.

—No sé qué decirle, mister Gray. Es una cosa tan aburrida que no se puede hablar de ella seriamente. Pero desde luego no me iré, ahora que usted me lo ha prohibido. ¿Puedo quedarme, Basil? A menudo me has dicho que te gusta que tus modelos tengan a alguien con quien charlar.

Hallward se mordió los labios.

—Si Dorian lo desea, por supuesto que puedes quedarte. Los deseos de Dorian son órdenes para todo el mundo, excepto para él.

Lord Henry tomó su sombrero y sus guantes.

—Eres muy amable, Basil, pero siento tener que irme. He prometido que iría a ver a una persona al Orleans. Adiós, mister Gray. Venga a verme alguna vez a Curzon Street. Estoy allí casi siempre a las cinco en punto. Escríbame cuando vaya. Sentiría no estar.

—Basil —exclamó Dorian Gray—, si lord Henry Wotton se va, yo me iré también. Usted nunca abre los labios mientras pinta y es terriblemente aburrido permanecer quieto intentando poner un gesto agradable. Pídale que se quede. Insisto en ello.

—Quédate, Henry, te lo pide Dorian y te lo pido yo —dijo Hallward, mirando atentamente su cuadro—. Es completamente cierto, yo nunca hablo mientras trabajo ni tampoco escucho; debo de parecerles horriblemente aburrido a mis modelos. Te pido que te quedes.

—Pero ¿y la persona del Orleans?

El pintor se rio.

—No creo que represente ninguna dificultad. Siéntate otra vez, Henry. Y ahora, Dorian, póngase sobre la plataforma y no se mueva demasiado ni ponga mucha atención a lo que lord Henry diga. Ejerce una influencia perniciosa sobre todos sus amigos, con la única excepción de mí mismo.

Dorian Gray subió sobre la plataforma con aire de joven mártir griego e hizo una pequeña *moue* de descontento a lord Henry, a quien ya había tomado bastante cariño. ¡Era tan distinto de Basil! Ofrecían un delicioso contraste. ¡Y tenía una voz tan agradable! Después de un momento le dijo:

—¿Ejerce usted una influencia tan mala como dice Basil, lord Henry?

—No existen malas ni buenas influencias, mister Gray. Toda influencia es inmoral, inmoral desde el punto de vista científico.

—¿Por qué?

—Porque influir en alguien es darle nuestra propia alma. Ello hace que no piense con su verdadera mente y que no sienta sus pasiones naturales. Sus virtudes no son reales para él. Sus pecados, si es que existen, son algo prestado. Se convierte en el eco de una música extraña, en actor de algo que no ha sido escrito por él. El fin de la vida es el propio desenvolvimiento. Realizar nuestra naturaleza perfectamente, para eso estamos aquí. Las personas se asustan de sí mismas. Han olvidado el más alto de los deberes, el deber para consigo mismas. Por supuesto que son caritativas. Dan de comer al hambriento y visten al pordiosero, pero sus propias almas se mueren de hambre y están desnudas. Ya no tenemos valor; quizá no lo tuvimos nunca. El terror de la sociedad, que es la base de la moral; el terror de Dios, que es el secreto de la religión: éstas son las dos cosas que nos gobiernan. Y aun así...

—Vuelva la cabeza un poco más hacia la derecha, Dorian, sea buen muchacho —dijo el pintor que, abstraído en su trabajo, había descubierto en el rostro del joven un gesto que antes no había visto nunca en él.

—Y aun así —continuó lord Henry con su voz grave y musical, haciendo con la mano el gracioso gesto que tan característico era en él— creo que si los hombres se dispusieran a vivir su vida completamente, enteramente, dando forma a todos los sentimientos, expresión a los pensamientos y realidad a los sueños, el mundo ganaría un gran impulso de alegría, que nos haría olvidar las enfermedades medievales y nos haría retornar hacia el ideal helénico, hacia algo más bello y rico quizá que el ideal helénico. Pero el hombre más valiente está asustado de sí mismo. La mutilación del salvaje resurge trágicamente con la propia negación que mancha nuestras vidas. Somos castigados por nuestras negaciones. Todos los impulsos que queremos desechar toman fuerza en nuestra mente y la envenenan. El cuerpo peca una vez y se libra de ese pecado, porque la acción es un modo de purificación. No queda en nosotros más que el recuerdo del placer o la lujuria del arrepentimiento. La única forma de vencer una tentación es dejarse arrastrar por ella. Resistirla es hacer que el alma desee todas las cosas que se ha prohibido a sí misma y tenga apetencia por lo que sus monstruosas leyes han hecho monstruoso e ilegal. Alguien dijo que los grandes acontecimientos del mundo tienen lugar en el cerebro. Y es en el cerebro, y solamente en él, donde también tienen lugar los grandes pecados. Usted, mister Gray, usted mismo, con su rosada juventud, habrá tenido pasiones que le hayan asustado, pensamientos que le hayan llenado de terror, días y noches de ensueño cuyo solo recuerdo le hace sentir vergüenza...

—¡Pare! —balbuceó Dorian Gray—. ¡Pare usted! Me deja asombrado. No sé lo que decir. Hay alguna contestación para eso, pero no la encuentro. No hable. Déjeme pensar. O, mejor, déjeme intentar no pensar.

Durante unos diez minutos estuvo completamente quieto, con los labios entreabiertos y los ojos extrañamente brillantes. Se daba cuenta oscuramente de que alguna nueva influencia le había poseído. Una influencia que parecía venir realmente de él mismo. Las pocas palabras que el amigo de Basil le había dicho, palabras habladas por casualidad, sin duda, y llenas de paradojas, habían tocado en él un secreto resorte al que antes nadie había llegado, pero que ahora le hacía vibrar y palpitar de una forma extraña.

La música le había conmovido de esa forma, la música le había turbado muchas veces. Pero la música no era articulada. No es un nuevo mundo, sino un caos, lo que crea en nosotros. ¡Palabras! ¡Simples palabras! ¡Qué terribles son! ¡Qué claras, qué límpidas y qué crueles! No se puede escapar de ellas. ¡Qué sutil magia hay en ellas! Parecen ser capaces de dar una forma plástica a las cosas informes y parecen tener una música propia tan dulce como la del violín o la del laúd. ¡Simples palabras! ¿Hay algo tan real como ellas?

Sí, le habían ocurrido cosas en su niñez que él no entendía. Ahora sí. La vida se le había hecho repentinamente clara. Le pareció que había estado andando sobre fuego. ¿Cómo no lo había sabido antes?

Lord Henry lo observaba sonriente. Conocía el preciso momento psicológico en que no se debe decir nada. Se sentía enormemente interesado. Se extrañaba de la repentina impresión que sus palabras habían producido y, recordando un libro que había leído cuando tenía dieciséis años, libro que le había revelado muchas cosas que antes no sabía, se preguntó si Dorian Gray estaría pasando por una experiencia parecida. Lo único que él había hecho era lanzar una flecha al aire. ¿Había dado en el blanco? ¡Qué fascinante era este joven!

Hallward pintaba con maravilloso tacto. Poseía verdadero refinamiento y perfecta delicadeza, lo cual, en arte, proviene solamente de la fuerza. Estaba inconsciente ante el silencio.

—Basil, estoy cansado de posar —exclamó Dorian Gray repentinamente—. Me gustaría salir al jardín, el aire aquí es asfixiante.

—Mi querido amigo, lo siento. Cuando pinto no pienso en otra cosa. Pero usted nunca ha posado mejor. Ha estado perfectamente quieto y he conseguido el efecto que quería: los labios entreabiertos y los ojos brillantes. No sé lo que Henry le habrá estado diciendo, pero desde luego usted tenía una expresión maravillosa. Supongo que le estaría haciendo cumplidos. No debe creer ni una palabra de lo que él diga.

—Ciertamente, no me hacía ningún cumplido. Quizá sea ésa la razón por la que no deba creer nada de lo que me ha dicho.

—Ya sabe usted que lo cree todo —dijo lord Henry, mirándolo con sus soñadores y lánguidos ojos—. Deseo salir al jardín con usted. Hace un calor horrible en este estudio. Basil, pide algo frío para beber, algo que tenga fresa, por favor.

—Desde luego, Henry. Voy a tocar la campanilla y cuando venga Parker le diré lo que quieres. Tengo que trabajar sobre el contorno del cuadro; dentro de un momento estaré con vosotros. No retengas mucho a Dorian. Nunca he estado en mejor forma para pintar que hoy. Ésta va a ser mi obra maestra.

Lord Henry salió al jardín y encontró a Dorian Gray inclinado sobre unas lilas, aspirando febrilmente su perfume como si fuera vino. Se acercó a él y le puso una mano sobre el hombro.

—Tiene usted razón al hacer eso —murmuró—. No hay nada mejor para curar el alma que los sentidos ni nada mejor para curar los sentidos que el alma.

El joven se dio la vuelta. Las hojas habían revuelto sus rizos y enmarañado su cabello. Tenía una mirada asustada, parecida a la que tiene la gente cuando se despierta repentinamente. Temblaban las aletas de su nariz y algún escondido nervio aumentó el rojo de sus labios y los hizo palpitar.

—Sí —continuó lord Henry—, ése es uno de los grandes secretos de la vida, curar el alma por medio de los sentidos y los sentidos por medio del alma. Usted es una creación maravillosa. Sabe más de lo que cree y menos de lo que quisiera saber.

Dorian Gray frunció el entrecejo y volvió la cabeza. Admiraba a aquel alto y gracioso joven que estaba ante él. Su romántica cara y su expresión cansada le interesaban. Había algo en su baja y lánguida voz que era absolutamente fascinante. Sus frescas y blancas manos tenían un curioso atractivo. Se movían, cuando él hablaba, de una forma musical y parecían tener un lenguaje propio. Pero le daba miedo y se avergonzaba de estar asustado.

¿Por qué había sido aquel extraño quien le había descubierto a sí mismo? Conocía a Basil Hallward desde hacía meses, pero su amistad nunca le había alterado. De repente alguien aparecía en su vida y parecía descubrirle el misterio de ella. Y, además, ¿por qué estaba asustado? Él no era ningún escolar ni ninguna muchacha. Era absurdo tener miedo.

—Debemos sentarnos a la sombra —dijo lord Henry—. Parker ha traído las bebidas y si usted permanece más tiempo aquí se estropeará su piel y Basil nunca podrá volver a pintarlo. No debe exponerse a sufrir una insolación. Sería inoportuno.

—¿Por qué?

—Porque tiene usted una maravillosa juventud, y la juventud es una de las cosas más valiosas del mundo.

—No lo creo así, lord Henry.

—No, puede que no lo crea ahora. Algún día, cuando sea viejo, feo y arrugado, cuando el pensamiento estropee su frente y la pasión manche sus labios con fuegos horribles, usted pensará como yo y se dará cuenta de que es algo terrible. Ahora, dondequiera que va, agrada a todo el mundo. ¿Será siempre así?... Tiene usted un rostro maravillosamente bello, mister Gray. No se enfade. Lo tiene. Y la belleza es una forma del genio, más alta aún que el genio. No necesita explicación. Es una de las grandes cosas del mundo, como la luz del sol, la primavera o el reflejo en las oscuras aguas de ese círculo de plata que llamamos luna. Esto no se puede discutir. Es un derecho divino de soberanía. Convierte en príncipes a quienes la poseen. ¿Sonríe usted? ¡Ah! Cuando la haya perdido no sonreirá... La gente dice algunas veces que la belleza es sólo superficial. Puede ser. Pero desde luego no lo es tanto como el pensamiento. Para mí la belleza es la maravilla de las maravillas. Solamente la gente frívola no juzga por las apariencias. El verdadero misterio del mundo es lo visible, no lo invisible... Sí, mister Gray, los dioses han sido buenos con usted. Pero lo que los dioses le han dado se lo quitarán rápidamente. Tiene usted pocos años para vivir realmente, perfectamente, plenamente. Cuando su juventud se vaya, se irá también su belleza, y entonces repentinamente descubrirá que no tiene ya ningún triunfo, o tendrá que contentarse con los insignificantes triunfos que la memoria de su pasado le hará aún más amargos que derrotas. Cada mes que se desvanezca le acercará hacia algo terrible. El tiempo está celoso de usted y luchará contra sus lilas y sus rosas. Se pondrá pálido, sus mejillas se arrugarán y nacerán bolsas en sus ojos. Sufrirá horriblemente... ¡Ah! Goce de su juventud mientras la tenga. No desperdicie el oro de sus días escuchando a los tediosos, intentando detener el desesperado fracaso o dando su vida al ignorante, al cómodo o al vulgar. He ahí los falsos ideales de nuestra época. ¡Viva! ¡Viva la maravillosa vida que hay en usted! No deje que se pierda nada. Busque siempre nuevas sensaciones. Que nada le asuste... Un nuevo hedonismo, eso es lo que nuestro siglo requiere. Usted puede ser su símbolo visible. Con su personalidad no hay nada que usted no pueda hacer. El mundo le pertenece durante un tiempo... En el momento en que le vi, me di cuenta de que usted no sabía lo que realmente era o lo que realmente podía ser. Había mucho encanto en usted y sentí que debía decirle algo acerca de usted mismo. Piense en lo trágico que sería el que usted se malgastara. Porque hay muy poco tiempo de aquí a que su juventud termine, muy poco tiempo. Las flores silvestres se marchitan, pero florecen otra vez. Ese laburno estará amarillo en el mes de junio, tal como está ahora. Dentro de un mes la clemátide tendrá flores purpúreas, y de año en año la verde noche de sus hojas mantendrá ese tesoro. Pero nosotros nunca volveremos a nuestra juventud. La alegría de los veinte años desaparecerá. Nuestros miembros se cansarán y se atrofiarán nuestros sentidos. Nos convertiremos en horribles muñecos, atrapados por el recuerdo de pasiones que nos asustaron y de exquisitas tentaciones a las que no tuvimos el coraje de ceder. ¡Juventud! ¡Juventud! ¡No hay absolutamente nada en el mundo como la juventud!

Dorian Gray escuchaba con los ojos abiertos y asustados. El ramo de lilas cayó de su mano. Una abeja empezó a zumbar alrededor de él durante un momento. Los globos ovalados de las flores se estremecieron y fueron estallando. Él lo observaba con ese extraño interés que demostramos hacia las cosas triviales, cuando intentamos olvidar cosas importantes que nos asustan o cuando algún pensamiento que nos aterroriza atenaza nuestro cerebro y nos obliga a ceder. Al momento la abeja voló y él la observó dirigirse hacia otra flor que se agitó ligeramente.

De repente el pintor apareció en la puerta del estudio y les hizo señas para que entraran. Ellos se miraron y sonrieron.

—Los estoy esperando —gritó—. Vengan. La luz es perfecta, y ustedes pueden traerse sus bebidas.

Se levantaron y se dirigieron juntos hacia el estudio. Dos mariposas verdes y blancas volaron ante ellos, y en un peral que había en un rincón del jardín un tordo empezó a cantar.

—¿Está contento de haberme conocido, mister Gray? —dijo lord Henry mirándole.

—Sí, ahora lo estoy. Me pregunto si siempre será así.

—¡Siempre! Qué horrorosa palabra. Me estremezco cuando la oigo. Las mujeres tienen mucha costumbre de usarla. Estropean todo romance intentando hacerlo eterno. Es una palabra sin sentido. La única diferencia entre un capricho y una pasión eterna es que el capricho dura un poco más.

Cuando entraron en el estudio Dorian Gray puso su mano sobre el brazo de lord Henry.

—En ese caso, que nuestra amistad sea un capricho —murmuró, maravillándose de su atrevimiento.

Enseguida subió a la plataforma.

Lord Henry se sentó en un gran sillón y le observó. El sonido del pincel sobre la tela era lo único que rompía la tranquilidad, excepto cuando, de tiempo en tiempo, Hallward retrocedía unos pasos para observar de lejos su obra. Los rayos de sol que penetraban por la puerta abierta hacían visible un ligero polvo dorado que había en la habitación. El fuerte aroma de las rosas parecía imperar en ella.

Después de casi un cuarto de hora Hallward dejó de pintar y miró largo rato alternativamente a Dorian Gray y al cuadro, mientras mordía el extremo de uno de sus pinceles frunciendo el entrecejo.

—Está completamente terminado —dijo por fin, e inclinándose un poco escribió su nombre en letras rojas en la esquina inferior izquierda del cuadro.

Lord Henry se acercó y examinó la pintura. Era ciertamente una maravillosa obra de arte y también un maravilloso retrato.

—Mi querido amigo, te felicito calurosamente —dijo—. Es el mejor retrato de nuestra época. Mister Gray, venga a verlo usted mismo.

El joven se estremeció como si despertara de un sueño.

—¿Está realmente terminado? —murmuró, bajándose de la plataforma.

—Completamente terminado —dijo el pintor—. Y usted ha posado espléndidamente hoy. Se lo agradezco con toda sinceridad.

—Eso se debe a mí —dijo lord Henry—. ¿No es así, mister Gray?

Dorian no contestó. Se acercó distraídamente hacia su retrato y se detuvo ante él. Cuando lo vio, retrocedió y sus mejillas se colorearon de placer por un momento. Una mirada de alegría apareció en sus ojos, como si se hubiera reconocido por primera vez. Estuvo algún tiempo inmóvil y maravillado, consciente de que Hallward le hablaba, pero sin darse cuenta del significado de sus palabras. El sentido de su belleza fue para él como una revelación. Nunca lo había sabido. Los cumplidos de Basil le habían parecido unas exageraciones agradables de amistad. Los había escuchado riéndose de ellos y después los había olvidado. No habían ejercido ninguna influencia en su naturaleza. Entonces había venido lord Henry Wotton con su extraño panegírico de la juventud y el terrible aviso de su brevedad. Eso le había estremecido entonces, y ahora, mientras contemplaba la sombra de su propia belleza, sus palabras se habían hecho tremendamente reales. Sí, llegaría un día en que su cara estaría vieja y arrugada, sus ojos hundidos y sin brillo y su figura rota y deformada. Sus labios ya no tendrían ese color escarlata ni su pelo sería dorado como ahora. La vida que formaría su alma destruiría su cuerpo. Se transformaría en un ser horrible, deforme y carente por completo de belleza.

Mientras pensaba esto un agudo dolor penetró en su alma como un cuchillo e hizo que todas las delicadas fibras de su ser se estremecieran. Sus ojos se nublaron y las lágrimas afluyeron a ellos. Sintió como si una mano de hielo le atenazara el corazón.

—¿No le gusta? —exclamó Hallward por fin, extrañado del silencio del joven, cuyo significado no entendía.

—Por supuesto que le gusta —dijo lord Henry—. ¿A quién no le gustaría? Es una de las mejores obras de la pintura moderna. Te daría todo lo que me pidieses por ella. Debo poseerla.

—No es de mi propiedad, Henry.

—Entonces, ¿a quién le pertenece?

—A Dorian, por supuesto —contestó el pintor.

—Es muy afortunado.

—¡Qué triste es! —murmuró Dorian Gray con los ojos todavía fijos sobre su propio retrato—. ¡Qué triste es! Me volveré viejo y horrible. Pero esta pintura permanecerá siempre joven. Nunca será más vieja que este día de junio... ¡Si ocurriese al contrario! ¡Si yo fuera siempre joven y la pintura envejeciera! Por eso... por eso... ¡lo daría todo! ¡Sí, no hay nada en el mundo que no diera! ¡Daría hasta mi alma!

—¡Tú no saldrías ganando con ese arreglo, Basil! —exclamó lord Henry riendo—. Sería una suerte bastante mala para tu obra.

—Me opondría con todas mis fuerzas, Henry —dijo Hallward.

Dorian Gray se volvió y le miró.

—Creo que lo haría, Basil. Le gusta más su arte que sus amigos. Yo no represento más que una figura de bronce. Apenas tanto como ella.

El pintor lo miró asombrado. No era corriente que Dorian hablara así. ¿Qué había ocurrido? Parecía enfadado. Su cara estaba encendida y sus mejillas rojas.

—Sí —continuó—. Soy menos para usted que su Hermes de marfil o su Fauno de plata. Ellos le gustarán siempre. ¿Cuánto tiempo le gustaré yo? Hasta que tenga mi primera arruga, supongo. Sé ahora que cuando uno pierde la belleza, lo pierde todo con ella. Su obra me lo ha enseñado. Lord Henry Wotton está en lo cierto. La juventud es la única cosa de valor. Cuando note que me hago viejo, me mataré.

Hallward se puso pálido y le tomó la mano.

—¡Dorian! ¡Dorian! —gritó—. No hable así. Nunca he tenido un amigo como usted y nunca tendré otro. ¿No estará celoso de las cosas materiales? Usted es más hermoso que cualquiera de ellas.

—Estoy celoso de todo lo que tiene belleza perdurable. Estoy celoso del retrato que usted ha pintado. ¿Por qué conservará él lo que yo tengo que perder? Cada instante que pasa yo pierdo algo y él lo toma. ¡Oh, si fuera al contrario! ¿Por qué lo pintó? Algún día se burlará de mí, ¡se burlará horriblemente!

Ardientes lágrimas aparecieron en sus ojos; se sentó en el diván y hundió la cara entre los almohadones como si estuviera rezando.

—Esto es lo que has conseguido, Henry —dijo el pintor amargamente.

Lord Henry se encogió de hombros.

—Éste es el verdadero Dorian Gray, eso es todo.

—¿Por qué no te fuiste cuando te lo pedí? —murmuró.

—Me quedé porque tú me lo pediste —contestó lord Henry.

—Henry, no puedo enfadarme con mis dos mejores amigos, pero entre los dos habéis hecho que odie la mejor obra de mi vida y la destruiré. ¿Qué significan ese lienzo y esos colores? No puedo permitir que sean la causa de que nuestras tres vidas se separen.

Dorian Gray levantó su rubia cabeza y con la cara pálida y los ojos arrasados en lágrimas le observó dirigirse hacia la mesa de trabajo que había junto a la ventana. ¿Qué iría a hacer?

Sus dedos buscaban entre los tubos de pintura y los pinceles. Sí, buscaba la alargada espátula de acero. Ya la había encontrado. Se dirigía hacia el cuadro.

Con un estremecimiento el joven se levantó y, dirigiéndose rápidamente hacia el pintor, saltó sobre él y le quitó el cuchillo, arrojándolo al otro extremo del estudio.

—¡No, Basil, no! —gritó—. ¡Sería un asesinato!

—Me alegro de que aprecie por fin mi trabajo, Dorian —dijo el pintor fríamente cuando se hubo recuperado de la sorpresa—. Creí que no lo haría nunca.

—¿Apreciarlo? Me gusta enormemente, Basil. Siento como si fuera una parte de mí mismo.

—Bien, tan pronto como esté usted seco se le pondrá un marco barnizado y se le enviará a casa. Entonces podrá hacer lo que quiera con usted mismo.

Y atravesando la habitación tocó la campanilla para que sirvieran el té.

—Usted desde luego quiere té, ¿no es así, Dorian? ¿Y tú, Henry? ¿O no te gustan los pequeños placeres?

—Adoro los pequeños placeres —dijo lord Henry—. Son el último refugio de lo complejo. Pero no me gustan las escenas, excepto si son en un

36

escenario. ¡Qué absurdos amigos son ustedes! Me pregunto quién sería el que definió al hombre como un animal racional. Es una definición muy prematura. El hombre es muchas cosas, pero racional no. Estoy contento de que no lo sea después de todo, aunque no deseo que ustedes riñan a causa de ese cuadro. Harías mejor en dármelo, Basil. Este simple joven realmente no lo quiere, y yo sí.

—¡Si se lo da a alguien que no sea yo, Basil, no se lo perdonaré nunca! —exclamó Dorian Gray—. Y no permito a nadie que me llame joven simple.

—Usted sabe que la pintura es suya, Dorian. Se la di antes de que existiera.

—Y también sabe que ha sido un poco simple, mister Gray, y no puede enfadarse porque le recuerde su juventud.

—Esta mañana me hubiese enfadado mucho, lord Henry.

—¡Ah! ¡Esta mañana! Usted ha vivido mucho desde entonces.

Se oyeron unos golpes en la puerta y el mayordomo entró con un servicio de té y lo colocó sobre una pequeña mesa de estilo japonés. Se oyó ruido de tazas y platos y el silbido de una tetera de Georgia. Un criado trajo dos farolillos chinos en forma de globo. Dorian Gray se dirigió hacia la mesa y empezó a servir el té. Los dos hombres se acercaron lánguidamente y miraron lo que había bajo las tapaderas.

—Debemos ir al teatro esta noche —dijo lord Henry—. Seguramente habrá algo que se pueda ver en cualquier parte. He prometido cenar en White, pero es con un viejo amigo, así que puedo enviarle aviso de que estoy enfermo o de que ya tenía una cita antes, de la cual no me acordé. Creo que podría ser una excusa bastante buena, tendría toda la sorpresa de la inocencia.

—Es muy pesado tener que ponerse el frac —murmuró Hallward—. Y cuando uno se lo ha puesto está horrible con él.

—Sí —contestó lord Henry soñadoramente—, los trajes del siglo XIX son detestables. Tan sombríos, tan deprimentes. El pecado es el único elemento de color real en la vida moderna.

—No debes decir cosas como ésa delante de Dorian, Henry.

—¿Delante de Dorian? ¿El que nos sirve ahora el té o el del retrato?

—Delante de ambos.

—Me gustaría ir al teatro con usted, lord Henry —dijo el joven.

—Entonces iremos. Y tú, Basil, también vendrás, ¿verdad?

—Realmente no puedo. Tengo mucho trabajo.

—Bien, entonces usted y yo iremos solos, mister Gray.

—Me agradará enormemente.

El pintor se mordió los labios y se levantó con la taza en la mano, dirigiéndose hacia el retrato.

—Yo permaneceré junto al verdadero Dorian —dijo tristemente.

—¿Ése es el verdadero Dorian? —dijo el original del retrato, dirigiéndose hacia éste—. ¿Soy realmente así?

—Sí, exactamente.

—¡Qué maravilloso, Basil!

—Por lo menos es así en apariencia. Pero esto nunca cambiará —añadió Hallward—. Eso ya es algo.

—¡Qué alboroto arma la gente con la fidelidad! —exclamó lord Henry—. Hasta en el amor es una cosa puramente fisiológica. No tiene nada que ver con la voluntad. Los jóvenes quieren ser fieles y no lo son, los viejos quieren ser infieles y no pueden; eso es todo lo que se puede decir.

—No vaya al teatro esta noche, Dorian —dijo Hallward—. Quédese y cene conmigo.

—No puedo, Basil.

—¿Por qué?

—Porque le he prometido a lord Henry Wotton ir con él.

—No le importará que falte usted a su promesa. Él siempre lo hace con las suyas; le pido que no vaya.

Dorian movió la cabeza, riéndose.

—Se lo suplico.

El joven vaciló y miró a lord Henry, que les observaba desde la mesa de té con una sonrisa divertida.

—Debo ir, Basil —contestó.

—Muy bien —dijo Hallward, y fue a dejar su taza sobre la bandeja—. Es bastante tarde y ustedes tienen que vestirse. Harían mejor en no perder tiempo. Adiós, Henry. Adiós, Dorian. Vengan a verme pronto. Vengan mañana.

—Desde luego.

—¿No lo olvidará?

—Claro que no —exclamó Dorian.

—Y... ¡Henry!

—Sí, Basil.

—Recuerda lo que te pedí esta mañana cuando estábamos en el jardín.

—Lo he olvidado.

—Confío en ti.

—Desearía poder confiar en mí mismo —dijo lord Henry, riendo—. Vamos, mister Gray, mi coche está fuera, lo llevaré adonde quiera. Adiós, Basil. Ésta ha sido una tarde interesante.

Cuando la puerta se cerró tras ellos, el pintor se derrumbó sobre el sofá y en su cara apareció un gesto de dolor.

III

A las doce y cuarto del día siguiente lord Henry Wotton se dirigió desde Curzon Street hacia el Albany para ver a su tío, lord Fermor, un viejo solterón de carácter fuerte, pero cordial. En el extranjero se le consideraba como un egoísta, lo que se debía a que ningún extraño había conseguido nunca nada de él, pero la sociedad lo consideraba generoso, porque alimentaba a los que le divertían. Su padre había sido nuestro embajador en Madrid, cuando Isabel era joven y aún no se conocía la existencia de Prim, pero se había retirado del servicio diplomático por un caprichoso momento de enfado, cuando no se le concedió el puesto de embajador en París, puesto para el cual se consideraba muy capacitado, a causa de su nacimiento, su indolencia, el buen inglés de sus despachos y su desordenada pasión por los placeres. El hijo, que había sido secretario de su padre, dimitió al tiempo que él, lo cual fue una tontería, como se dijo entonces. Unos meses más tarde, en posesión del título, se dedicó al serio estudio del más aristocrático arte: no hacer absolutamente nada. Tenía dos grandes casas en la ciudad, pero prefería vivir en un apartamento alquilado para no tener preocupaciones, y la mayoría de las veces comía en el club. Ponía alguna atención en sus minas de carbón de las Midlands, y se excusaba de tener este tinte industrial diciendo que poseer carbón le permitía a un caballero consumir la cantidad de leña necesaria para su propia casa. En política era *tory*, excepto cuando los *tories* estaban en el poder. Durante este periodo los acusaba de ser una pandilla de radicales. Era un héroe para su criado, que lo intimidaba, y un verdadero terror para la mayoría de sus parientes, a los que él intimidaba a su vez. Solamente un país como Inglaterra podía producir un hombre como éste, y él siempre decía que el país se estaba echando a perder. Sus principios estaban fuera de lugar, pero había mucho que decir acerca de sus prejuicios.

Cuando lord Henry entró en la habitación, encontró a su tío sentado, vestido con una gruesa chaqueta *sport,* fumando un puro y ojeando el *Times.*

—Bien, Henry —dijo el viejo caballero—, ¿qué te trae por aquí tan temprano? Creo que la gente elegante nunca se levanta antes de las dos y no está visible hasta las cinco.

—Puro afecto familiar, te lo aseguro, tío George. Quiero pedirte una cosa.

—Dinero, supongo —dijo lord Fermor, torciendo el gesto—. Bien, siéntate y dime lo que sea. La gente joven de hoy en día imagina que el dinero lo es todo.

—Sí —murmuró lord Henry, abrochándose los botones del traje—, y cuando se hacen viejos se dan cuenta de que es cierto. Pero yo no quiero dinero. Solamente los que pagan sus deudas lo necesitan, tío George, y yo nunca pago las mías. El crédito es el capital de un segundón y se vive magníficamente con él. Por otra parte, yo siempre compro en las tiendas que suministran a Dartmoor y, por tanto, no tengo que pagar. Lo que quiero es una información; no una información útil, desde luego, sino una información inútil.

—Bien, yo puedo decirte todo lo que hay en un informe estadístico, Henry, aunque en estos tiempos esa gente no escribe más que tonterías. Cuando yo era diplomático, todo era mucho mejor. Pero he oído que ahora tienen que examinarse. ¿Qué se puede esperar? Los exámenes, señor, son, desde el principio hasta el fin, una patraña. Si un hombre es un caballero, sabe lo necesario, y si no es un caballero, lo que sepa será malo para él.

—Mister Dorian Gray no tiene nada que ver con las estadísticas, tío George —dijo lord Henry lánguidamente.

—¿Mister Dorian Gray? ¿Quién es? —preguntó lord Fermor, encogiendo sus blancas y pobladas cejas.

—Eso es lo que quiero saber, tío George. Mejor dicho, eso lo sé. Es el último nieto de lord Kelso. La madre era una Devereux, lady Margaret Devereux. Quiero que me hables de su madre. ¿Cómo era? ¿Con quién se casó? Tú has conocido a mucha gente en tu época, has podido conocerla a ella. Estoy muy interesado en mister Dorian Gray en el presente. Acabo de conocerlo.

—¡El nieto de Kelso!... Desde luego... Conocí mucho a su madre. Creo que estuve en su bautizo. Era una muchacha extraordinariamente bella Margaret Devereux; todos los hombres estaban locos por ella, pero se escapó con un joven que no tenía ni un penique; un don nadie, señor, un subalterno de un regimiento de artillería o algo por el estilo. Ciertamente. Lo recuerdo todo como si hubiera ocurrido ayer. Al pobrecillo lo mataron en Spa, en un duelo, unos meses después de su matrimonio. Se contó una fea historia sobre ello. Se dijo que Kelso había pagado a algún aventurero, a algún belga bruto, para que insultara a su yerno en público; le pagó, señor, lo hizo, le pagó, y ese bestia le atravesó como si fuera un pichón. Se intentó ocultar el hecho, pero, desde luego, Kelso comió solo en el club durante algún tiempo. Volvió a traer a su hija con él, me dijeron, pero ella no le volvió a hablar nunca más. ¡Oh! Sí... Fue una cosa triste. La muchacha murió al cabo de un año. ¿Dejó un hijo? Eso lo había olvidado. ¿Qué clase de muchacho es? Si es como su madre, debe de ser muy bien parecido.

—Es muy guapo, en efecto —asintió lord Henry.

—Espero que caiga en buenas manos —continuó el viejo—. Debe de tener mucho dinero esperándole, si Kelso se portó bien con él. Su madre también lo poseía. Todas las propiedades de Selby fueron a parar a sus manos, a través de su abuelo. Su abuelo odiaba a Kelso; pensaba de él que era un perro. Y lo era. Fue a Madrid una vez cuando yo estaba allí. Cielos, qué vergüenza me hizo pasar. La reina solía preguntarme quién era el noble inglés que siempre reñía con los cocheros a causa del precio de los viajes. Se hizo toda una historia. No quise aparecer por la corte durante un mes. Espero que haya tratado a su nieto mejor que trataba a aquella gente.

—No sé —contestó lord Henry—. Creo que el joven está bien. Todavía es menor de edad. Sé que Selby es suyo. Él me lo ha dicho. Y... ¿su madre era muy bella?

—Margaret Devereux era una de las criaturas más maravillosas que he visto nunca, Henry. No sé lo que la pudo inducir a hacer lo que hizo, no pude entenderlo nunca. Pudo haberse casado con quien hubiera querido. Carlington estaba loco por ella. Sin embargo, era romántica. Todas las mujeres de la familia lo fueron. Los hombres eran una verdadera lástima, pero, ¡cielos!, las mujeres eran maravillosas. Carlington estaba a sus pies. Me lo dijo él mismo. Ella se rio de él, y no había una muchacha en Londres que no intentara cazarlo. Y a propósito, Henry, hablando de matrimonios necios, ¿qué es eso que me dijo tu madre acerca de la decisión de Dartmoor de casarse con una americana? ¿No hay muchachas inglesas bastante buenas para él?

—Ahora está de moda casarse con americanas, tío George.

—Defenderé a las inglesas contra todo el mundo, Henry —dijo lord Fermor, golpeando la mesa con el puño.

—Nadie te escuchará.

—Me han dicho que son muy débiles —murmuró su tío.

—Unas relaciones largas las dejan exhaustas, pero se dan buena maña para conseguir lo que quieren. Cazan las cosas al vuelo. No creo que Dartmoor tenga suerte.

—¿Quién es su familia? —preguntó el viejo caballero—. ¿O acaso no la tiene?

Lord Henry movió la cabeza.

—Las muchachas americanas son lo suficientemente inteligentes como para ocultar quiénes son sus padres, así como las inglesas lo son para ocultar su pasado —dijo levantándose para irse.

—Tendrán cerdos, supongo.

—Espero que sí, tío George, por el bien de Dartmoor. Me han dicho que los cerdos son una de las cosas más lucrativas de América, después de la política.

—¿Es bonita?

—Hace como si lo fuera. La mayoría de las mujeres americanas son así. Es el secreto de su encanto.

—¿Por qué no se quedaron en su país esas americanas? Siempre nos dicen que aquello es un paraíso para las mujeres.

—Lo es. Ésa es la razón por la cual, como Eva, ellas están ansiosas por salir de él —dijo lord Henry—. Adiós, tío George. Llegaré tarde a comer si espero un momento más. Gracias por darme los informes que quería. Siempre me gusta saberlo todo acerca de mis nuevos amigos y no saber nada acerca de los viejos.

—¿Dónde vas a comer, Henry?

—A casa de tía Agatha. Me acompañará mister Gray; es su último *protégé*.

—¡Ah! Dile a tu tía Agatha, Henry, que no me moleste más con sus obras de caridad. Estoy harto de ellas. La buena mujer cree que yo no tengo otra cosa que hacer que firmar cheques para sus pobres.

—De acuerdo, tío George, se lo diré, pero no hará ningún efecto. Los filántropos pierden todo sentido de humanidad. Es su principal característica.

El viejo caballero asintió en señal de aprobación y llamó a su criado. Lord Henry pasó por los arcos de Burlington Street y, volviendo sobre sus pasos, se dirigió hacia Berkeley Square.

Así que ésta era la historia de la familia de Dorian Gray. Oída tan crudamente sugería un extraño romance moderno. Una bella mujer que lo abandonaba todo por una loca pasión. Unas pocas semanas de felicidad cortadas por un crimen terrible. Meses de agonía silenciosa, y después nace un niño entre este dolor. La madre muere y el muchacho queda solo a merced de la tiranía de un viejo avaro. Sí, era una historia interesante. Convertía al joven en un ser más perfecto de lo que ya era. Detrás de todo lo exquisito hay siempre alguna tragedia. El mundo trabaja para que nazca la más insignificante flor... Qué agradable había estado durante la cena de la noche anterior cuando, con sus grandes ojos y su gesto de temor y placer al mismo tiempo, se había sentado frente a él en el club. Las luces rojas hacían que el tono rosado de su cara fuera aún más maravilloso. Hablarle era como tocar un exquisito violín. Respondía a cada toque y a cada vibración... Había algo en él que subyugaba. Proyectar su alma de alguna graciosa forma y dejarla descansar un momento; oír sus puntos de vista, que tenían toda la pasión de la juventud, repetidos como por un eco musical; comunicar su temperamento a otro como un sutil fluido o un extraño perfume; todo eso era un verdadero deleite, quizá el más satisfactorio deleite en una época como la nuestra, tan limitada y ordinaria, en una época de placeres carnales y de aspiraciones vulgares... Era algo maravilloso este joven, a quien, gracias a una curiosa suerte, había conocido en el estudio de Basil. Poseía la gracia y la blanca pureza de la adolescencia, y una belleza como la de las esculturas griegas que han llegado hasta nosotros. No había nada que no se pudiese hacer con él. Podía ser un titán o un juguete. ¡Qué lástima que la belleza tuviera que desaparecer!... ¿Y Basil? Desde el punto de vista psicológico, ¡qué interesante era! Su nueva concepción del arte, su original manera de ver la vida, sugeridas tan extrañamente por la simple presencia de alguien que no sabía nada de todo esto; el silencioso espíritu que habita en los bosques y corre por las llanuras se mostró repentinamente, como dríade sin miedo, porque en el alma que lo buscaba había despertado esa maravillosa visión que sólo las cosas maravillosas pueden revelar; las simples formas de las cosas convirtiéndose, como fuera, en algo refinado y adquiriendo una especie de valor simbólico, aunque ya tuvieran alguna otra y más perfecta forma, cuya sombra hacían real. ¡Qué extraño era todo! Recordaba algo parecido en la historia. ¿No fue Platón, el artista del pensamiento, el que primero lo había analizado? ¿No fue Buonarotti quien esculpió el mármol de color de unos sonetos? Pero en nuestro siglo, qué extraño... Sí, él intentaría ser para Dorian Gray lo que, sin saberlo, el adolescente era para el pintor que le había hecho ese maravilloso retrato. Intentaría dominarlo; en realidad casi lo había conseguido ya. Podría hacer suyo ese maravilloso espíritu. Había algo fascinante en este hijo del amor y de la muerte.

De repente se detuvo y miró a su alrededor. Se dio cuenta de que había pasado la casa de su tía hacía rato y, sonriendo, volvió sobre sus pasos. Cuando entró en el vestíbulo, el mayordomo le dijo que los invitados estaban comiendo. Le dio su sombrero y su bastón al criado, y entró en el comedor.

—Tarde, como de costumbre, Henry —exclamó su tía moviendo la cabeza.

Inventó una fácil excusa y se sentó en la única silla libre, que estaba junto a la dama. Después miró a su alrededor para ver quién había en la mesa. Dorian, desde el otro extremo, le hizo una inclinación. Frente a él estaba la duquesa de Harley, una mujer de un carácter y una naturaleza admirables, muy querida por todos los que la conocían, y que tenía unas amplias proporciones, que hubieran sido calificadas de obesidad por los historiadores contemporáneos si en vez de ser una duquesa hubiera sido una mujer cualquiera. Junto a ella, a la derecha, estaba sir Thomas Burdon, un miembro radical del Parlamento, que seguía a su jefe en la vida pública y en la vida privada seguía a los mejores cocineros, comiendo con los *tories* y opinando lo mismo que los liberales, de acuerdo con una sabia y bien conocida costumbre. El puesto de su izquierda estaba ocupado por mister Erskine de Treadley, un viejo caballero de considerable encanto y cultura, que había caído, sin embargo, en la mala costumbre de estar siempre callado porque, como le dijo una vez a lady Agatha, había dicho todo lo que tenía que decir antes de los treinta años. Su vecina era la propia mistress Vandeleur, una de las viejas amigas de su tía y una perfecta santa entre las mujeres, pero tan terriblemente dejada que recordaba un misal mal encuadernado. Afortunadamente para él, tenía a su otro lado a lord Faudel, uno de los hombres de edad mediana más medianamente inteligentes, con una calva tan rotunda como un acuerdo ministerial en la Cámara de los Comunes, con el cual ella conversaba de una forma que, según él sabía, era un error imperdonable para todas las personas realmente buenas y de la cual, sin embargo, ninguna podía escapar.

—Estamos hablando del pobre Dartmoor, lord Henry —exclamó la duquesa, dirigiéndose a él alegremente desde el otro extremo de la mesa—. ¿Cree usted que se casará realmente con esa joven fascinante?

—Creo que ella así se lo ha propuesto, duquesa.

—¡Qué horrible! —exclamó lady Agatha—. Realmente alguien debería intervenir.

—Tengo entendido que su padre posee un almacén de frutos secos —dijo sir Thomas Burdon con aire de superioridad.

—Mi tío ha sugerido que puede que tengan cerdos, sir Thomas.

—¡Frutos secos! ¿Cuáles son los frutos secos americanos? —preguntó la duquesa acentuando sus palabras.

—Novelas americanas —contestó lord Henry, poniéndose un poco de codorniz en el plato.

La duquesa se quedó perpleja.

—No le haga caso, querida —susurró lady Agatha—; nunca quiere decir nada de lo que dice.

—Cuando se descubrió América... —dijo el miembro radical, empezando a preparar un largo y pesado discurso.

Como la gente que intenta agotar un tema, él agotaba a los que le oían. La duquesa utilizó su privilegio de poder interrumpir.

—¡Desearía que no la hubieran descubierto nunca! —exclamó—. Realmente, nuestras muchachas no tienen suerte hoy en día. Es algo realmente injusto.

—Quizá, después de todo, América no haya sido aún descubierta —dijo mister Erskine—. Yo mismo puedo decir que aún no la he descubierto.

—¡Oh!, pero hemos visto muestras de sus habitantes —contestó la duquesa vagamente—. Debo confesar que la mayoría de las mujeres son muy bonitas. Y desde luego visten bien. Compran todos sus vestidos en París. Yo desearía poder hacer lo mismo.

—Se dice que cuando los buenos americanos mueren van a París —dijo sir Thomas, quien tenía tanto buen humor como trajes viejos.

—¿Sí? ¿Y a dónde van los malos? —inquirió la duquesa.

—Van a América —murmuró lord Henry.

Sir Thomas frunció el ceño.

—Me parece que su sobrino tiene prejuicios contra ese gran país —le dijo a lady Agatha—. Yo he viajado por toda la nación, en coches puestos a mi servicio por las autoridades, que, en tales casos, son extremadamente cívicos. Les aseguro que esa visita es una verdadera enseñanza.

—Pero ¿debemos realmente ver Chicago para aprender? —preguntó mister Erskine—. No me creo con ganas para realizar ese viaje.

Sir Thomas levantó la mano.

—Mister Erskine de Treadley deja a un lado el mundo. A los hombres prácticos nos gusta ver las cosas, no leer acerca de ellas. Los americanos son un pueblo extremadamente interesante. Son completamente razonables. Creo que es su principal característica. Sí, mister Erskine, un pueblo completamente razonable. Le aseguro que los americanos no son ninguna tontería.

—¡Qué horror! —exclamó lord Henry—. Puedo soportar la fuerza bruta, pero la razón bruta es algo completamente insoportable. Hay algo injusto en su uso. Es un golpe bajo para la inteligencia.

—No le entiendo —dijo sir Thomas poniéndose rojo.

—Yo sí, lord Henry —murmuró mister Erskine con una sonrisa.

—Las paradojas están muy bien, pero... —dijo el *baronet*.

—¿Era una paradoja? —preguntó mister Erskine—. No lo creo así. Quizá lo fuera. Bien, las paradojas son el camino de la verdad. Para poner a prueba la realidad debemos verla sobre la cuerda floja. Cuando las verdades se convierten en acróbatas, podemos juzgarlas.

—¡Cielos! —dijo lady Agatha—. ¡Cómo argumentan ustedes los hombres! Estoy segura de que yo nunca podría hablar como lo hacen ustedes. ¡Oh, Henry! Estoy muy enfadada contigo. ¿Por qué no intentas persuadir a nuestro guapo Dorian Gray para que me ayude en el East End? Te aseguro que podría ser de un valor incalculable. Les gustaría mucho su actuación.

—Quiero que toque para mí —exclamó lord Henry sonriendo.

Y al mirar hacia el otro extremo de la mesa captó una brillante mirada como respuesta.

—Pero la gente es muy desgraciada en Whitechapel —continuó lady Agatha.

—Puedo simpatizar con todo excepto con el sufrimiento —dijo lord Henry, encogiéndose de hombros—. No puedo simpatizar con él. Es demasiado feo, demasiado horrible, demasiado deprimente. Hay algo terriblemente morboso en la simpatía moderna para con el dolor. Uno puede simpatizar con el colorido, la belleza, la alegría de vivir. Cuanto menos se diga acerca de las penas de la vida, mejor.

—Sin embargo, el East End es un problema muy importante —señaló sir Thomas con un grave movimiento de cabeza.

—Cierto —contestó el joven lord—. El problema de la esclavitud, e intentamos resolverlo divirtiendo a los esclavos.

El político lo miró fijamente.

—¿Qué cambios propone usted entonces? —preguntó.

Lord Henry empezó a reírse.

—No deseo cambiar nada en Inglaterra, excepto el tiempo —contestó—. Estoy muy contento con la contemplación filosófica. Pero el siglo XIX va caminando hacia la bancarrota con su manía de derrochar simpatía; sugiero que se podría apelar a la ciencia para evitar esto. La ventaja de las emociones es que nos extravían y la ventaja de la ciencia es que no es emocional.

—Pero nosotros tenemos graves responsabilidades —aventuró mistress Vandeleur tímidamente.

—Terriblemente graves —repitió lady Agatha.

Lord Henry miró a mister Erskine.

—La humanidad se toma a sí misma demasiado en serio. Es el pecado original del mundo. Si el hombre de las cavernas hubiera sabido reír, la historia habría sido diferente.

—Es usted verdaderamente un consuelo —musitó la duquesa—. Siempre me he sentido bastante culpable cuando he venido a ver a su tía, porque el East End no me interesaba en absoluto. En el futuro ya podré mirarla a la cara sin rubor.

—El rubor es muy elegante, duquesa —observó lord Henry.

—Solamente cuando se es joven —contestó ella—. Cuando una vieja como yo se ruboriza es un mal signo. ¡Ah! Lord Henry, desearía que usted pudiera decirme la forma de volver a ser joven.

Él pensó un instante.

—¿Puede usted recordar algún gran error que haya cometido en su juventud, duquesa? —preguntó mirándola.

—Me temo que una gran cantidad de ellos —exclamó ella.

—Entonces cométalos otra vez —dijo él gravemente—. Volver a la juventud es solamente repetir sus locuras.

—¡Una teoría deliciosa! —exclamó ella—. Debo ponerla en práctica.

—¡Una peligrosa teoría! —intervino sir Thomas casi sin mover los labios.

Lady Agatha movió la cabeza pero no tuvo más remedio que sonreír. Mister Erskine escuchaba.

—Sí —continuó—, ése es uno de los grandes secretos de la vida. Hoy en día la mayoría de la gente muere de un exceso de sentido común y descubre, demasiado tarde, que las únicas cosas que uno nunca siente son sus propios errores.

La risa recorrió la mesa.

Él jugaba con la idea y la exponía brillantemente, la lanzaba al aire y la transformaba, la dejaba escapar y la volvía a prender, la enriquecía con su fantasía y le ponía alas con sus paradojas. El elogio de la locura se elevaba hasta una filosofía y la misma filosofía se hacía joven, escuchando la loca música del placer, usando un vestido manchado de vino y adornado con hiedra, danzando como una bacante sobre las colinas de la vida y burlándose de Sileno por su sobriedad. Los hechos huían ante ella como animalillos asustados por la selva. Sus blancos pies pisoteaban el inmenso lagar donde el sabio Omar estaba asentado, hasta que el jugo rosa de la uva rodeaba su cuerpo desnudo con purpúreas burbujas o crecía en roja espuma y chorreaba por los lados de la cuba. Era una extraordinaria improvisación. Sentía que los ojos de Dorian Gray estaban fijos en él, y al darse cuenta de que entre los que le oían había alguien cuyo temperamento deseaba fascinar, eso parecía darle gran ingenio y prestar colorido a su imaginación. Estaba brillante, fantástico, irresponsable. Encantaba a sus oyentes y ellos iban a su compás. Dorian Gray nunca dejó de mirarlo, estaba como hechizado, con la sonrisa en los labios y los oscuros ojos maravillados.

Por fin, la realidad en forma de criado entró en la habitación para decirle a la duquesa que su coche la estaba esperando. Ella se retorció las manos y puso un gesto de cómica desesperación.

—¡Qué lástima! —exclamó—. Debo irme. Tengo que ir a buscar a mi marido al club para ir a no sé qué absurda reunión en Willis's Room, en la cual va a participar. Si llego tarde, seguro que se pondrá furioso, y yo no podría soportar una escena con este sombrero. Es demasiado frágil. Una palabra fuerte podría estropearlo. No, debo irme, querida Agatha. Adiós, lord Henry, es usted delicioso y terriblemente desmoralizador. Le aseguro que no sé qué decir acerca de sus tonterías. Debe usted venir a cenar con nosotros alguna noche. ¿El martes? ¿Puede usted venir el martes?

—Por usted yo dejaría a todo el mundo, duquesa —dijo lord Henry.

—¡Ah!, ése es un bonito cumplido —exclamó ella—. No se olvide de venir.

Y salió de la habitación seguida de lady Agatha y de las otras mujeres.

Cuando lord Henry se sentó otra vez, mister Erskine dio la vuelta a la mesa, acercó una silla y se sentó junto a él, poniéndole una mano sobre el brazo.

—Habla usted como un libro —dijo—. ¿Por qué no escribe uno?

—Me gusta demasiado leer los libros que los demás escriben, mister Erskine. Pero desde luego me gustaría escribir una novela, una novela tan magnífica y tan irreal como un tapiz persa. Pero en Inglaterra la gente no lee nada más que periódicos, cartillas y enciclopedias. En todo el mundo, los ingleses son los que tienen menos sentido de la belleza literaria.

—Me temo que esté usted en lo cierto —contestó mister Erskine—. Yo mismo tuve ambiciones literarias, pero las abandoné hace tiempo. Y ahora, mi querido y joven amigo, si me permite que le llame así, ¿puedo preguntarle si cree usted realmente todo lo que dijo durante la comida?

—He olvidado por completo lo que dije —contestó lord Henry—. ¿Fue muy malo?

—Sí, muy malo. Le considero a usted extremadamente peligroso, y si le ocurriera algo a nuestra buena duquesa, creo que usted sería el principal responsable. Pero me gustaría hablar con usted acerca de la vida. Mi generación es muy aburrida. Algún día, cuando esté cansado de Londres, venga a Treadley y expóngame su filosofía del placer ante un admirable borgoña que tengo la fortuna de poseer.

—Iré encantado. Una visita a Treadley será un gran privilegio. Tendré un perfecto anfitrión y una perfecta biblioteca.

—Usted será el complemento de todo eso —contestó el viejo caballero con una cortés inclinación—. Y ahora debo decirle adiós a su excelente tía. Debo ir al Atheneum. Es la hora en que dormimos allí.

—¿Todos ustedes, mister Erskine?

—Cuarenta de nosotros, en cuarenta sillones. Estamos trabajando en una academia literaria inglesa.

Lord Henry se echó a reír.

—Me voy al parque —exclamó.

Cuando pasó junto a la puerta, Dorian Gray le asió el brazo.

—Déjeme ir con usted —murmuró.

—Creí que le había prometido a Basil Hallward que iría a su casa —contestó lord Henry.

—Prefiero ir con usted; sí, siento que debo ir con usted. Déjeme que le acompañe. Y prométame estar hablando todo el tiempo. Nadie habla tan maravillosamente como usted.

—¡Ah! Ya he hablado bastante por hoy —dijo lord Henry sonriendo—. Ahora todo lo que quiero es contemplar la vida. Puede usted venir conmigo si quiere.

IV

Una tarde, al cabo de un mes, Dorian Gray estaba sentado en un lujoso sillón de la pequeña librería de la casa de lord Henry en Mayfair. Era, en su estilo, una habitación encantadora, con sus altos paneles de madera de roble y color aceitunado, su friso color crema, su techo trabajado en escayola y su gran tapiz persa de seda. Sobre una pequeña mesa había una estatuilla de Cloidon y junto a ella, una copia de *Les cent nouvelles*, encuadernada para Margarita de Valois por Clovis Eve y cubierta de margaritas doradas, que la reina había elegido como divisa. Había algunos grandes jarrones azules de china, llenos de tulipanes, colocados sobre el estante de la chimenea. Y a través de las ventanas penetraba la luz color albaricoque de aquel día de verano londinense.

Lord Henry no había venido todavía. Se retrasaba siempre por costumbre, y su costumbre era decir que la puntualidad es una pérdida de tiempo. Por tanto, el adolescente ojeaba aburridamente y con gesto cansado una edición ilustrada de *Manon Lescaut* que había tomado de un estante. El monótono ruido del reloj Luis XIV le aburría. Una o dos veces pensó en marcharse.

Por fin oyó unos pasos fuera y la puerta se abrió.

—¡Qué tarde viene hoy, Henry! —murmuró.

—Me temo que no sea Henry, mister Gray —contestó una fina voz.

Él se volvió rápidamente y se puso en pie.

—Perdóneme. Creí...

—Creyó que era mi marido. Soy sólo su mujer. Permítame que me presente yo misma. Lo conozco muy bien por sus fotografías. Creo que mi marido tiene por lo menos diecisiete.

—Diecisiete no, lady Wotton.

—Bueno, dieciocho entonces. Y lo vi con él la otra noche en la ópera.

Ella se reía nerviosamente al hablar y lo miraba intensamente. Era una curiosa mujer, cuyos vestidos siempre parecían haber sido confeccionados con rabia y sometidos a una tempestad. Casi siempre estaba enamorada de alguien pero, como su pasión nunca era correspondida, aún poseía todas sus ilusiones. Intentaba parecer pintoresca, pero solamente conseguía ser desaliñada. Su nombre era Victoria, y tenía la manía de ir siempre a la iglesia.

—Se trataba de *Lohengrin,* ¿no, lady Wotton?

—Sí, fue en el querido *Lohengrin.* Para mí la música de Wagner es la mejor de todas. Es tan alta que uno puede hablar todo el tiempo sin que los demás oigan lo que dice. Eso es una gran ventaja, ¿no lo cree así, mister Gray?

La misma risa nerviosa apareció en sus labios, y sus dedos empezaron a jugar con un largo cortapapeles de carey.

Dorian sonrió y movió la cabeza.

—Siento no pensar como usted, lady Wotton. Yo nunca hablo mientras escucho música, por lo menos si es buena música. Si es mala, uno debe hablar para ahogarla.

—¡Ah! Ésa es una idea de Henry, ¿no, mister Gray? Siempre oigo las ideas de Henry en boca de sus amigos. Es la única manera de llegar a conocerlas. Pero usted no debe pensar que no me gusta la buena música. La adoro, pero me asusta. Me pone demasiado romántica. Tengo una gran veneración por los pianistas; una vez la tuve por dos a la vez, como me dijo Henry. No sabía nada acerca de ellos. Quizá fueran extranjeros. Todos lo son, ¿no es así? Hasta los que han nacido en Inglaterra se convierten en extranjeros al cabo del tiempo. Son inteligentes, y esto da un complemento a su arte. Lo hace enteramente cosmopolita, ¿verdad? Usted nunca ha asistido a alguna de mis fiestas, ¿no? Debe usted venir alguna vez. No puedo conseguir orquídeas, pero a los extranjeros nunca les falta nada. Ellos convierten el salón en algo muy pintoresco. ¡Aquí está Henry! Henry, vine a preguntarte algo, ya he olvidado lo que era, y encontré a mister Gray aquí. Hemos tenido una agradable charla sobre música. Tenemos exactamente las mismas ideas. No, creo que nuestras ideas son completamente diferentes. Pero ha sido muy agradable conmigo. Estoy contenta de haberle visto.

—Estoy encantado, amor mío, encantado por completo —dijo lord Henry levantando sus oscuras y pobladas cejas y mirando a ambos con una sonrisa divertida—. Siento haber llegado tarde, Dorian. Fui a buscar una pieza de un brocado antiguo a Wardour Street y tuve que regatear por ella durante una barbaridad de tiempo. Hoy en día la gente sabe el precio de todo, pero no conoce el valor de nada.

—Siento tener que irme —exclamó lady Wotton, rompiendo el embarazoso silencio—, le he prometido a la duquesa ir en su coche. Adiós, mister Gray. Adiós, Henry. Comerás fuera, ¿no? Yo también. Quizá te vea en casa de lady Thornbury.

—Eso espero, querida —dijo lord Henry cerrando la puerta tras ella, que escapó de la habitación como un ave del paraíso que ha estado fuera toda la noche, bajo la lluvia, dejando un ligero aroma exótico. Después él encendió un cigarrillo y se sentó en el sofá.

—No se case usted nunca con una mujer pelirroja, Dorian —dijo después de dar algunas caladas.

—¿Por qué, amigo mío?

—Porque son demasiado sentimentales.

—Pero a mí me gusta la gente sentimental.

—De todas formas no se case con ninguna, Dorian. Los hombres se casan porque están cansados; las mujeres, por curiosidad; ambos se llevan una desilusión.

—No creo que sea probable que me case, Henry. Estoy demasiado enamorado. Éste es uno de sus aforismos. Lo estoy poniendo en práctica, como todo lo que usted dice.

—¿De quién está enamorado? —preguntó lord Henry después de una pausa.

—De una actriz —dijo Dorian Gray ruborizándose.

Lord Henry se encogió de hombros.

—Es un debut bastante vulgar.

—Dice usted eso porque no la ha visto, Henry.

—¿Quién es?

—Su nombre es Sibyl Vane.

—Nunca lo he oído.

—Nadie lo ha oído. Pero algún día lo oirán. Ella es un genio.

—Mi querido muchacho, ninguna mujer es un genio. Las mujeres son un sexo decorativo. Nunca tienen nada que decir, pero lo dicen encantadoramente. Las mujeres representan el triunfo de la materia sobre el espíritu, así como los hombres representan el triunfo del espíritu sobre la moral.

—Henry, ¿cómo puede hablar así?

—Mi querido Dorian, es completamente cierto. En el presente estoy analizando a las mujeres, así que soy digno de crédito. El tema es menos recóndito de lo que creía. Me he dado cuenta últimamente de que hay sólo dos clases de mujeres: las naturales y las maquilladas. Las que no se pintan son muy útiles. Si quiere usted ganarse una reputación de hombre respetable, lo único que tiene que hacer es llevarlas a cenar. Las otras mujeres son encantadoras. Sin embargo, cometen un error. Se maquillan para intentar parecer jóvenes. Nuestras abuelas lo hacían para que pareciera que hablaban brillantemente. El *rouge* y el *esprit* solían ir juntos. Ahora todo esto no existe. Mientras una mujer pueda parecer diez años más joven que su propia hija, estará completamente satisfecha. En cuanto a conversación, hay sólo cinco mujeres en Londres con las que se puede hablar y dos de ellas no pueden ser admitidas en la sociedad decente. Sin embargo, hábleme acerca de su genio. ¿Cuánto hace que la conoce?

—¡Ah! Henry, sus ideas me aterran.

—No diga eso nunca. ¿Cuánto tiempo hace?

—Unas tres semanas.

—¿Y dónde la conoció?

—Se lo diré, Henry, pero no se muestre usted grosero. Después de todo, nunca habría ocurrido si yo no le hubiera conocido a usted. Usted me llenó de un salvaje deseo de conocer la vida. Durante algunos días, después de haberlo conocido, algo palpitaba en mis venas. Cuando paseaba por el parque o bajaba a Picadilly, acostumbraba a mirar a todos los que pasaban junto a mí y me preguntaba, con loca curiosidad, qué clase de vida llevarían. Algunos me fascinaban. Otros me llenaban de terror. Había un exquisito veneno en el aire. Las sensaciones me apasionaban... Bien, una noche, a eso de las siete, decidí ir en busca de alguna aventura. Sentí que en este gris y monstruoso Londres, con sus miles y miles de habitantes, sus sórdidos pecadores y sus espléndidos pecados, como usted me dijo una vez, debía de haber algo reservado para mí. Pensé mil cosas. El solo peligro me proporcionaba un sentido delicioso. Recordaba lo que usted me dijo en esa maravillosa noche en que cenamos juntos por primera vez: hay que buscar la belleza, pues es el verdadero secreto de la vida. No sé lo que esperaba, pero salí y me dirigí hacia la parte este; pronto me encontré en un laberinto de viejas y oscuras calles y desnudas plazas. A las ocho y cuarto aproximadamente pasé por un absurdo y pequeño teatro iluminado con grandes lámparas de gas y lleno de cartelones. Un horrible judío, con un chaleco como no he visto otro en mi vida, estaba en la puerta fumando un cigarro barato. Tenía el pelo grasiento y un enorme diamante relucía en el centro de la vieja pechera de su camisa. «¿Quiere usted un palco, milord?», dijo cuando me vio; después se quitó el sombrero con aire de majestuoso servilismo. Había algo en él, Henry, que divertía. Era como un monstruo. Sé que se reirá de mí, pero fui y pagué una guinea por el palco. Ahora no me puedo explicar por qué hice aquello; sin embargo, si no lo hubiese hecho, mi querido amigo, si no lo hubiese hecho, habría perdido el gran romance de mi vida. Veo que se está riendo. ¡Es lo horrible de usted!

—No me estoy riendo, Dorian, por lo menos no me estoy riendo de usted. Pero no debería decir que es el gran romance de su vida. Debería decir que es el primer romance. Usted amará muchas veces y siempre será correspondido. Una *grande passion* es el privilegio de la gente que no tiene nada que hacer. Es el único trabajo de las clases ociosas de un país. No se asuste. Hay cosas exquisitas reservadas para usted. Esto es sólo el principio.

—¿Cree usted que mi naturaleza es tan frívola? —exclamó Dorian Gray con tono enfadado.

—No, creo que es muy profunda.

—¿Qué quiere decir?

—Mi querido muchacho, la gente que ama sólo una vez en su vida es la frívola. A lo que ellos llaman lealtad y fidelidad, yo lo llamo letargo de la costumbre o carencia de imaginación. La fidelidad es a la vida emocional lo que la estabilidad es a la vida intelectual: simplemente una confesión de errores. ¡Fidelidad! Debo analizarla algún día. En ella está la pasión de la propiedad. Hay muchas cosas que nosotros dejaríamos si no temiéramos que los demás se las llevaran. Pero no quiero interrumpirlo. Siga con su historia.

—Bien, me encontré sentado en un pequeño y horrible palco y mirando a un vulgar telón. Me puse a observar la sala. Estaba decorada de forma recargada, llena de cupidos y cornucopias, como un pastel de boda de tercera clase. La galería y el patio estaban casi llenos, pero las dos filas de oscuras butacas estaban completamente vacías y apenas había una persona en lo que supongo que podríamos llamar anfiteatro. Había mujeres vendiendo naranjas y cerveza, y todo el mundo estaba comiendo nueces.

—Debía de ser como en los grandes días del drama inglés.

—Exactamente, creo yo, y resultaba muy deprimente. Empecé a preguntarme cómo podría pasar el rato, mientras ojeaba el programa. ¿Qué imagina que representaban, Henry?

—Seguramente *El muchacho idiota* o *Mudo, pero inocente*. A nuestros padres creo que les gustaba esa clase de obras. Cuanto más vivo, Dorian, más me convenzo de que lo que era bueno para nuestros padres no lo es para nosotros. Tanto en arte como en política, *les grand-pères ont toujours tort*.

—La obra era bastante buena para nosotros, Henry. Era *Romeo y Julieta*. Debo admitir que me indignó bastante la idea de ver a Shakespeare representado en un sitio como aquél. Aun así, me sentí interesado en cierto modo. Al cabo de un rato decidí esperarme a ver el primer acto. Había una horrorosa orquesta dirigida por un joven hebreo que estaba sentado ante un viejo piano, que casi me hizo marcharme, pero por fin el telón se alzó y comenzó la representación. Romeo era un robusto caballero, con las cejas pintadas, una áspera voz trágica y aspecto de barril de cerveza. Mercucio era casi tan malo. Trabajaba como esos horribles cómicos que introducen en sus papeles morcillas y parecía estar en relaciones muy amigables con el patio. Ambos eran tan grotescos como el decorado, y eso contribuía a que pareciera que uno estaba en un puesto de la verbena. ¡Pero Julieta! Henry, imagine una muchacha de apenas diecisiete años, con el rostro como una flor, una pequeña cabeza de tipo griego con bucles oscuros, unos ojos llenos de pasión con una ligera tonalidad violeta y labios que parecían pétalos de rosa. Era el ser más maravilloso que he visto en mi vida. Usted me dijo una vez que el patetismo no le conmovía, pero que la belleza, la simple belleza, podía llenar sus ojos de lágrimas. Pues le diré, Henry, que a duras penas pude mirar a esta muchacha, porque las lágrimas nublaron mi vista. Y su voz... Nunca he oído una voz como la de ella. Era muy baja al principio, profunda, melodiosa, como si solamente tuviera que escucharla un oído. Después se hizo más elevada, como el sonido de una flauta o un lejano oboe. En la escena del jardín tenía todo el trémulo éxtasis que se percibe justamente antes del amanecer, cuando los ruiseñores están cantando. Más tarde hubo momentos en que se notaba en ella una pasión salvaje. Usted sabe lo que puede conmover una voz. La voz de usted y la de Sibyl Vane son dos cosas que nunca olvidaré. Cuando cierro los ojos, las oigo y cada una me dice una cosa diferente. No sé a cuál seguir. ¿Por qué no he de amarla? Henry, yo la amo. Ella es todo en mi vida. Noche tras noche voy a verla actuar. Una vez es Rosalinda, a la vez siguiente es Imogena. He visto su muerte en una oscura tumba italiana, absorbiendo el veneno de labios de su amante. He observado su marcha a través del bosque de Arden, disfrazada de guapo muchacho, con pantalones y delicado gorro. Ha estado loca y ha ido ante un rey culpable, dándole a probar hierbas amargas. Ha sido inocente, y las negras manos de los celos se han cerrado en torno a su fino cuello. La he visto en todas las épocas y con todos los trajes. Las mujeres corrientes no se quedan grabadas en nuestra imaginación. Están limitadas a su siglo. Nada las transfigura. Uno puede ver su mente tan fácilmente como ve su sombrero. Se las puede encontrar siempre. No hay ningún misterio en ellas. Pasean en el parque por las mañanas y charlan durante el té por las tardes. Tienen una sonrisa estereotipada y sus maneras están siempre a la moda. No hay nada en ellas que no podamos saber. Pero una actriz... ¡Qué diferente es una actriz! ¡Henry! ¿Por qué no me había dicho que la única persona a la que merece la pena amar es a una actriz?

—Porque he amado a muchas de ellas, Dorian.

—Oh, sí, mujeres horribles con el pelo teñido y la cara pintada.

61

—No tenga tan mala opinión de los pelos teñidos y las caras pintadas. Algunas veces hay un extraordinario encanto en ellos —dijo lord Henry.

—Desearía no haberle hablado de Sibyl Vane.

—No tenía más remedio que hacerlo, Dorian. Durante toda su vida me dirá siempre lo que hace.

—Sí, Henry, creo que tiene razón. No tengo más remedio que contárselo todo. Tiene una extraña influencia sobre mí. Si cometiera un crimen, vendría a confesárselo. Usted me comprendería.

—La gente como usted, resplandecientes rayos de sol en la vida, no comete crímenes, Dorian. De todas formas, le agradezco el cumplido. Y ahora dígame... Por favor, alcánceme las cerillas... Gracias... Dígame: ¿cuáles son sus relaciones actuales con Sibyl Vane?

Dorian Gray se puso en pie con los ojos brillantes y el rostro encendido.

—¡Henry! ¡Sibyl Vane es sagrada!

—Sólo las cosas sagradas merecen ser tocadas, Dorian —dijo lord Henry con un extraño tono patético—. Pero ¿por qué se enfada? Supongo que ella le pertenecerá algún día. Cuando uno está enamorado, siempre empieza por engañarse a sí mismo y acaba por engañar a los demás. Eso es lo que el mundo llama un romance. Supongo que ya la conocerá.

—Desde luego. La primera noche que fui al teatro el horrible y viejo judío vino a mi palco al terminar la representación y se ofreció a llevarme entre bastidores y presentármela. Me puse furioso con él y le dije que Julieta había muerto hace cientos de años y que su cuerpo yacía en un sepulcro de mármol en Verona. Imaginé por su mirada que creyó que yo había bebido demasiado champaña o algo por el estilo.

—No me sorprende.

—Entonces me preguntó si yo escribía para algún periódico. Le contesté que ni siquiera los leía. Se desilusionó terriblemente y me confió que todos los críticos teatrales estaban conjurados contra él y que no había uno solo que no se vendiera.

—En cuanto a lo primero, no sé si será del todo cierto. Pero por otra parte, y a juzgar por las apariencias, creo que casi ninguno de ellos deber ser demasiado caro.

—Bueno, supongo que quería decir que no estaban al alcance de sus posibilidades —dijo Dorian riendo—. Esta vez las luces del teatro se apagaron y tuve que marcharme. Quería darme unos cigarros fuera como fuese. No los acepté... A la noche siguiente, por supuesto, fui allí otra vez. Cuando me vio, me hizo una gran reverencia y me aseguró que era un magnífico protector del arte. Era un enorme bruto, aunque tenía una pasión extraordinaria por Shakespeare. Me dijo una vez, con aire de orgullo, que sus cinco bancarrotas se habían debido enteramente al *Bardo,* como él le llamaba. Parecía pensar que aquello era una gran distinción.

—Y lo era, mi querido Dorian, ya lo creo que lo era. La mayoría de la gente quiebra por haber invertido demasiado en la prosa de la vida. Arruinarse uno mismo por la poesía es un honor. Pero ¿cuándo habló por primera vez con Sibyl Vane?

—La tercera noche. Había representado a Rosalinda. No pude evitar el volver. Le tiré algunas flores y ella me miró, al menos a mí me lo pareció así. El viejo judío era persistente. Parecía decidido a llevarme entre bastidores, así que accedí. Era curioso que yo no quisiera conocerla, ¿verdad?

—No, no lo creo así.

—¿Por qué, mi querido Henry?

—Se lo diré en otro momento. Ahora siga hablándome de la muchacha.

—¿Sibyl? Oh, era tan tímida y tan gentil... Hay en ella algo de niña. Sus ojos se abrieron asombrados cuando le dije lo que pensaba de su actuación. Creo que ambos estábamos bastante nerviosos. El viejo judío estaba en la puerta del polvoriento camerino haciendo muecas y hablando acerca de nosotros, que mientras tanto nos contemplábamos uno a otro como niños. Él insistía en llamarme «milord» y le tuve que asegurar a Sibyl que yo no lo era. Me dijo simplemente: «Parece usted un príncipe. Yo le llamaría Príncipe Encantador».

—Le doy mi palabra, Dorian, de que miss Sibyl sabe hacer cumplidos.

—No la entiende, amigo mío. Ella me miraba simplemente como si fuera el personaje de una obra. No sabe nada de la vida. Vive con su madre, una mujer de aspecto cansado, que representó a lady Capuleto la primera noche, vestida con un manto rojo. Parecía haber conocido mejores días.

—Sé lo que es eso. Me deprime —murmuró lord Henry mirando sus sortijas.

—El judío quiso contarme su historia, pero le dije que no me interesaba.

—Hizo usted muy bien. Siempre hay algo infinitamente sórdido en las tragedias de la gente.

—Sibyl es lo único que me preocupa. ¿Qué me importa quién haya sido su madre? Desde su cabecita hasta sus pequeños pies es absoluta y enteramente divina. Todas las noches voy a verla actuar y cada noche está más maravillosa.

—Ésa es la razón, supongo, de que usted nunca coma ahora conmigo. Pensé que tendría algún curioso romance. Y lo tiene, pero no es lo que yo esperaba.

—Mi querido Henry, almorzamos o cenamos juntos todos los días, y he estado en la ópera con usted varias veces —dijo Dorian, abriendo con asombro sus azules ojos.

—Siempre viene usted terriblemente tarde.

—Es que no puedo pasarme sin ir a ver en escena a Sibyl —exclamó—, aunque sólo sea en un acto. Ansío su presencia, y cuando pienso en la maravillosa alma que se esconde en su pequeño cuerpo de marfil, me siento lleno de temor.

—¿Puede usted cenar conmigo esta noche, Dorian?

Él movió la cabeza.

—Esta noche es Imogena —contestó— y mañana será Julieta.

—¿Cuándo es Sibyl Vane?

—Nunca.

—Me alegro por usted.

—¡Oh! ¿Por qué dice eso? Ella es como todas las grandes heroínas del mundo juntas. Es algo más que un ser. Usted se ríe, pero ya le dije que ella es un genio. La amo, y debo conseguir que ella me ame. ¡Usted, que conoce los secretos de la vida, dígame qué debo hacer! Quiero hacer que Romeo se sienta celoso. Quiero que todos los amantes muertos del mundo oigan nuestra risa y se pongan tristes. Quiero que nuestra pasión agite el polvo de sus restos y les haga darse cuenta y sentir pena. ¡Dios mío, Henry, cómo la adoro!

Se paseaba por la habitación mientras hablaba. Su rostro estaba encarnado y todo él parecía terriblemente excitado.

Lord Henry le observaba con una sutil sensación de placer. Qué diferente era ahora de aquel tímido y asustado muchacho que había conocido en el estudio de Basil Hallward. Su naturaleza se había desarrollado como una flor de pétalos flameantes. Su alma se había descubierto y el deseo había nacido en ella.

—¿Y qué se propone usted hacer? —dijo lord Henry por fin.

—Desearía que usted y Basil vinieran conmigo una noche a verla actuar. No temo el resultado. Seguro que reconocerán su genio. Después la sacaremos de las manos de ese judío. Está contratada con él por tres años o, mejor dicho, dos años y ocho meses a partir de estas fechas. Le pagaré algo, desde luego. Cuando todo esté arreglado alquilaré un teatro del West End para ella. Volverá loco al mundo, lo mismo que ha hecho conmigo.

—¿Será eso posible, mi querido muchacho?

—Sí, lo será. No solamente posee un consumado instinto artístico, sino que además tiene también personalidad; y usted a menudo me ha dicho que son las personalidades, y no los principios, los que conmueven a la gente.

—Bien, ¿qué noche iremos?

—Déjeme pensar... Hoy es martes... Iremos mañana. Ella representará el papel de Julieta.

—Perfecto. En el Bristol a las ocho en punto; iré con Basil.

—A las ocho no, Henry, por favor. A las seis y cuarto. Debemos estar allí antes de que el telón se levante. Debemos verla en el primer acto, cuando encuentra a Romeo.

—¡A las seis y cuarto! ¡Vaya una hora! Parecerá que vamos a tomar el té o a asistir a la lectura de una novela inglesa. Por lo menos a las siete. Ningún caballero cena antes de las siete. ¿Verá usted a Basil antes de entonces? ¿O quiere que le escriba yo?

—¡El querido Basil! No lo he visto desde hace una semana. Es bastante mal educado por mi parte. Me envió mi retrato con un maravilloso marco, especialmente diseñado por él, y, aunque tengo un poco de envidia de él por ser un mes más joven que yo, debo admitir que me encanta. Quizá sea mejor que le escriba usted. No quiero verlo a solas. Me dice cosas que me aburren. Me da buenos consejos.

Lord Henry sonrió.

—La gente tiene mucha costumbre de dar lo que ella misma necesita. Es lo que yo llamo el abismo de la generosidad.

—Oh, Basil es el mejor de los amigos, pero me parece un poco filisteo. Eso lo sé desde que lo conozco a usted, Henry.

—Mi querido muchacho, Basil pone todo su encanto en el trabajo. La consecuencia es que no le queda nada para la vida, sino sus prejuicios, sus principios y su sentido común. Los únicos artistas que he conocido con una personalidad deliciosa eran malos artistas. Los buenos artistas existen simplemente para su trabajo y, como consecuencia, no nos interesan en lo demás. Un gran poeta, un verdadero gran poeta, es la criatura menos poética de la creación. Pero los poetas medianos son absolutamente fascinantes. Cuanto peores son sus rimas, más pintorescos parecen. El mero hecho de haber publicado un libro de sonetos de segundo orden convierte a un hombre en irresistible. Él vive la poesía que no puede escribir. Los otros escriben la poesía que no pueden realizar.

—Me pregunto si será realmente así —dijo Dorian Gray, perfumando su pañuelo con un pulverizador de tapón de oro que había sobre la mesa—. Debe de ser, cuando usted lo dice. Y ahora debo irme. Imogena está esperándome. No olvide lo de mañana. Adiós.

Cuando dejó la habitación, lord Henry cerró los ojos y se puso a pensar. Ciertamente poca gente le había interesado tanto como Dorian Gray; sin embargo, la ciega adoración del adolescente por otra persona no le hacía sentirse apenado ni celoso. Le agradaba. Le convertía en un motivo de estudio más interesante. Él siempre se había sentido atraído por los métodos de las ciencias naturales, pero las materias corrientes de estas ciencias le parecían triviales y sin importancia. Y así había empezado por disecarse a sí mismo y había terminado por disecar a los demás. La vida humana: eso le parecía una cosa digna de investigación. Comparado con ella no había ninguna otra cosa de valor. Es cierto que, como observamos la vida con su curioso crisol de dolor y placer, no podemos poner sobre nuestra cara una máscara de vidrio para impedir que los vapores sulfurosos nos perturben el cerebro y llenen nuestra imaginación de monstruosas fantasías y desafortunados sueños. Hay venenos tan sutiles que para saber sus propiedades es necesario que los probemos. Hay enfermedades tan extrañas que uno debe padecerlas para comprender bien su naturaleza. Y, sin embargo, ¡qué gran recompensa se recibe! ¡Qué maravilloso se convierte el mundo! Darse cuenta de la curiosa y dura lógica de la pasión y de la vida emocional del intelecto, observar dónde se encuentran, dónde se separan y dónde marchan al unísono: ¡qué delicioso era esto! ¿Qué importa lo que pudiera costar? Nunca sería un precio suficiente para tan maravillosa sensación.

Se daba cuenta, y este pensamiento hacía que sus ojos oscuros de ágata brillaran de placer, de que, a causa de ciertas palabras suyas, palabras musicales dichas en tono musical, el alma de Dorian Gray había sido atraída por esta blanca muchacha y se había rendido a sus pies. En gran parte el joven era una creación suya. Le había hecho adelantarse. Eso era algo notable. La gente ordinaria espera que la vida le descubra sus secretos, pero a muy pocos, a los elegidos, se les revelan los misterios de la vida antes de que caiga el velo. Algunas veces es por efecto del arte, principalmente el literario, el cual se conecta de forma inmediata con las pasiones y la inteligencia. Pero de cuando en cuando una personalidad compleja asume el oficio del arte, y es, a su manera, una verdadera obra de arte. La vida también crea obras maestras, como la poesía, la escultura o la pintura.

Sí, el adolescente era precoz. Recolectaba la cosecha mientras aún era primavera. Poseía el pulso y la pasión de la juventud, pero era consciente de sí mismo. Era delicioso observarlo. Con su bello rostro y su bella alma, era algo maravilloso. No había que preocuparse por el final de todo esto o por si acabaría demasiado pronto. Era como uno de esos graciosos personajes de una obra, cuyas alegrías nos parecen algo remoto, pero cuyos sufrimientos nos descubren la belleza y cuyas heridas son como rosas rojas.

Alma y cuerpo, cuerpo y alma, ¡qué misteriosos son! Hay un sentido animal en el alma, y el cuerpo tiene momentos de espiritualidad. Los sentidos pueden refinarse y la inteligencia puede decaer. ¿Quién puede decir dónde terminan los impulsos carnales y dónde empiezan los físicos? ¡Qué triviales son las definiciones arbitrarias de los psicólogos vulgares! ¡Y, sin embargo, qué difícil es decidirse entre las pretensiones de las distintas escuelas! ¿Es el alma una sombra que vive en la casa del pecado? ¿O está realmente el cuerpo en el alma, como pensaba Giordano Bruno? La separación del espíritu y la materia era un misterio, y la unión del espíritu con la materia también era un misterio.

Empezó a preguntarse si podríamos hacer nunca de la psicología una ciencia tan absoluta que pudiera revelarnos cada uno de los pequeños resortes de la vida. Nunca nos comprendemos a nosotros mismos y raramente comprendemos a los demás. La experiencia no tiene un valor ético. Es simplemente la manera que tienen los hombres de llamar a sus propias faltas. Los moralistas generalmente la han mirado como un aviso y han afirmado que tiene una verdadera eficacia ética en la formación del carácter, y la han adorado como si nos mostrara el camino a seguir y nos dijera lo que tenemos que evitar. Pero la experiencia no tiene ningún poder. Tiene tan poco de causa activa como la conciencia misma. Todo lo que realmente demuestra es que nuestro futuro podrá ser lo mismo que nuestro pasado, y que el pecado que cometemos una vez con asco lo cometemos después muchas veces con alegría.

Veía claramente que el método experimental era el único por el cual se puede llegar a un análisis científico de las pasiones, y ciertamente Dorian Gray era un sujeto hecho para sus manos y parecía prometerle ricos y fructíferos resultados. Su repentino y demente amor por Sibyl Vane era un fenómeno psicológico de no poco interés. No cabía duda de que gran parte era curiosidad, curiosidad y deseo de experiencias nuevas; aun así, no era una cosa simple, sino una pasión enorme y compleja. Lo que había en ella de puro instinto sensual de juventud se había transformado, gracias a la imaginación, en algo que al adolescente mismo le parecía completamente alejado de los sentidos, y por esa razón era una cosa mucho más peligrosa. Son las pasiones sobre cuyo origen nos engañamos nosotros mismos las que luego nos tiranizan con más fuerza. Nuestras pasiones más débiles son aquéllas cuya naturaleza conocemos. Muchas veces ocurre que, cuando pensamos experimentar algo sobre los demás, lo experimentamos realmente sobre nosotros mismos.

Mientras lord Henry estaba sentado soñando con estas cosas, se oyeron unos golpes en la puerta y entró su criado para recordarle que era la hora de vestirse para la cena. Se levantó y miró a la calle. El sol, que se estaba escondiendo, había teñido de un color dorado y escarlata las fachadas de las casas de enfrente. Las celosías brillaban como planchas de metal incandescente. El firmamento parecía como una rosa marchita. Pensó en la ardiente vida de su joven amigo y se preguntó cuál sería el final de todo aquello.

Cuando llegó a su casa, a eso de las doce y media, vio un telegrama sobre la mesa. Lo abrió. Era de Dorian Gray. Le decía que le había prometido a Sibyl Vane casarse con ella.

V

—¡**M**adre, madre, soy muy feliz! —murmuró la joven apoyando la cara sobre las rodillas de la mujer arrugada y de aspecto cansado que, de espaldas a la luz que entraba en la habitación, estaba sentada en el único sillón del viejo cuarto de estar—. ¡Soy muy feliz! —repitió—. ¡Y tú deseas ser también feliz!

Mistress Vane tuvo un estremecimiento y puso sus blanquecinas manos sobre la cabeza de su hija.

—¡Feliz! —repitió ella—. Sólo soy feliz, Sibyl, cuando te veo actuar. No debes pensar en nada, excepto en tu arte. Mister Isaac ha sido muy bueno con nosotros, y le debemos dinero.

La joven la miró con enojo.

—¿Dinero, madre? —exclamó—. ¿Qué importancia tiene el dinero? El amor vale mucho más.

—Mister Isaac nos ha adelantado cincuenta libras para pagar nuestras deudas y vestir a James como es debido. No debes olvidar eso, Sibyl. Cincuenta libras es una gran suma. Mister Isaac ha sido muy considerado.

—No es un caballero, madre, y odio la forma que tiene de hablarme —dijo la muchacha poniéndose en pie y acercándose a la ventana.

—No sé lo que hubiéramos hecho sin él —contestó la vieja mujer quejosamente.

Sibyl movió la cabeza y se echó a reír.

—Desde ahora no nos hará falta, madre. El Príncipe Encantador tiene ahora nuestra vida en sus manos.

Hizo una pausa. Su sangre encendida coloreó sus mejillas. La respiración alterada hizo que sus labios, que eran como pétalos de rosa, se entreabrieran y temblaran. Una ráfaga apasionada se apoderó de ella e hizo que se agitaran los graciosos volantes de su vestido.

—Lo amo —dijo simplemente.

—¡Niña tonta! ¡Niña tonta! —fue la única contestación.

Movimientos grotescos con las manos, cubiertas de joyas falsas, acompañaron a las palabras.

La muchacha volvió a reír. La alegría de un pájaro enjaulado sonaba en su voz. Sus ojos captaban la melodía y la repetían radiantemente; después se cerraron un momento, como si quisieran esconder su secreto. Cuando se abrieron otra vez, la neblina de un sueño había pasado por ellos.

La sabiduría de labios finos le hablaba desde el sillón, aconsejándole la prudencia, que formaba parte del libro de la cobardía, cuyo autor disfraza con el nombre de sentido común. Ella no escuchaba. Era libre en la prisión de su pasión. Su príncipe, el Príncipe Encantador, estaba con ella. Su memoria lo reconstruía. Había enviado su alma a buscarlo y ella lo había traído. Su beso abrasaba otra vez su boca. Sus párpados volvían a sentir el aliento cálido de su respiración.

Entonces la sabiduría cambió de método y habló de espionaje y descubrimiento. Ese joven podía ser rico. Si fuera así, podría pensarse en el matrimonio. Contra su oído rompían las olas del ingenio mundano. Las flechas de la astucia pasaban sin tocarla. Vio que los labios finos se movían y sonrió.

Repentinamente sintió necesidad de hablar. Las palabras silenciosas la turbaban.

—Madre, madre —exclamó—, ¿por qué me amará tanto? Yo sé por qué lo amo a él. Lo amo porque es como el amor mismo. Pero ¿qué ve en mí? No soy digna de él. Y, sin embargo, no sé por qué, aun sintiéndome inferior a él, no me siento humilde. Me siento orgullosa, terriblemente orgullosa. Madre, ¿amaste tú a mi padre como yo amo al Príncipe Encantador?

La vieja mujer se puso pálida y sus labios se contrajeron en una mueca de dolor. Sibyl se acercó a ella, le rodeó el cuello con los brazos y la besó.

—Perdóname, madre, sé que te causa pena hablar de mi padre, pero eso es solamente porque lo quisiste mucho. No te pongas triste. Yo soy tan feliz hoy como tú lo fuiste hace veinte años. ¡Ah! ¡Déjame serlo eternamente!

—Niña mía, eres demasiado joven para el amor. Además, ¿qué sabes de ese joven? Ni siquiera conoces su nombre. Todo esto es muy inconveniente, y realmente, cuando James está a punto de marcharse a Australia, y yo tengo tantas cosas en que pensar, deberías mostrar un poco más de consideración. Sin embargo, como te he dicho antes, si es rico...

—¡Ah! ¡Madre, madre, déjame ser feliz!

Mistress Vane la miró y, con uno de esos falsos gestos teatrales que a menudo son algo así como la segunda naturaleza de un actor, rodeó a su hija con los brazos. En ese momento la puerta se abrió y un joven de pelo rojizo entró en la habitación. Tenía una figura algo gruesa y sus manos y pies eran grandes y se movían torpemente. No se parecía en nada a su hermana. De no conocerlos, difícilmente se hubiera podido adivinar qué relación había entre ellos. Mistress Vane lo miró y su sonrisa se hizo más amplia. Mentalmente elevaba a su hijo a la dignidad de auditorio. Estaba segura de que el *tableau* era interesante.

—Creo que deberías guardar algunos de tus besos para mí, Sibyl —dijo el joven.

—¡Ah! Pero a ti no te gusta que te besen, Jim —exclamó ella—. Eres un horrible y viejo oso.

Y corrió por la habitación, arrojándose en sus brazos.

James Vane miró el rostro de su hermana con ternura.

—Desearía que vinieras conmigo a dar un paseo, Sibyl. Supongo que no volveré a ver este horrible Londres. Estoy seguro de que no deseo verlo.

—Hijo mío, no digas esas cosas tan horribles —murmuró mistress Vane, tomando un recargado vestido de teatro con un suspiro y empezando a repasarlo.

Se sentía un poco descontenta de que su hijo no se hubiera unido al grupo. Podría haber aumentado la teatralidad pintoresca de la situación.

—¿Por qué no, madre? Quiero decirlo.

—Me entristeces, hijo mío. Confío en que regreses de Australia con posición e influencia. Creo que no hay sociedad de ninguna clase en las colonias, nada que se pueda llamar así; por tanto, cuando hayas hecho una fortuna, debes regresar e instalarte en Londres.

—¡Sociedad! —murmuró el joven—. No quiero saber nada de eso. Me gustaría hacer dinero y poder retiraros a Sibyl y a ti de la escena. ¡Odio el teatro!

—¡Oh, Jim! —dijo Sibyl riendo—. ¡Qué cruel eres! Pero ¿realmente vas a llevarme a dar un paseo? ¡Será muy bonito! Temía que fueras a decir adiós a alguno de tus amigos; por ejemplo, a Tom Hardy, que te dio esa horrible pipa, o a Ned Laugthon, que se burla de ti cuando la fumas. Es muy cariñoso por tu parte cederme la última tarde. ¿Adónde iremos? Podríamos ir al parque.

—Voy muy mal vestido —contestó con el ceño fruncido—. Solamente va al parque la gente elegante.

—Eso es una tontería, Jim —murmuró ella agarrando la manga de su chaqueta.

Él dudó un momento.

—Muy bien —dijo por fin—, pero no tardes demasiado en arreglarte.

Ella salió saltando por la puerta. Se la oía cantar mientras subía la escalera. Los pasos de sus pequeños pies se oyeron en el techo.

El joven anduvo dos o tres veces a lo largo de la habitación. Después se volvió hacia la tranquila figura que había en el sillón.

—Madre, ¿están ya mis cosas preparadas? —preguntó.

—Completamente, James —contestó ella sin levantar la vista de su labor.

Hacía unos meses que se encontraba a disgusto cuando estaba a solas con su rudo y severo hijo. Se turbaba interiormente cuando sus ojos se encontraban. Acostumbraba a preguntarse si él sospecharía algo. Él no dijo ninguna otra cosa y por eso a ella se le hizo el silencio intolerable. Empezó a lamentarse. Las mujeres se defienden a sí mismas atacando, tal como lo hacen por medio de repentinas y extrañas sumisiones.

—Espero que estés contento con tu vida de ultramar —le dijo—. Debes recordar que tú mismo la elegiste. Podías haberte empleado en la oficina de un procurador. Los procuradores son una clase muy respetable y comen a menudo en el campo con las mejores familias.

—Odio las oficinas y odio a los empleados —replicó—, pero tienes razón. Yo lo he querido así. Todo lo que te digo es que cuides a Sibyl. No dejes que le suceda nada malo. Madre, debes cuidarla.

—James, realmente me hablas de una forma extraña. Desde luego que cuido a Sibyl.

—He oído que todas las noches va al teatro un caballero y habla con ella. ¿Es cierto? ¿Qué me dices de eso?

—Estás hablando acerca de cosas que no entiendes, James. En nuestra profesión estamos acostumbrados a recibir grandes felicitaciones. Yo misma solía recibir varios ramos de flores en un día. Eso era cuando la gente entendía realmente a los actores. Con respecto a Sibyl, no sé ahora si su afecto por ese joven es algo serio o no, pero no hay duda de que el joven en cuestión es un perfecto caballero. Es siempre muy gentil conmigo. Además, tiene la apariencia de ser rico y las flores que envía son preciosas.

—Sin embargo, no sabes su nombre —dijo el joven duramente.

—No —contestó su madre con una plácida expresión en el rostro—. Todavía no nos ha dicho su nombre. Creo que es algo muy romántico por su parte. Probablemente es un miembro de la aristocracia.

James Vane se mordió los labios.

—Cuida a Sibyl, madre —exclamó—, cuídala.

—Hijo mío, no sé por qué dices eso. Siempre he puesto en Sibyl un cuidado especial. Desde luego, si ese caballero tiene fortuna, no hay ninguna razón para que ella no pueda contraer matrimonio con él. Creo que es un aristócrata. Quiero decir que tiene toda la apariencia de serlo. Podría ser un magnífico casamiento para Sibyl. Harían una pareja encantadora. Tiene unas maneras exquisitas, todos lo han notado.

El joven murmuró alguna cosa para sí mismo y empezó a tamborilear con sus toscos dedos sobre los cristales de la ventana. Justamente cuando se volvía para decir algo, se abrió la puerta y entró Sibyl corriendo.

—¡Qué serios estáis! —exclamó—. ¿Qué es lo que pasa?

—Nada —contestó su hermano—. Supongo que a veces se debe uno poner serio. Adiós, madre. Quiero comer a las cinco. Todo está empaquetado, excepto mis camisas, así que no necesitas preocuparte.

—Adiós, hijo mío —contestó ella con un saludo forzado y teatral.

Estaba apenada por el tono que su hijo había adoptado con ella, y había algo en su mirada que la hacía sentirse asustada.

—Bésame, madre —dijo la muchacha.

Las flores de sus labios besaron las arrugadas mejillas e hicieron que éstas tomaran color.

—¡Hija mía, hija mía! —exclamó mistress Vane mirando al techo en busca de una galería imaginaria.

—Vamos, Sibyl —dijo su hermano impacientemente.

Odiaba las afectaciones de su madre.

Cuando salieron, bajo la luz solar corría un ligero vientecillo; paseando, bajaron por la triste Euston Road. Los que pasaban se quedaban mirando con asombro al tosco y grueso joven con las ropas raídas, que iba en compañía de una muchacha tan gentil y de apariencia refinada. Era como un vulgar jardinero que llevaba una rosa.

Jim fruncía el ceño de vez en cuando al captar la inquisitiva mirada de algún extraño. Le molestaba que le miraran, lo mismo que les ocurre a los genios tardíamente en su vida y al vulgo durante toda su existencia. Sibyl, sin embargo, estaba completamente inconsciente del efecto que ella producía. Su amor temblaba en la risa de sus labios. Pensaba en el Príncipe Encantador y, para poder pensar lo más posible, no hablaba de él, sino del barco en que Jim iba a marchar, de su viaje, del oro que seguramente encontraría y de la maravillosa heredera cuya vida él salvaría de entre las manos de los malvados *bushrangers* con camisas rojas. Porque no sería siempre marinero, o sobrecargo, o cualquiera de las cosas que ahora iba a ser. ¡Oh, no! La vida de un marinero era horrorosa. Imagina estar encerrado en un espantoso barco entre broncas y enormes olas intentando entrar ¡y el negro viento que rompe los mástiles y desgarra las velas! Dejaría el barco en Melbourne, se despediría cortésmente del capitán e iría enseguida a los yacimientos de oro. Antes de una semana habría encontrado una gran pepita de oro puro, la más grande que nunca se hubiera descubierto, y la llevaría hasta la costa en un vagón guardado por seis policías montados. Los *bushrangers* atacarían el tren tres veces y serían derrotados con una enorme matanza. O no. Mejor, no iría a los yacimientos. Eran unos sitios horribles, donde los hombres se intoxicaban, se mataban unos a otros en los bares y usaban un lenguaje muy malo. Iría a una bonita granja y una noche, al regresar a casa, vería a la bella heredera que un ladrón intentaría raptar en un caballo negro, y le daría caza y la rescataría. Naturalmente, ella se enamoraría de él y él, de ella, y se casarían, volverían a Londres y vivirían en una enorme casa. Sí, había cosas deliciosas reservadas para él. Pero debía ser muy bueno y no perder los estribos ni gastar el dinero tontamente. Sólo tenía un año más que él, pero sabía mucho más de la vida. Debía escribirle muchas veces y rezar todas las noches antes de irse a dormir. Dios era muy bueno y le ayudaría. Ella también rezaría por él, y a los pocos años regresaría rico y feliz.

El adolescente la escuchaba malhumorado y no contestaba. Sentía el corazón oprimido por abandonar el hogar.

Sin embargo, no era sólo esto lo que le hacía estar melancólico y triste. Aunque fuera inexperto, se daba cuenta del peligro de la posición de Sibyl. Ese joven elegante que le hacía la corte podría no ser bueno para ella. Era un caballero, y lo odiaba por eso, lo odiaba a causa de un curioso instinto racial que ni él mismo podía comprender y que por esa razón lo dominaba más. Se daba cuenta también de la vanidad y ligereza del carácter de su madre, y veía en ello un infinito peligro para la felicidad de Sibyl. Los niños empiezan por amar a sus padres; cuando crecen, los juzgan; algunas veces los perdonan.

¡Su madre! Tenía en su mente algo que preguntarle, algo que había callado durante muchos meses. Una frase que había oído por casualidad en el teatro, un susurro ahogado que había llegado a sus oídos una noche, mientras esperaba en la puerta del escenario, y que originó en su mente horribles pensamientos. La recordaba como si hubiera sido un látigo que le hubiera cruzado la cara. Frunció el entrecejo y con una mueca de dolor se mordió el labio inferior.

—No estás escuchando ni una palabra de lo que te digo, Jim —exclamó Sibyl—, y estoy haciendo los más deliciosos planes para tu futuro. Di algo.

—¿Qué quieres que diga?

—¡Oh! Que serás un buen muchacho y no nos olvidarás —contestó ella sonriéndole.

Él se encogió de hombros.

—Es más fácil que tú me olvides a mí.

Ella se sonrojó.

—¿Qué quieres decir, Jim? —preguntó.

—He oído que tienes un nuevo amigo. ¿Quién es? ¿Por qué no me has hablado de él? No es bueno para ti.

—¡Calla, Jim! —exclamó ella—. No debes decir nada contra él. Lo amo.

—Ni siquiera sabes su nombre —contestó el joven—. ¿Quién es? Tengo derecho a saberlo.

—Se llama el Príncipe Encantador. ¿No te gusta su nombre? ¡Oh! ¡Eres un tonto! No deberías olvidarlo nunca. Con sólo verlo pensarías que es la persona más maravillosa que hay en el mundo. Algún día lo conocerás, cuando regreses de Australia. Te gustará mucho. A todo el mundo le gusta, y yo... yo lo amo. Desearía que pudieras venir al teatro esta noche. Él estará allí y yo representaré el papel de Julieta. ¡Oh! ¡Y cómo lo haré! ¡Es delicioso estar enamorada y representar el papel de Julieta, Jim! ¡Y tenerle allí! ¡Representarlo para él! Temo asustar a la gente, asustarla y dominarla. Estar enamorado es superarse uno mismo. El pobre y horrible mister Isaac gritará: «Es un genio», entre los holgazanes del bar. Me ha predicado como un dogma, esta noche me anunciará como una revelación. Estoy segura. Y todo es gracias a él, a él solamente, al Príncipe Encantador, mi maravilloso amor. Pero yo soy pobre a su lado. ¿Pobre? ¿Qué importa eso? Cuando la pobreza entra andando por la puerta, el amor viene volando por la ventana. Nuestros proverbios deberían volverse a escribir. Fueron hechos en invierno, y ahora estamos en verano, para mí, en primavera; las flores bailan en los firmamentos azules.

—Es un caballero —dijo el joven con tono enfadado.

—¡Un príncipe! —exclamó ella musicalmente—. ¿Qué más quieres?

—Querrá esclavizarte.

—Tiemblo ante la idea de ser libre.

—Quiero que tengas cuidado con él.

—Verlo es adorarlo, conocerlo es confiar en él.

—Sibyl, estás loca.

Ella se echó a reír y le asió del brazo.

—Mi querido viejo Jim, hablas como si tuvieras cien años. Algún día te enamorarás. Entonces sabrás lo que es esto. No estés tan malhumorado. Deberías estar contento de pensar que me dejas en los momentos en que soy más feliz de lo que he sido nunca. La vida ha sido muy dura para nosotros, terriblemente dura y difícil, pero ahora será diferente. Tú te vas a un nuevo mundo y yo he encontrado ya uno. Aquí hay dos sillas; sentémonos y veamos pasar a todo este palpitante mundo.

Se sentaron ante las miradas de mucha gente. Los tulipanes que había plantados en el paseo refulgían como anillos de fuego. Una blanca y trémula nube de polvo flotaba en el ambiente. Las sombrillas multicolores bailaban y se movían como monstruosas mariposas.

Ella hizo que su hermano hablara de él mismo, de sus esperanzas, de sus proyectos. Él hablaba lentamente y con esfuerzo. Se cambiaban palabras entre ellos como los jugadores se cambian las fichas. Sibyl se sentía oprimida. No podía transmitir su alegría. Una ligera y forzada sonrisa era todo lo que podía conseguir. Después de algún tiempo se calló. De repente vio una figura de pelo rubio y labios sonrientes; en un carruaje abierto, pasó Dorian Gray en compañía de dos señoras.

Ella se levantó de un salto.

—¡Allí está! —gritó.

—¿Quién? —dijo James Vane.

—El Príncipe Encantador —contestó ella, siguiendo con la vista la victoria.

Él también se levantó precipitadamente y la asió rudamente del brazo.

—¿Dónde está? ¿Quién es? ¡Señálamelo! ¡Debo verlo! —exclamó.

Pero en ese momento pasó el coche de cuatro caballos del duque de Berwick, y cuando el espacio quedó visible, el carruaje había salido del parque.

—Se ha ido —murmuró Sibyl tristemente—. Desearía que lo hubieras visto.

—Yo también, porque tan seguro como que hay un Dios en el cielo que si te hace algo malo, lo mataré.

Ella le miró con horror. Él repitió sus palabras. Cortaron el aire como una daga. La gente de alrededor empezó a observarlos. Una mujer contenía la risa a duras penas.

—Vámonos, Jim, vámonos —murmuró ella.

Él la siguió como un perro a través de la multitud. Se sentía contento de lo que había dicho.

Cuando llegaron a la estatua de Aquiles, ella se dio la vuelta. Había tristeza en sus ojos, que se convirtió en una sonrisa en sus labios. Adelantó la cabeza hacia él.

—Estás loco, Jim, completamente loco; eres un muchacho con mal temperamento, eso es todo. ¿Cómo puedes decir cosas tan horribles? No sabes lo que dices. Simplemente estás celoso. ¡Ah! Desearía que estuvieras enamorado. El amor hace a la gente buena, y lo que dices es irrazonable.

—Tengo dieciséis años —contestó él— y sé de lo que hablo. Mamá no te ayuda. No sabe cómo hay que cuidarte. Ahora desearía no marcharme a Australia. Tengo ganas de dejarlo todo. Si no fuera porque los papeles están firmados ya, lo haría.

—¡Oh! No te pongas tan serio, Jim. Eres como los héroes de esos horribles melodramas que a mamá le gusta tanto representar. No voy a reñir contigo. Le he visto y, ¡oh!, verle es alcanzar la perfecta felicidad. No debemos reñir. Sé que nunca harías daño a alguien que yo amara, ¿verdad?

—Mientras lo amaras no, supongo —fue la respuesta malhumorada.

—¡Lo amaré siempre! —exclamó ella.

—¿Y él?

—¡Siempre también!

—Es lo mejor para su bien.

Ella se retiró un poco y, riendo, le puso la mano sobre el brazo. No era más que un niño.

En Marble Arch detuvieron un ómnibus que los dejó cerca de su mísera casa en Euston Road. Eran las cinco y Sibyl debía dormir un par de horas antes de actuar. Jim insistió en que debía hacerlo. Dijo que quería despedirse antes de ella, mientras su madre no estaba presente. Seguro que haría una escena, y él detestaba las escenas, fueran de la clase que fuesen.

Se despidieron en la misma habitación de Sibyl. El corazón del adolescente estaba celoso y anidaba en él un odio feroz hacia aquel extraño que, según le parecía a él, había venido a interponerse entre los dos. Sin embargo, cuando los brazos de su hermana rodearon su cuello y sus dedos le acariciaron el pelo, él se conmovió y la besó con verdadero afecto. Cuando bajaba las escaleras había lágrimas en sus ojos.

Su madre le esperaba abajo. Al entrar murmuró algo porque él había tardado. No contestó y se sentó ante su pasada comida. Las moscas danzaban alrededor de la mesa y cruzaban por el estropeado mantel. Junto al ruido de los ómnibus y los carruajes que pasaban por la calle podía oír el runruneo de la voz que devoraba cada minuto que le quedaba.

Al cabo del rato retiró el plato y metió la cabeza entre sus manos. Pensó que tenía derecho a saber. Si era lo que él sospechaba, se lo debía haber dicho antes. Su madre lo observaba con ojos atemorizados. Las palabras salían de sus labios mecánicamente. Un viejo pañuelo de encaje se enrollaba en sus dedos. Cuando el reloj dio las seis, él se levantó y se dirigió a la puerta. Después se volvió y miró a su madre. Sus ojos se encontraron. En los de ella se veía una salvaje súplica de perdón. Esto le dio rabia.

—Madre, tengo que preguntarte algo —dijo.

Los ojos de ella recorrieron vagamente la habitación. No contestó.

—Dime la verdad. Tengo que saberlo. ¿Estabas casada con mi padre?

Ella respiró profundamente. Era un suspiro de alivio. El terrible momento, el momento que de noche y de día, durante semanas y meses había temido, acababa de llegar por fin, y ella no sentía ningún terror. En cierta medida se sentía desencantada. La vulgar manera de dirigir la pregunta obligaba a dar una contestación directa. La situación no se había preparado gradualmente. Era cruda. Le recordaba un mal ensayo.

—No —contestó, maravillándose de la dura sencillez de la vida.

—¿Mi padre era entonces un canalla? —exclamó el joven cerrando los puños.

Ella movió la cabeza.

—Yo sabía que él no era libre. Nos amábamos muchísimo. Si hubiera vivido nos habría dado dinero para que pudiéramos vivir nosotros. No digas nada contra él, hijo mío. Era tu padre y era un caballero. Además estaba muy bien relacionado.

Un juramento se escapó de los labios de James Vane.

—No me preocupo por mí —exclamó—, sino por Sibyl... Es un caballero, o dice serlo, ése que la corteja, ¿no es cierto? También estará bien relacionado, supongo.

Por un momento una feroz sensación de humillación atenazó a la mujer. Inclinó la cabeza. Se secó los ojos con las manos temblorosas.

—Sibyl tiene una madre —murmuró—, yo no la tuve.

El joven se conmovió. Fue hacia ella y, agachándose, la besó.

—Siento haberte apenado hablándote de mi padre —dijo—, pero no he podido evitarlo. Debo irme. Adiós. No olvides que ahora sólo tendrás una hija a quien cuidar, y créeme que si ese hombre hace algo malo a mi hermana, me enteraré de quién es, lo buscaré y lo mataré como a un perro. Lo juro.

Lo exagerado de la amenaza, el gesto apasionado que la acompañó y el loco melodrama de sus palabras hicieron que a ella le pareciera su vida más intensa. Estaba familiarizada con ese ambiente. Respiró más libremente y por primera vez durante muchos meses admiró de verdad a su hijo. Le hubiera gustado continuar la escena en el mismo tono emocional, pero él la cortó de repente. Bajó el equipaje y buscó sus bufandas. La sirvienta de la dueña de la casa salía y entraba continuamente. Tuvo que ponerse de acuerdo con el cochero. Los últimos momentos pasaban en detalles vulgares. Con un nuevo sentimiento de desencanto la madre agitó el raído pañuelo desde la ventana cuando su hijo partió. Se dio cuenta de que había perdido una gran oportunidad. Se consoló a sí misma diciéndole a Sibyl lo desolada que sería su vida, ahora que no tendría más que una hija a quien cuidar. Recordaba esta frase. Le había agradado. De la amenaza no le dijo nada. Fue dramática y vivamente expresada. Sentía que todos se reirían algún día al recordarla.

VI

Supongo que habrás oído las noticias, Basil —dijo lord Henry a Hallward cuando entró esa noche en el pequeño salón privado del Bristol, donde había una cena preparada para tres personas.

—No, Henry —contestó el artista dándole el sombrero y el abrigo al camarero—. ¿Cuáles son? Supongo que no será nada político. Eso no me interesa. A duras penas habrá alguien en la Cámara de los Comunes que merezca ser pintado, aunque muchos de ellos necesitan un pequeño blanqueo.

—Dorian Gray va a casarse —dijo lord Henry, mirándole al hablar.

Hallward se estremeció y frunció el entrecejo.

—¡Que Dorian va a casarse! —gritó—. ¡Imposible!

—Es completamente cierto.

—¿Con quién?

—Con una joven actriz o algo así.

—No puedo creerlo. Dorian es demasiado sensato.

—Dorian es demasiado sensato para no hacer locuras de cuando en cuando, mi querido Basil.

—Casarse es una cosa que difícilmente se puede hacer de cuando en cuando, Henry.

—Excepto en América —añadió lord Henry lánguidamente—, pero yo no he dicho que esté casado. He dicho que se iba a casar. Hay una gran diferencia. Yo sé perfectamente que estoy casado, pero no recuerdo haber estado prometido. Me inclino a creer que no lo he estado nunca.

—Pero piensa en la posición que tiene Dorian Gray, en su fortuna. Sería absurdo que se casara con una persona tan distinta a él.

—Si quieres que se case con esta muchacha, dile eso, Basil. Entonces seguro que lo hará. Siempre que un hombre hace una cosa estúpida es por los más nobles motivos.

—Espero que la muchacha sea buena, Henry. No quiero ver a Dorian unido a una vil criatura que pudiera estropear su carácter y arruinar su inteligencia.

—¡Oh, es más que buena: es bella! —murmuró lord Henry saboreando su vaso de vermut con naranjas amargas—. Dorian dice que es bella, y él no suele equivocarse en estas cosas. El retrato que le hiciste ha aguzado su sentido de la apreciación de la apariencia personal de los demás. Ése, además de otros, ha sido un excelente efecto. Vamos a ir a verla esta noche si el muchacho no ha olvidado nuestra cita.

—¿Hablas en serio?

—Completamente en serio, Basil. Sería un miserable si pensara poder estar más serio de lo que estoy ahora.

—Pero ¿tú apruebas eso, Henry? —preguntó el pintor, andando por la habitación y mordiéndose el labio—. Probablemente no lo apruebes. Es una tontería.

—Yo nunca apruebo o desapruebo nada. Es una actitud absurda para la vida. No hemos sido enviados al mundo para airear nuestros prejuicios morales. Nunca tengo en cuenta lo que dice la gente vulgar y nunca intervengo en lo que hace la gente encantadora. Si una personalidad me fascina, sea cual sea su modo de expresión, para mí es absolutamente deliciosa. Dorian Gray se enamora de una bella muchacha que actúa de Julieta y le promete casarse con ella. ¿Por qué no? Si se casara con Mesalina, no sería menos interesante. Tú sabes que no soy un defensor del matrimonio. La verdadera consecuencia del matrimonio es que nos hace ser altruistas. La gente altruista es la menos vistosa. No tiene individualidad. Sin embargo, hay ciertos temperamentos que el matrimonio hace más complejos. Conservan su egoísmo y además lo aumentan. Están forzados a tener más de una vida. Se hacen más elevadamente organizados, y ser organizado es el objeto de la existencia del hombre. Además, toda experiencia tiene valor y, aunque se hable mucho contra el matrimonio, es ciertamente una buena experiencia. Espero que Dorian Gray haga de esa muchacha su esposa, la adore apasionadamente durante seis meses y después, de repente, se quede fascinado por alguna otra. Podría ser un estudio maravilloso.

—No crees una sola palabra de lo que has dicho, Henry; tú sabes que no. Si la vida de Dorian Gray se estropeara, nadie lo sentiría más que tú mismo. Eres mucho mejor de lo que pretendes ser.

Lord Henry se echó a reír.

—La razón de que nos guste pensar tan bien de los demás es que todos tememos pensar en nosotros mismos. La base del optimismo es el puro terror. Pensamos que somos generosos porque damos a los demás la posesión de esas virtudes que a nosotros nos gustaría tener. Alabamos al banquero para que haga rentar nuestra cuenta y encontramos buenas cualidades en el salteador de caminos con la esperanza de que no vacíe nuestros bolsillos. Todo lo que he dicho lo creo de verdad. Siento el mayor de los desprecios por el optimismo. Ninguna vida se echa a perder sino aquélla cuyo crecimiento se detiene. Si quieres echar a perder un carácter, no tienes más que reformarlo. Respecto al matrimonio, desde luego es una tontería, pues hay otras y más interesantes maneras de relacionarse con las mujeres. Yo desde luego los animaré. Tienen el encanto de ser distinguidos. Pero aquí está Dorian. Él te lo explicará mejor que yo.

—¡Mi querido Henry, mi querido Basil, deben felicitarme! —dijo el joven quitándose la capa y estrechando las manos de sus amigos—. Nunca he sido tan feliz. Desde luego es una cosa repentina, todas las cosas realmente deliciosas lo son. Y, sin embargo, me parece que es lo que he estado buscando toda mi vida.

Estaba sonrojado por la excitación y el placer, y así parecía extraordinariamente bello.

—Espero que siempre sea feliz, Dorian —dijo Hallward—, pero no puedo perdonarle del todo por no haberme hecho saber sus relaciones. Sin embargo, se lo contó a Henry.

—Y yo no puedo perdonarle por llegar tarde a cenar —dijo lord Henry sonriendo al joven y poniendo la mano sobre su hombro—. Venga, sentémonos e intentemos saber qué tal es el nuevo chef; después nos contará usted cómo ha ido todo.

—Realmente no hay mucho que decir —exclamó Dorian mientras se sentaba en la pequeña mesa redonda—. Lo ocurrido es simplemente esto: después de dejarle a usted ayer por la tarde, Henry, me vestí, cené en el pequeño restaurante italiano de Rupert Street, que usted me enseñó una vez, y a las ocho me fui al teatro. Sibyl representaba a Rosalinda. Desde luego el escenario era horroroso y Orlando, absurdo. Pero Sibyl... ¡Deberían haberla visto! Cuando salió vestida de muchacho, estaba absolutamente maravillosa. Llevaba una chaquetilla de terciopelo con las mangas color canela, un pantalón marrón claro, un elegante sombrerito con una pluma de halcón enganchada con un brillante y una capa con adornos de color rojo pálido. Nunca me había parecido tan exquisita. Tenía la gracia delicada de esa figurita de Tanagra que tienes en tu estudio, Basil. Su pelo, enmarcando su rostro, parecía un ramo de hojas oscuras, que se agolpaban en torno a una pálida rosa. Con respecto a su actuación, ya la verán ustedes esta noche. Es una verdadera artista. Me senté en el oscuro palco enteramente hechizado. Olvidé que estaba en Londres y que vivía en el siglo xix. Estaba lejos con mi amor, en un bosque que ningún hombre había visto jamás. Después de la representación pasé entre bastidores y hablé con ella. Mientras estábamos sentados allí, juntos, vi en sus ojos una expresión que nunca había conocido. Mis labios se acercaron a los suyos. Nos besamos. No puedo describir lo que sentí en ese momento. Me pareció que toda mi vida era de un feliz color rosado. Ella se estremeció como un blanco narciso. Entonces se puso de rodillas y me besó las manos. Creo que no debería contarles todo esto, pero no puedo evitarlo. Desde luego, nuestro compromiso es un secreto absoluto. Ella ni siquiera se lo ha dicho a su propia madre. Y no sé lo que dirán mis parientes. Lord Radley seguro que se pondrá furioso. No me preocupa. Dentro de un año seré mayor de edad y entonces podré hacer lo que quiera. ¿Verdad, Basil, que he hecho bien en encontrar mi amor entre la poesía y en sacar a mi esposa de una obra de Shakespeare? Esos labios a los que Shakespeare enseñó a hablar han susurrado su secreto en mi oído. Los brazos de Rosalinda se han cerrado en torno a mí y he besado a Julieta en la boca.

—Sí, Dorian, supongo que ha hecho bien —dijo Hallward hablando lentamente.

—¿La ha visto usted hoy? —preguntó lord Henry.

Dorian Gray movió la cabeza.

—La dejé en el bosque de Arden y la encontraré en un huerto de Verona.

Lord Henry saboreó su champaña con aire meditativo.

—¿En qué momento pronunció usted la palabra *matrimonio*, Dorian? ¿Y qué le contestó ella? Quizá lo haya olvidado.

—Mi querido amigo, no he tratado esta cuestión como un negocio comercial y no he hecho ninguna promesa formal. Le dije que la amaba y ella me contestó que no era digna de ser mi esposa. ¡No era digna! Y no hay nada en el mundo que pueda compararse a ella.

—Las mujeres son maravillosamente prácticas —murmuró lord Henry—. Mucho más prácticas que nosotros. En situaciones como ésas casi siempre nos olvidamos de hablar del matrimonio; ellas siempre nos lo recuerdan.

Hallward le puso la mano sobre el brazo.

—Cállate, Henry. Enojas a Dorian. Él no es como los demás hombres. Nunca podría acarrear la desgracia de nadie. Su carácter es demasiado bueno para eso.

Lord Henry miró por encima de la mesa.

—Dorian nunca se enfada conmigo —contestó—. Le he hecho esa pregunta por la mejor razón posible, por la única razón, mirándolo bien, que excusa cualquier pregunta, por simple curiosidad. Tengo la teoría de que son las mujeres las que nos proponen siempre el matrimonio, y no nosotros quienes se lo proponemos a ellas, excepto, por supuesto, las mujeres de la clase media, pero ellas no son modernas.

Dorian Gray se echó a reír y movió la cabeza.

—Es usted completamente incorregible, Henry, pero no me importa. Es imposible enfadarse con usted. Cuando vea a Sibyl Vane, se dará cuenta de que el hombre que le hiciera algo malo sería una bestia, una bestia sin corazón. No puedo comprender cómo hay quien desee manchar las cosas que ama. Amo a Sibyl Vane. Quiero ponerla sobre un pedestal de oro y ver al mundo inclinarse ante la mujer que es mía. ¿Qué es el matrimonio? Un voto irrevocable. Usted se burla de él. ¡Ah! No se burle. Es un voto irrevocable que quiero contraer. La confianza que ella me tiene me hará ser fiel, su fe en mí me hará ser bueno. Cuando estoy con ella, lamento todo lo que usted me ha dicho. Me convierto en un ser diferente del que usted conoce. Estoy cambiado, y el simple contacto de las manos de Sibyl Vane me hace olvidarme de usted y de todas sus erróneas, fascinantes, venenosas y delicadas teorías.

—¿Y cuáles son? —preguntó lord Henry sirviéndose un poco de ensalada.

—¡Oh! Sus teorías acerca de la vida, sus teorías acerca del amor y sus teorías acerca del placer. Todas sus teorías, en resumen, Henry.

—El placer es la única cosa sobre la que merece la pena tener una teoría —contestó él con su baja y melodiosa voz—, pero temo no poder decir que esa teoría sea mía. Pertenece a la naturaleza, no a mí. El placer es propio de la naturaleza, es su signo de aprobación. Cuando somos felices, siempre somos buenos, pero cuando somos buenos, no siempre somos felices.

—¡Ah! ¿Qué entiendes por ser bueno? —exclamó Basil Hallward.

—Sí —repitió Dorian recostándose en la silla y mirando a lord Henry por encima del gran ramo de flores que había sobre la mesa—, ¿qué entiende usted por ser bueno, Henry?

—Ser bueno es estar en armonía con uno mismo —replicó él acariciando el filo de su vaso con sus pálidos dedos—. Lo contrario es verse forzado a estar en armonía con los demás. Nuestra propia vida: eso es lo que importa. Con respecto a las vidas de los demás, si uno desea ser un pedante o un puritano, puede lanzar ráfagas moralizadoras sobre ellas, pero no nos conciernen. Además, el individualismo es realmente el fin más elevado. La moral moderna consiste en aceptar el estandarte de su propia época. Considero que para un hombre de cultura aceptar el estandarte de su propia época es una forma de la más enorme inmoralidad.

—Pero seguramente si se vive sólo para uno mismo, se deberá pagar por eso un alto precio, ¿no, Henry? —sugirió el pintor.

—Sí, hoy en día todo son sobrecargas; puedo asegurar que la verdadera tragedia de los pobres es que no pueden trabajar para sí mismos. Los pecados bellos, como las cosas bellas, son el privilegio del rico.

—No solamente se paga con dinero.

—¿Cuáles son las otras maneras de pagar, Basil?

—¡Oh! Me imagino que con remordimientos, con sufrimientos, con... bueno, con la conciencia de la propia degradación.

Lord Henry se encogió de hombros.

—Mi querido amigo, el arte medieval es encantador, pero las emociones medievales están fuera de lugar. Desde luego, pueden usarse en teoría, pero las únicas cosas que se pueden usar en teoría son las que ya han dejado de usarse en realidad. Créame: ningún hombre civilizado rechaza nunca un placer, y los incivilizados nunca llegan a saber lo que es el placer.

—Yo sé lo que es —exclamó Dorian Gray—. Es adorar a alguien.

—Eso es, ciertamente, mejor que ser adorado —contestó él jugueteando con algunas frutas—. Ser adorado es un aburrimiento. Las mujeres nos tratan justamente como la humanidad trata a sus dioses. Nos adoran y siempre nos están pidiendo algo para ellas.

—A eso puedo contestar que si nos piden algo es porque ellas nos lo han dado antes —murmuró el adolescente con tono grave—. Ellas crean el amor en nuestra naturaleza. Tienen derecho a ser correspondidas.

—Eso es completamente cierto, Dorian —exclamó Hallward.

—Nada es completamente cierto —dijo lord Henry.

—Esto sí lo es —le interrumpió Dorian—. Debe usted admitir, Henry, que las mujeres dan a los hombres lo mejor de sus vidas.

—Posiblemente —suspiró él—, pero siempre quieren algo a cambio. Eso es lo malo. Las mujeres, como dijo una vez un ingenioso francés, nos inspiran el deseo de hacer obras maestras, pero siempre nos impiden realizarlas.

—¡Henry, es usted terrible! No sé por qué le quiero tanto.

—Usted siempre me querrá, Dorian —replicó él—. ¿Quieren un poco de café? Camarero, traiga café, *fine champagne* y unos cigarrillos. No, no traiga cigarrillos, yo tengo algunos. Basil, no te permito que fumes puros. Debes fumar un cigarrillo. Un cigarrillo es algo perfecto para un placer perfecto. Es exquisito y le deja a uno insatisfecho. ¿Qué más se puede pedir? Sí, Dorian, usted siempre me tendrá afecto. Yo represento para usted todos los pecados que nunca ha tenido el valor de cometer.

—¡Qué tonterías dice, Henry! —exclamó el joven, encendiendo su cigarrillo con un mechero de plata en forma de dragón, que el camarero había puesto sobre la mesa—. Vámonos al teatro. Cuando vea a Sibyl en el escenario, concebirá la vida de otra manera. Ella representará para usted algo que nunca ha conocido.

—Yo lo he conocido todo —dijo lord Henry con una mirada cansada—, pero siempre estoy dispuesto para una nueva emoción. Sin embargo, temo que para mí ya no puede haber tal cosa. Aun así, su maravillosa muchacha puede emocionarme. Me gusta el teatro. Es mucho más real que la vida. Vamos. Dorian, usted vendrá conmigo. Lo siento, Basil, pero mi coche no tiene más que dos asientos. Tú nos seguirás en el tuyo.

Se levantaron y se pusieron los gabanes, tomándose el café en pie. El pintor estaba silencioso y preocupado. Había en él un aire de desaliento. No podía soportar ese matrimonio y, sin embargo, le parecía mejor que otras cosas que podrían haber ocurrido. A los pocos minutos habían bajado las escaleras. Él subió solo a su coche, como habían convenido, y observó las brillantes luces del pequeño vehículo de su amigo, que le precedía. Una extraña sensación de desamparo se apoderó de él. Sintió que Dorian Gray no volvería a ser para él lo que había sido en el pasado. La vida se había interpuesto entre ellos... Sus ojos se oscurecieron y vio borrosas las fulgurantes y animadas calles. Cuando se detuvo ante el teatro, le pareció que era varios años más viejo.

VII

Por una u otra causa la sala estaba completamente abarrotada esa noche, y el obeso judío, que los había recibido en la puerta, sonreía de oreja a oreja con gesto trémulo y servil. Los escoltó hasta su palco con pomposa humildad, moviendo continuamente sus regordetas manos cubiertas de joyas y hablando lo más alto que podía. Dorian Gray lo aborreció más que nunca. Pensaba que había venido a ver a Miranda y se había encontrado con Calibán. Lord Henry, por el contrario, se mostraba muy contento con él. Al menos eso le demostró, insistiendo en estrecharle la mano y asegurando que estaba satisfecho de encontrar a un hombre que había descubierto un verdadero genio y que se arruinaba por la poesía. Hallward se entretenía mirando las caras de la gente del patio. El ambiente era terriblemente opresivo y la brillante y enorme lámpara parecía una monstruosa dalia de pétalos de fuego amarillo. Los jóvenes de la galería se habían quitado los abrigos y las chaquetas y los habían colocado sobre las barandillas. Se hablaban de uno a otro lado del teatro y cambiaban naranjas con las llamativas muchachas que había junto a ellos. Alguna mujer reía en el patio. Sus voces eran terriblemente chillonas y discordantes. Desde el bar llegaba el sonido de los taponazos.

—¡Vaya un sitio para encontrar una divinidad! —dijo lord Henry.

—¡Sí! —contestó Dorian Gray—. La encontré aquí, y es algo divino al lado de todas las demás cosas del mundo. Cuando empiece a actuar, usted lo olvidará todo. Esta gente vulgar, de caras rudas y gestos brutales, se transforma en algo muy diferente cuando ella aparece en el escenario. Se sientan silenciosamente y la observan. Ríen y lloran cuando ella quiere. Los maneja como si fueran un violín. Los espiritualiza, y uno siente que ellos tienen la misma carne y la misma sangre que nosotros.

—¡La misma carne y la misma sangre! ¡Oh! ¡Espero que no! —exclamó lord Henry mirando con sus prismáticos a los ocupantes de la galería.

—No le haga caso, Dorian —dijo el pintor—. Yo entiendo lo que usted quiere decir y creo en esa muchacha. Si usted la ama, debe de ser maravillosa, y habiéndole causado esa impresión, debe de ser buena y noble. Espiritualizar a la gente es algo digno de hacerse. Si esta muchacha puede dar un alma a aquéllos que han vivido sin ella, si puede crear el sentido de la belleza en personas cuyas vidas han sido sórdidas y feas, si puede eliminar su egoísmo y hacerles llorar por sufrimientos que no son suyos, es digna de toda su adoración y de la de todo el mundo. Este matrimonio es algo completamente justo. Al principio no lo creía así, pero ahora lo admito. Los dioses han hecho a Sibyl Vane para usted. Sin ella hubiera sido incompleto.

—Gracias, Basil —contestó Dorian Gray apretándole la mano—, sabía que usted me entendería. Henry es tan cínico que me aterroriza. Aquí está la orquesta. Es verdaderamente horrorosa, pero sólo toca durante unos cinco minutos. Después se levantará el telón y podrán ver a la muchacha a quien he dado toda mi vida, a quien he dado todo lo que es bueno en mí.

Un cuarto de hora después, con un extraordinario tumulto de aplausos, Sibyl Vane apareció en escena. Sí, ciertamente era maravillosa, una de las criaturas más maravillosas que había visto nunca, pensó lord Henry. Había algo de gacela en su delicada gracia y sus grandes ojos. Un ligero rubor, como la sombra de una rosa en un espejo de plata, apareció en sus mejillas cuando miró hacia la entusiasta multitud. Retrocedió unos pasos y sus labios parecieron temblar. Basil Hallward se puso en pie y empezó a aplaudir. Sin moverse, como en un sueño, Dorian Gray la miraba. Lord Henry la observaba con sus prismáticos murmurando: «¡Encantadora! ¡Encantadora!».

La escena ocurría en un salón de la casa de los Capuleto, y Romeo, con sus vestidos de peregrino, había entrado con Mercucio y sus otros amigos. La orquesta empezó a tocar y comenzó la danza. Entre los horribles y mal vestidos actores, Sibyl Vane se movía como una criatura de un mundo mejor. Su cuerpo se inclinaba al bailar como una planta se inclina hacia el agua. Las curvas de su pecho eran las de un blanco lirio. Sus manos parecían ser de marfil.

Sin embargo, estaba curiosamente indiferente. No mostraba ninguna señal de alegría cuando sus ojos se posaban en Romeo. Las pocas palabras que debía decir:

> Buen peregrino, estáis muy equivocado con vuestra mano,
> que ha demostrado en esto tanta cortesía y devoción.
> Las santas tienen manos que los peregrinos pueden tocar,
> y este contacto es un sagrado beso,

y el breve diálogo que iba o continuación, los dijo en un tono enteramente artificial. La voz era exquisita, pero desde el punto de vista del tono era completamente falsa. Estaba falta de matiz. Se perdía toda la vida del verso. La pasión se hacía irreal.

Dorian Gray se puso pálido cuando la observó. Estaba confundido y ansioso. Ninguno de sus amigos le dijo nada. Les pareció que ella era absolutamente inepta. Estaban terriblemente desencantados.

Sin embargo, sabían que la verdadera prueba para cualquier Julieta era la escena del balcón, en el segundo acto. Esperaban ese momento. Si fallaba allí, es que no había nada en ella.

Estaba encantadora cuando apareció a la luz de la luna. Eso no se podía negar. Pero su mala actuación se fue haciendo cada vez peor. Sus gestos eran terriblemente artificiales. Daba un tono demasiado enfático a cuanto decía. El bello pasaje:

> Vos sabéis que el velo de la noche me cubre el rostro;
> si no, podríais ver el rubor que tiñe mis mejillas,
> a causa de las palabras que esta noche me oísteis decir...

fue declamado con la penosa precisión con que lo hubiera hecho un escolar a quien le hubiese enseñado a recitar un profesor de segundo orden. Cuando se inclinó sobre el balcón y llegó a esos maravillosos versos:

Aunque tengo en vos mi alegría,

no me alegra el acuerdo de esta noche;

es demasiado temerario, imprevisto y repentino;

se parece demasiado al relámpago,

que cesa de ser antes de que se pueda decir: «Ilumina».

¡Buenas noches, vida mía!

Este capullo de amor que ha nacido en esta noche de verano

puede haberse convertido en una bella flor cuando nos volvamos a

encontrar

los dijo como si para ella no significaran nada. No estaba nerviosa. Por el contrario, lejos de ser así, poseía un absoluto dominio de sí misma. Era simplemente mal arte. Era un completo fracaso.

Hasta la vulgar e ineducada concurrencia del patio y la galería perdió todo su interés en la obra. Empezaron a hablar en voz alta y a silbar. El judío, que estaba en pie tras el anfiteatro, comenzó a patear de rabia. La única persona inmóvil era la muchacha misma.

Cuando terminó el segundo acto, comenzó a sonar una tempestad de silbidos, y lord Henry se levantó de su silla y se puso el gabán.

—Es bellísima, Dorian —dijo—, pero no sabe actuar. Vámonos.

—Yo voy a ver la obra hasta el final —contestó el joven con tono amargo—. Siento muchísimo haberles estropeado la noche, Henry. Les pido a los dos que me perdonen.

—Mi querido Dorian, miss Vane debe de estar enferma —interrumpió Hallward—. Volveremos otra noche.

—Desearía que estuviera enferma —señaló Dorian—, pero creo que simplemente está fría e insensible. Está enteramente cambiada. La noche pasada era una gran artista y hoy es simplemente una vulgar y mediocre actriz.

—No hables así del ser a quien amas, Dorian. El amor es más maravilloso que el arte.

—Ambos son sólo formas de imitación —dijo lord Henry—, pero vámonos. Dorian, no debe estar usted aquí más tiempo. No es bueno para la moral ver una mala representación. Además, supongo que no querrá que su esposa sea una actriz. Por tanto, ¿qué importancia tiene que represente a Julieta como una muñeca de madera? Es muy bonita, y si sabe tan poco de la vida como de actuar, será una deliciosa experiencia. Sólo hay dos clases de personas que son realmente fascinantes: las que lo saben absolutamente todo y las que no saben absolutamente nada. ¡Por Dios, muchacho, no ponga esa cara tan trágica! El secreto de la eterna juventud es no tener nunca una emoción que nos entristezca. Venga al club con Basil y conmigo. Fumaremos unos cigarrillos y brindaremos por la belleza de Sibyl Vane. Es bellísima. ¿Qué más quiere usted?

—Váyase, Henry —exclamó el joven—. Quiero estar solo. Basil, usted debe irse también. ¡Ah! ¿No ven que mi corazón está a punto de estallar?

Aparecieron lágrimas en sus ojos. Sus labios temblaron y, yéndose hacia el fondo del palco, se recostó en la pared, hundiendo el rostro entre sus manos.

—Vámonos, Basil —dijo lord Henry con una extraña ternura en su voz.

Los dos jóvenes salieron juntos.

A los pocos momentos se encendieron los focos y el telón se alzó para el tercer acto. Dorian Gray volvió a su asiento. Estaba pálido e indiferente. La representación transcurrió lenta, interminable. La mitad del público se marchó haciendo ruido con los pies y riendo. Aquello era un completo fracaso. El último acto transcurrió con la sala casi vacía. El telón bajó entre risas y protestas.

Tan pronto como hubo terminado, Dorian Gray bajó entre bastidores. La muchacha estaba sentada allí, sola, con una mirada de triunfo en el rostro. Sus ojos brillaban con extraño fulgor. Estaba radiante. Sus entreabiertos labios sonreían por una secreta alegría.

Cuando él entró, ella le miró y una expresión de infinito gozo se apoderó de su ser.

—¡Qué mal he actuado esta noche, Dorian! —exclamó.

—¡Horriblemente! —contestó él mirándola con cara de asombro—. ¡Horriblemente! Ha sido algo terrible. ¿Estás enferma? No tienes idea de cómo ha sido. No sabes cuánto he sufrido.

La muchacha sonrió.

—Dorian —dijo deletreando su nombre musicalmente, como si éste fuera más dulce que la miel para los rojos pétalos de su boca—, Dorian, no me entendiste, pero me entiendes ahora, ¿verdad?

—¿Qué tengo que entender? —preguntó él agriamente.

—Por qué he estado tan mal esta noche. Por qué siempre estaré ya mal. Por qué nunca volveré a actuar como lo hacía antes.

Él se encogió de hombros.

—Estarás enferma, supongo. Cuando estés enferma, no deberías actuar. Es algo ridículo. Mis amigos se han aburrido. Yo también me he aburrido.

Ella pareció no oírle. Estaba transfigurada de alegría. Un éxtasis de felicidad la dominaba.

—Dorian, Dorian —exclamó—, antes de conocerte, el teatro era la realidad de mi vida. Solamente vivía para él. Creía que todo era verdad. Yo era Rosalinda una noche y Porcia a la siguiente. La alegría de Beatriz era mi alegría y los sufrimientos de Cordelia también eran los míos. Yo lo creía todo. Las personas vulgares que actuaban conmigo me parecían como dioses. El decorado era todo mi mundo. No veía más que sombras y, sin embargo, me parecían cosas reales. Llegaste tú, ¡oh, mi bello amor!, y sacaste a mi alma de esa prisión. Me enseñaste lo que era verdaderamente la realidad. Esta noche, por primera vez en mi vida, me he dado cuenta de lo falso, de lo ficticio, de lo vacío que había sido siempre lo que yo había representado. Esta noche por primera vez he observado lo horrible que era Romeo, viejo y pintado. Los rayos de luna eran falsos, el decorado era vulgar y las palabras que yo debía decir eran irreales; no eran mis palabras, no eran las que yo hubiera querido decir. Tú me has sugerido algo más elevado, algo junto a lo cual todo arte es sólo un reflejo. Me has hecho comprender lo que realmente es el amor. ¡Amor mío! ¡Amor mío! ¡Príncipe Encantador! ¡Príncipe de la vida! Detesto las sombras. Tú eres algo más de lo que todo arte puede llegar a ser. ¿Qué tengo yo que ver con las marionetas de una obra? Cuando vine esta noche no pude comprender cómo me había librado de eso. Pensé que iba a estar maravillosa. Me di cuenta de que no podía hacer nada. Repentinamente se aclaró mi alma y lo comprendí todo. Ese conocimiento era algo exquisito para mí. Les oí silbar y sonreí. ¿Qué sabían ellos de nuestro amor? Llévame, Dorian, llévame contigo adonde podamos estar completamente solos. Odio el escenario. Puedo fingir una pasión que no siento, pero no puedo fingir esto que me quema como si fuera fuego. ¡Oh, Dorian, Dorian!, ¿puedes entender ahora lo que esto significa? Si lo fingiera sería una profanación, porque para mí representar es estar enamorada. Tú me has hecho comprender eso.

Él se sentó en el sofá y volvió la cara.

—Has matado mi amor —murmuró.

Ella le miró asombrada y se echó a reír. No le contestó. Fue hacia él y con sus finos dedos le acarició el cabello. Se agachó y le besó las manos. Él las retiró y un estremecimiento conmovió su cuerpo.

Se levantó y se dirigió a la puerta.

—Sí —exclamó—, has matado mi amor. Solías excitar mi imaginación. Ahora ni siquiera excitas mi curiosidad. Simplemente, no me produces ningún efecto. Te amaba porque eras maravillosa, por tu genio y tu inteligencia, porque hacías realidad los sueños de los grandes poetas, porque dabas forma y sustancia a las sombras del arte. Ahora lo has perdido todo. Eres frívola y estúpida. ¡Dios mío! ¡Qué loco fui al amarte! ¡Qué tonto he sido! Ahora para mí no eres nada. No te volveré a ver. No volveré a pensar en ti. Nunca volveré a decir tu nombre. No sabes lo que llegaste a ser para mí. Llegaste a ser... ¡Oh, no quiero ni pensarlo! ¡Desearía no haberte visto jamás! Has estropeado todo el romanticismo de mi vida. ¡Qué poco sabes del amor, si dices que echa a perder tu arte! Sin tu arte no eres nada. Yo podría haberte hecho famosa, espléndida, magnífica. El mundo hubiera estado a tus pies y hubieras llevado mi nombre. ¿Qué eres ahora? Una actriz de tercera categoría con una cara bonita.

La muchacha se puso blanca y empezó a temblar. Juntó las manos y al hablar parecía ahogarse.

—¿Hablas en serio, Dorian? —murmuró—. Estás fingiendo.

—¡Fingiendo! Eso lo dejo para ti. Lo haces muy bien —contestó él amargamente.

Ella se levantó y con una honda expresión de dolor en su rostro fue hacia él. Le puso la mano sobre el brazo y le miró a los ojos. Él retrocedió.

—¡No me toques! —gritó.

Ella lanzó un gemido y se arrojó a sus pies, permaneciendo allí como una flor pisoteada.

—¡Dorian, Dorian, no me dejes! —susurró—. Siento no haber actuado bien. Estaba pensando en ti todo el tiempo. Pero lo intentaré... te lo prometo... lo intentaré. Nació en mí tan de repente este amor que siento por ti... Creo que nunca lo hubiera sabido si no me hubieras besado, si no nos hubiéramos besado. Bésame otra vez, amor mío. No te alejes de mí, no podría soportarlo. ¡Oh! ¡No me dejes! Mi hermano... No, eso no importa, él no quiso decirlo. Estaba de broma. Pero tú... ¡Oh! ¿No puedes perdonarme por lo de esta noche? Trabajaré mucho e intentaré mejorar. No seas cruel conmigo porque te amo más que a nada en el mundo. Después de todo, es la única vez que no te he agradado. Pero tienes razón, Dorian. Podría haber sido cada vez mejor actriz. Ha sido una tontería por mi parte; y, sin embargo, no he podido evitarlo. ¡Oh, no me dejes, no me dejes!

Fue presa de un llanto apasionado. Se derrumbó en el suelo como si estuviera herida, y Dorian Gray la miró con sus bellos ojos mientras sus labios se curvaban con una mueca de exquisito desdén. Siempre nos parecen ridículas las emociones de las personas que hemos dejado de amar. Sibyl Vane le pareció absurdamente melodramática. Sus lágrimas y sus sollozos le aburrían.

—Me voy —dijo por fin con voz clara y calmosa—. No deseo ser cruel, pero no quiero volver a verte. Me has desilusionado.

Ella lloró silenciosamente, pero no le contestó. Se arrastró hacia él y sus pequeñas manos se extendieron ciegamente pareciendo buscarlo. Él se dio la vuelta y salió de la habitación. A los pocos momentos estaba fuera del teatro.

No sabía hacia dónde iba. Después recordó vagamente haber deambulado por calles mal iluminadas y haber pasado bajo arcos sombríos y junto a caras de mal aspecto. Mujeres con voces roncas y risa áspera le habían llamado, se cruzó con borrachos que decían palabrotas y andaban tambaleándose como monstruosos monos. Vio a niños grotescos sentados bajo los marcos de las puertas y oyó gritos y blasfemias que salían de sombríos patios.

Cuando estaba amaneciendo se encontró en Covent Garden. Las sombras empezaron a desaparecer y el cielo empezó a aclararse tenuemente tomando el color de una bella perla; grandes carros llenos de lirios se arrastraban lentamente por las vacías calles. El aire olía al perfume de las flores, y la belleza de éstas parecía traerle un bálsamo para su dolor. Entró en el mercado y observó a los hombres que descargaban sus mercancías. Alguien con blusa blanca le ofreció unas cerezas. Le dio las gracias maravillado de que se negara a aceptarle el dinero que quiso darle por ellas, y empezó a comerlas distraídamente. Habían sido recolectadas esa noche y el frescor de la madrugada había penetrado en ellas. Una larga fila de muchachos que llevaban cestas con tulipanes y rosas amarillas y rojas desfiló ante él entre grandes montones de verdes legumbres; bajo el pórtico de grises columnas pasó un grupo de muchachas que esperaban a que terminaran las subastas; otras personas paseaban en torno a la puerta del café de la plaza. Los pesados carros de caballos circulaban sobre el áspero adoquinado haciendo sonar sus campanas y cascabeles. Algunos de los conductores dormían sobre una pila de sacos. Los pichones de cuello gris revoloteaban picoteando granos.

Al cabo del rato paró un coche que le condujo a su casa. Durante unos instantes permaneció ante las escaleras de la puerta mirando la silenciosa plaza y las blancas y cerradas ventanas de las casas. El cielo tenía ahora el color de un ópalo puro y los tejados de las casas brillaban como la plata. De una chimenea opuesta empezó a elevarse una fina columna de humo, que se rizó como una cinta violeta en medio del aire nacarado.

En el gran farol veneciano, botín de la góndola de algún dux que colgaba del techo del vestíbulo, aún brillaban tres luces, parecían azules pétalos de flor rodeados de blanco fuego. Las apagó y acto seguido se quitó el sombrero y la capa, y los dejó sobre la mesa. Pasó por la librería hacia la puerta de su dormitorio, que era una gran habitación octogonal situada en el piso bajo y que, en su afán por el lujo, había hecho decorar él mismo con algunas curiosas tapicerías renacentistas que había descubierto en un viejo ático de Selby Royal. Al tiempo de cerrar la puerta sus ojos se posaron sobre el retrato que Basil Hallward le había hecho. Retrocedió con sorpresa. Después entró en su habitación con aire algo desconcertado. Cuando se hubo desabrochado su gabán, pareció dudar. Finalmente volvió sobre sus pasos, se acercó al cuadro y lo examinó. A la escasa luz que penetraba a través de las cortinas de seda color crema, la cara le pareció un poco cambiada. Pensó que la expresión era diferente. Hubiera podido decir que había un gesto cruel en su boca. Era realmente algo extraño.

Se volvió y, dirigiéndose a la ventana, corrió las cortinas. La brillante luz del amanecer entró en la habitación y barrió las fantásticas sombras de los oscuros rincones donde habían permanecido tremulantes. Pero la extraña expresión que había notado en el rostro del retrato parecía seguir allí, aún más intensificada. La ardiente luz del sol dibujaba líneas crueles alrededor de la boca, tan claramente como si él mismo, después de haber hecho alguna cosa horrible, se hubiera mirado en un espejo.

Retrocedió y, tomando de la mesa un pequeño espejo ovalado circundado por unos cupidos de marfil, uno de los muchos regalos que lord Henry le había hecho, se apresuró a mirarse en él. En sus rojos labios no aparecía ninguna línea de aquéllas. ¿Qué significaba esto?

Se frotó los ojos y volvió a acercarse a la pintura, examinándola otra vez. No había notado ninguna señal cambiada al mirar antes el cuadro y, sin embargo, no cabía duda, la expresión se había alterado. No era una simple imaginación suya. La cosa era horriblemente visible.

Se sentó en una silla y comenzó a pensar. De repente vino a su memoria lo que había dicho en el estudio de Basil Hallward el día en que éste terminó el cuadro. Sí, lo recordaba perfectamente. Había expresado el loco deseo de ser eternamente joven y que el retrato se hiciera viejo, que su propia belleza fuera inalterable y la cara del lienzo reflejara sus pasiones y sus pecados, que aquella imagen pintada soportara todos los sufrimientos y pensamientos, mientras que la delicada belleza y juventud que él poseía fuesen eternas. Seguramente su deseo no había sido escuchado. Tales cosas son imposibles. Le parecía monstruoso pensar en ellas. Y, sin embargo, allí estaba la pintura frente a él, con ese gesto de crueldad en la boca.

¡Crueldad! ¿Había sido cruel? La culpa era de la muchacha, no suya. Había soñado que era una gran actriz y le había dado su amor porque había creído que era un ser distinto. Después ella le desilusionó. Había resultado superficial e indigna. Y, sin embargo, un sentimiento de infinito arrepentimiento se apoderó de él cuando pensó en ella, yaciendo a sus pies como una niña. Recordó con cuánto desprecio la miró. ¿Por qué había hecho eso? ¿Por qué se le había dado un alma así? Pero él también había sufrido. Durante las tres terribles horas que duró la obra, él había vivido siglos de dolor, eternidades de tortura. Su vida bien valía la de ella. Él la había herido por un instante, pero ella lo había hecho durante mucho tiempo. Además, las mujeres están mejor constituidas que los hombres para soportar el dolor. Viven de sus emociones. Cuando se enamoran, es simplemente para tener a alguien a quien montarle escenas. Lord Henry se lo había dicho, y él sabía bien lo que eran las mujeres. ¿Por qué tenía que preocuparse por Sibyl Vane? Ahora ya no era nada para él.

Pero ¿y el cuadro? ¿Qué podía decir de eso? Tenía el secreto de su vida y contaba su historia. Le había enseñado a amar su propia belleza. ¿Le enseñaría también a odiar su propia alma? ¿Debía mirarlo otra vez?

No, era simplemente una ilusión de sus sentidos. La horrible noche que acababa de pasar le había hecho ver fantasmas. Repentinamente cayó sobre su cerebro esa mancha escarlata que convierte a los hombres en locos. El retrato no había cambiado. Era una tontería pensar eso.

Sin embargo, lo estaba observando, con su bello rostro ligeramente arrugado y su sonrisa cruel. Su pelo reluciente brillaba con la luz del sol. Sus ojos azules se encontraron con los suyos. Un sentimiento de infinita lástima, no por sí mismo, sino por su imagen pintada, le atenazó. Había cambiado un poco, y podía cambiar más. Su cabello dorado se convertiría en gris. Sus rosas blancas y rojas morirían. Por cada pecado que él cometiese aparecería una señal más, que iría destruyendo su belleza. Pero él no pecaría. El retrato, cambiado o no, sería el emblema visible de su conciencia. Resistiría las tentaciones. No volvería a ver más a lord Henry, no volvería a escuchar esas venenosas teorías que hicieron nacer en él, por vez primera, en el jardín de la casa de Basil Hallward, la pasión por las cosas imposibles. Volvería junto a Sibyl Vane, le pediría perdón, se casaría con ella e intentaría amarla otra vez. Sí, ése era su deber. Ella habría sufrido más que él. ¡Pobre niña! Había sido egoísta y cruel con ella. La fascinación que había ejercido sobre él volvería. Serían felices juntos. Su vida con ella sería bella y pura.

Se levantó de la silla y puso un gran biombo enfrente del cuadro, estremeciéndose al mirarlo. «¡Qué horrible!», murmuró para sí mismo. Después se dirigió al ventanal, que daba al jardín, y lo abrió. Cuando estuvo fuera, sobre la hierba, respiró profundamente. El aire fresco de la mañana pareció alejar todas sus sombrías pasiones. Pensó sólo en Sibyl. Un ligero eco de su amor volvió hacia él. Repitió su nombre una y otra vez. Los pájaros que cantaban en el jardín parecían hablar de ella a las flores.

VIII

Hacía mucho rato que había pasado el mediodía cuando se despertó. Su criado había entrado muchas veces para ver si se había levantado y se maravilló de que su joven señor durmiera hasta tan tarde. Finalmente Dorian tocó la campanilla y Víctor apareció silenciosamente con una taza de té y un montón de cartas sobre una pequeña bandeja de porcelana antigua de Sèvres, y descorrió las cortinas de raso color oliva, forradas de lino azul, que colgaban ante los tres grandes ventanales.

—Monsieur ha dormido bien esta mañana —dijo sonriendo.

—¿Qué hora es, Víctor? —preguntó Dorian Gray con somnolencia.

—La una y cuarto, monsieur.

¡Qué tarde era! Se sentó y, después de tomar un poco de té, ojeó las cartas. Una de ellas era de lord Henry y había sido traída en mano esa mañana. Dudó un momento y después la puso a un lado. Las otras las abrió distraídamente. Contenían las cosas de costumbre: tarjetas, invitaciones a cenar, entradas para exposiciones privadas, programas de conciertos de caridad y todo aquello, en resumen, que recibe un joven de buena posición durante esa época. Había una factura bastante considerable por un juego de tocador de plata de estilo Luis XV, que todavía no había tenido el valor de enviar a sus tutores, que eran gente extremadamente chapada a la antigua y que no se daban cuenta de que vivían en una época en que las cosas innecesarias son lo único que se necesita. Había también algunas notas corteses de los prestamistas de Jermyn Street, que se ofrecían a adelantarle cualquier suma de dinero en ese mismo momento y con los intereses más razonables.

Al cabo de unos diez minutos se levantó, se puso un batín de cachemira con seda bordada y pasó después al cuarto de baño pavimentado con ónice. Después de su largo sueño, el agua fría le reanimó. Pareció olvidarse de todo lo que había ocurrido. La sensación de haber tomado parte en una extraña tragedia cruzó por él una o dos veces, pero había en ella la irrealidad de un sueño.

Tan pronto como se hubo vestido, salió a la biblioteca y se sentó ante un desayuno francés, que estaba preparado para él, junto a un ventanal abierto. Era un día exquisito. El aire caliente parecía llevar un aroma de especias. Entró una abeja y empezó a zumbar en torno a un jarrón en forma de dragón, que estaba lleno de rosas amarillas. Se sintió enteramente feliz.

De pronto, sus ojos se posaron en el biombo que cubría el retrato y se estremeció.

—¿Hace demasiado frío para monsieur? —preguntó su criado, poniendo una tortilla sobre la mesa—. ¿Cierro la ventana?

Dorian movió la cabeza.

—No tengo frío —murmuró.

¿Era todo cierto? ¿Había cambiado realmente el retrato? ¿O había sido una imaginación suya que le había hecho ver un gesto maligno donde había un gesto de alegría? ¿Podía alterarse un lienzo? La cosa era absurda. Sería un bonito cuento para decírselo a Basil algún día. Le haría sonreír.

Y, sin embargo, ¡qué claro estaba en su recuerdo aquello! Primero en la penumbra y después a la luz del amanecer, había visto ese gesto cruel circundando sus labios. Casi temió que su criado dejara la habitación. Sabía que cuando se quedase solo iría a ver el retrato. Lo temía ciertamente. Cuando le trajo el café y los cigarrillos y se dio la vuelta para irse, sintió el salvaje deseo de decirle que se quedara. Cuando la puerta se cerró tras él, lo volvió a llamar. El hombre entró y esperó sus órdenes. Dorian le miró un instante.

—No estoy en casa para nadie, Víctor —le dijo con un suspiro.

El hombre se inclinó y volvió a marcharse.

Entonces se levantó de la mesa, encendió un cigarrillo y se dejó caer en unos lujosos almohadones que había frente al biombo. Era un biombo antiguo, de cuero español labrado, con unos adornos floridos, de estilo Luis XIV.

Lo miraba con curiosidad, preguntándose si antes habría ocultado el secreto de la vida de un hombre.

¿Debería retirarlo, después de todo? ¿Por qué no dejarlo allí? Si aquello era cierto, sería horrible. Si no era cierto, ¿por qué preocuparse? Pero ¿qué pasaría si por una fatal casualidad otros ojos miraban allí detrás y veían el horrible cambio? ¿Qué haría si Basil Hallward venía a su casa y quería ver su propio cuadro? Seguramente sucedería eso. No, tenía que verlo, y enseguida. Cualquier cosa sería mejor que este horrible estado de duda.

Se levantó y cerró las puertas. Al menos estaría solo cuando mirara la máscara de su vergüenza. Después retiró el biombo y se encontró cara a cara consigo mismo. Era absolutamente cierto. El retrato había cambiado.

Como después recordó a menudo, y siempre con no poco asombro, observó el retrato con un sentimiento de interés casi científico. Que hubiese tenido lugar aquello le parecía increíble. Y, sin embargo, era un hecho. ¿Había una sutil afinidad entre los átomos químicos, la forma y el color sobre el lienzo y el alma que había en él? ¿Podía ser que lo que el alma pensaba él lo realizase? ¿Que lo que ésta soñó se convirtiera en realidad? ¿O había alguna otra y más terrible razón? Se estremeció con miedo y se dejó caer, mirando el retrato con horror.

Aquello, sin embargo, le había hecho darse cuenta de una cosa. Le había hecho saber lo injusto, lo cruel que había sido con Sibyl Vane. No era demasiado tarde para reparar el daño. Ella aún podía ser su esposa. Su falso y egoísta amor se sometería a alguna influencia más elevada, que lo haría transformarse en una noble pasión, y el retrato pintado por Basil Hallward sería su guía durante toda la vida; podría ser para él lo que la santidad es para algunos, lo que la conciencia es para otros y lo que el temor de Dios es para todos nosotros. Hay opios para el remordimiento, drogas que pueden hacer que el sentido moral se adormezca. Pero aquello era un símbolo visible de la degradación del pecado. Era un signo visible de la ruina a la que conducen los hombres a sus almas.

Dieron las tres, y las cuatro, y la media sonó con su doble campanada, pero Dorian Gray permanecía inmóvil. Estaba intentando unir las cintas escarlata de la vida y tejerlas de alguna forma; quería encontrar su camino entre los vehementes laberintos de la pasión, por los cuales andaba errante. No sabía qué hacer o qué pensar. Finalmente, se dirigió a la mesa y escribió una apasionada carta a la muchacha que había amado, implorando su perdón y acusándose de haber estado loco al hacer lo que hizo. Llenó página tras página con ardientes palabras de sentimiento, y con palabras, más ardientes aún, de dolor. Hay cierta lujuria en hacerse reproches a uno mismo. Cuando nos acusamos, sentimos que nadie más tiene derecho a acusarnos. Es la confesión, no el sacerdote, lo que nos da la absolución. Cuando Dorian terminó la carta, sintió que había sido perdonado.

De pronto llamaron a la puerta, y él oyó fuera la voz de lord Henry.

—Mi querido muchacho, debo verlo. Déjeme entrar. No puedo soportar que usted se encierre así.

Al principio no le contestó, permaneció completamente tranquilo. Los golpes en la puerta continuaron y se hicieron más altos. Sí, era mejor dejar que entrara lord Henry y explicarle la nueva vida que iba a llevar a partir de entonces, reñir con él, si es que era necesario. Terminar su amistad era inevitable. Se levantó de un salto, fue hacia el cuadro y lo ocultó con el biombo; después abrió la puerta.

—Estoy muy apenado por todo esto, Dorian —dijo lord Henry al entrar—, pero usted no debe pensar mucho en ello.

—¿Se refiere usted a lo de Sibyl Vane? —preguntó el joven.

—Sí, por supuesto —contestó lord Henry, sentándose en un sillón y quitándose lentamente sus guantes amarillos—. Es terrible, desde cierto punto de vista, pero no es culpa suya. Dígame: ¿fue usted a verla cuando terminó la obra?

—Sí.

—Estaba seguro de que lo habría hecho. ¿Tuvo una escena con ella?

—Fui un bruto, Henry, un perfecto bruto, pero ahora todo está arreglado. No siento nada de lo ocurrido. Me ha hecho conocerme mejor.

—¡Ah, Dorian, me alegro de que lo tome usted así! Temía que estuviera lleno de remordimientos y que se estuviera arrancando ese bello y rizado cabello que tiene.

—He terminado con todo eso —dijo Dorian, moviendo la cabeza y sonriendo—. Ahora soy totalmente feliz. Empiezo a saber lo que es la conciencia. No es lo que usted me había dicho. Es la cosa más divina que hay en nosotros. No se burle de ella, Henry, al menos, no lo haga delante de mí. Quiero ser bueno. No puedo soportar la idea de que mi alma pueda ser horrible.

—¡Unas bases artísticas muy encantadoras para la ética, Dorian! Le felicito, pero ¿por dónde va usted a empezar?

—Por casarme con Sibyl Vane.

—¡Casarse con Sibyl Vane! —exclamó lord Henry, levantándose y mirándole perplejo—. Pero, mi querido Dorian...

—Sí, Henry, sé lo que me va a decir. Algo terrible acerca del matrimonio. No se moleste. No me vuelva a decir cosas de esa clase. Hace dos días le pedí a Sibyl que se casara conmigo. No voy a romper ahora mi palabra. ¡Será mi mujer!

—¡Su mujer! ¡Dorian...! ¿Recibió usted mi carta? Se la escribí esta mañana y la envié por medio de mi criado.

—¿Su carta? ¡Oh, sí! Ya recuerdo. No la he leído todavía, Henry. Temía que pudiera decir algo que no me gustase. Hace usted pedazos la vida con sus epigramas.

—¿No sabe nada entonces?

—¿Qué quiere decir?

Lord Henry cruzó la habitación y se sentó junto a Dorian Gray, le tomó las manos y se las apretó en silencio.

—Dorian —dijo por fin—, mi carta, no se asuste usted, le decía que Sibyl Vane ha muerto.

Un grito de dolor salió de los labios del joven, se puso en pie de un salto y retiró sus manos de entre las de lord Henry.

—¡Muerta! ¡Sibyl muerta! ¡No es cierto! ¡Es una horrible mentira! ¿Cómo se atreve a decirme eso?

—Es completamente cierto, Dorian —dijo lord Henry gravemente—. Viene la noticia en todos los periódicos de la mañana. Le escribí para decirle que no viera a nadie hasta que yo llegara. Naturalmente, habrá una investigación, y usted no debe estar mezclado en ella. Cosas como ésa ponen de moda a un hombre en París, pero en Londres la gente tiene muchos prejuicios. Aquí no se puede hacer el debut con un escándalo. Eso queda reservado para dar un poco de interés a la vejez. Supongo que no sabrán su nombre en el teatro. Si no lo saben, no hay por qué preocuparse. ¿Le vio alguien ir a su camerino? Ése es un punto importante.

Dorian Gray no contestó. Estaba aterrorizado. Por fin murmuró con voz sofocada:

—Henry, ¿ha dicho usted una investigación? ¿Qué quiere decir con eso? ¿Es que Sibyl?... ¡Oh, Henry, no puedo aguantar más! Enseguida, dígamelo todo.

—No me cabe duda de que no fue un accidente, Dorian, aunque al público se le haga creer que lo fue. Parece ser que cuando dejó el teatro acompañada de su madre, a las doce y media o así, dijo que había olvidado algo y volvió a entrar. La esperaron durante un buen rato, pero no regresó. Fueron a buscarla por fin y la encontraron muerta, tendida en el suelo de su camerino. Había ingerido algo por equivocación, alguna de esas cosas terribles que se usan en los teatros. No sé lo que sería, pero debió de ser ácido prúsico o algo así. Más bien creo que fue ácido prúsico, porque la muerte pareció ser instantánea.

—¡Henry, Henry, eso es terrible! —exclamó el joven.

—Sí, desde luego es una tragedia, pero usted no debe mezclarse en ello. Leí en el *Standard* que tenía diecisiete años. Hubiera creído que era aún más joven. Parecía una niña y casi no sabía actuar. Dorian, no debe dejar que esto altere sus nervios. Tiene que venir a cenar conmigo esta noche y después iremos a la ópera. Canta la Patti, y todo el mundo estará allí. Puede usted ir al palco de mi hermana. Habrá con ella algunas mujeres bonitas.

—Así que he matado a Sibyl Vane —dijo Dorian Gray casi para sí mismo—. La he asesinado tan ciertamente como si hubiera cortado su garganta con un cuchillo. Sin embargo, las rosas no serán menos bonitas por eso. Los pájaros cantarán tan felices como siempre en mi jardín. Y esta noche comeré con usted, y después iremos a la ópera, y más tarde supongo que cenaremos juntos. ¡Qué extraordinariamente dramática es la vida! Si hubiera leído todo esto en un libro, Henry, creo que me hubiera echado a llorar. Sin embargo, ahora que me ha ocurrido a mí realmente, parece demasiado asombroso para derramar lágrimas. Aquí está la primera carta de amor apasionada que he escrito en mi vida. Es extraño que mi primera carta de amor apasionada haya ido dirigida a una muchacha muerta. Me pregunto si pueden sentir esos blancos y silenciosos seres que llamamos muertos. ¡Sibyl! ¿Puede ella sentir, saber o escuchar? ¡Oh, Henry, cómo llegué a amarla! Ahora me parece que eso fue hace años. Lo era todo para mí. Después llegó esa terrible noche, ¿fue realmente anoche?, en que actuó tan mal, y mi corazón estuvo a punto de estallar. Después ella me lo explicó todo. Fue algo terriblemente patético. Pero ni siquiera me conmoví. Pensé que era una niña frívola. Después ocurrió algo que me asustó. No puedo decirle lo que era, pero fue terrible. Decidí volver a ella. Sentí que me había equivocado. Y ahora está muerta. ¡Dios mío! ¡Dios mío! Henry, ¿qué puedo hacer? No sabe usted el peligro en que estoy, y no tengo a nadie que me guíe. Ella habrá hecho eso por mí. No tenía derecho a matarse. Ha sido egoísta por su parte.

—Mi querido Dorian —contestó lord Henry sacando un cigarrillo de su pitillera y encendiendo una cerilla sobre su fosforera de oro—, la única forma de que se puede valer la mujer para reformar a un hombre es aburriéndolo de tal forma que pierda todo interés posible en la vida. Si usted se hubiera casado con esa muchacha, habría sido desgraciado. Desde luego, usted la habría tratado amablemente. Siempre podemos ser amables con las personas que no nos preocupan. Pero pronto hubiera descubierto su absoluta indiferencia por ella. Y cuando una mujer llega a descubrir eso, se convierte en un ser ridículo o se dedica a llevar sombreros caros, que el marido de otra tiene que pagar. No digo nada del desliz que hubiera sido abyecto y que, naturalmente, yo no hubiera podido admitir, pero le aseguro que, en cualquier caso, aquello hubiera sido un absoluto desastre.

—Supongo que sí —murmuró el joven, paseándose por la habitación con el rostro horriblemente pálido—, pero creí que era mi deber. No es culpa mía si esta horrible tragedia me ha impedido hacer lo que era justo. Recuerdo que usted me dijo una vez que había cierta fatalidad en las buenas resoluciones: siempre se toman demasiado tarde. Con la mía, realmente, ha ocurrido así.

—Las buenas resoluciones son esfuerzos inútiles para anular las leyes científicas. Su origen es la pura vanidad. Su resultado es absolutamente nulo. Nos dan, de cuando en cuando, algunas de esas lujuriosas y estériles emociones que tienen cierto encanto para el débil. Eso es todo lo que se puede decir de ellas. Son simplemente cheques que los hombres envían a un banco donde ellos no tienen cuenta.

—Henry —exclamó Dorian Gray, sentándose junto a él—, ¿por qué no puedo sentir esta tragedia tanto como quisiera? No creo que sea un hombre sin corazón, ¿verdad?

—Ha hecho muchas locuras durante los últimos quince días, Dorian, para que ahora diga eso —contestó lord Henry con su dulce y melancólica sonrisa.

El joven frunció el ceño.

—No me gusta esa explicación, Henry —replicó—, pero estoy contento de que usted no crea que no tengo corazón. No soy de esa clase. Sé que no lo soy. Y, sin embargo, debo admitir que esto que ha ocurrido no me ha afectado de la forma en que lo debería haber hecho. Simplemente me parece el maravilloso final de una maravillosa obra. Tiene toda la terrible belleza de una tragedia griega, una tragedia en la que he tenido un papel importante, pero por la cual no he sido herido.

—Ésa es una cuestión interesante —dijo lord Henry, que había encontrado un exquisito placer en actuar sobre el egoísmo inconsciente del joven—. Una cuestión extremadamente interesante. Creo que la verdadera explicación es ésta. Sucede muchas veces que las tragedias reales de la vida ocurren de una manera poco artística, y entonces nos hieren por su cruda violencia, su absoluta incoherencia, su absurda carencia de significado y su entera falta de estilo. Nos afectan de la misma forma en que lo hace la vulgaridad. Nos dan una impresión de tremenda fuerza bruta, y nos rebelamos contra eso. Algunas veces, sin embargo, una tragedia que posee elementos artísticos de belleza se cruza en nuestra vida. Si estos elementos de belleza son reales, despiertan inmediatamente nuestro sentido del efecto dramático. De repente, nos damos cuenta de que ya no somos actores, sino espectadores de la obra. O de que, más bien, somos ambas cosas. Nos observamos a nosotros mismos, y la simple maravilla del espectáculo nos fascina. En el presente caso, ¿qué es lo que realmente ha ocurrido? Alguien se ha matado por amor hacia usted. Deseo no tener que pasar nunca por tal experiencia. Me hubiera hecho amar el amor para el resto de mi vida. Las que me han adorado, y no han sido muchas, pero sí algunas, siempre han insistido en vivir mucho tiempo después de que hubiera dejado de preocuparlas o ellas de preocuparme a mí. Se han vuelto gordas y aburridas, y cuando las encuentro, empiezan enseguida con las reminiscencias. ¡Qué terrible memoria tienen las mujeres! ¡Es algo aterrador! ¡Y qué total estancamiento intelectual revela! Se puede absorber el color de la vida, pero nunca se recuerdan sus detalles. Los detalles son siempre vulgares.

—Sembraré amapolas en mi jardín —suspiró Dorian.

—No hay necesidad —replicó su compañero—. La vida siempre tiene amapolas en sus manos. Desde luego, de cuando en cuando las cosas languidecen. Hubo una época en que yo sólo llevaba violetas como forma artística de luto por un romance que no moría. Al final, sin embargo, murió. He olvidado qué fue lo que lo mató. Creo que ocurrió porque ella me propuso sacrificar todo por mí. Ése es siempre un terrible momento. Le llena a uno del terror de la eternidad. Bueno, ¿querrá usted creerlo?, hace una semana, en casa de lady Hampshire, me encontré sentada a mi lado a la mujer en cuestión e insistió en volver a empezarlo todo otra vez, en resucitar el pasado y construir un futuro. Yo había sepultado mi amor en un lecho de asfódelos. Ella quiso despertarlo y me aseguró que había destrozado su vida. Puedo afirmar que comió enormemente, así que no sentí ninguna ansiedad. ¡Pero qué falta de gusto mostró! El único encanto del pasado es que ya ha pasado. Pero las mujeres nunca saben cuándo ha caído el telón. Siempre quieren un sexto acto y, aunque se haya perdido el interés de la obra, ellas se proponen continuarla. Si se les permitiese hacer lo que quisieran, las comedias tendrían un final trágico y las tragedias culminarían en una farsa. Son encantadoramente artificiales, pero no tienen sentido del arte. Usted es más afortunado que yo. Le aseguro, Dorian, que ninguna mujer de las que he conocido hubiese hecho por mí lo que Sibyl Vane hizo por usted. Las mujeres corrientes siempre se consuelan a sí mismas. Algunas lo hacen llevando colores sentimentales. Nunca confíe en una mujer que use el malva, cualquiera que sea su edad, ni en una mujer de treinta y cinco años que lleve cintas rosas. Eso siempre quiere decir que tienen una historia. Otras encuentran un gran consuelo en descubrir de repente las buenas cualidades de sus esposos. Presumen ante nosotros de su felicidad conyugal, como si ésta fuera el más fascinante de los pecados. Algunas se consuelan con la religión. Sus misterios, como me dijo una vez una dama, poseen todo el encanto de un *flirt*, y yo lo comprendo enteramente. Además, nada envanece tanto como decir que uno es pecador. La conciencia nos hace egoístas. Sí, realmente no tienen fin los consuelos que encuentran las mujeres en la vida moderna. Sin embargo, no he mencionado el más importante.

—¿Cuál es, Henry? —dijo el joven indiferentemente.

—¡Oh! El consuelo más obvio: tomar otro admirador cuando se pierde el que se tenía. En la buena sociedad eso siempre hace más joven a una mujer. Pero realmente, Dorian, ¡qué diferente debe de haber sido Sibyl Vane de las demás mujeres! Hay algo bellísimo en su muerte. Estoy contento de vivir en un siglo donde pueden ocurrir tales maravillas. Le hacen a uno creer en la realidad de las cosas con que todos jugamos, como el romanticismo, la pasión y el amor.

—Fui terriblemente cruel con ella. Olvida usted eso.

—Me temo que las mujeres aprecian la crueldad más que ninguna otra cosa. Tienen unos instintos maravillosamente primitivos. Las hemos emancipado, pero ellas siguen siendo esclavas en busca de dueño, a pesar de todo. Les gusta ser dominadas. Estoy seguro de que estuvo usted espléndido. Nunca le he visto real y absolutamente enfadado, pero imagino que estaría delicioso. Y, después de todo, usted me dijo algo anteayer que, en ese momento, me pareció simplemente fantástico, pero que ahora veo que era absolutamente cierto, y que es la clave de todo.

—¿Qué fue, Henry?

—Me dijo que Sibyl representaba para usted todas las heroínas románticas; que era Desdémona una noche y Ofelia a la siguiente; que moría como Julieta y resucitaba como Imogena.

—Nunca volverá a resucitar ahora —murmuró el joven, hundiendo el rostro entre las manos.

—No, nunca volverá a resucitar. Ha representado su último papel. Pero debe usted pensar en esa muerte solitaria en ese camerino chillón simplemente como si fuera un extraño y lúgubre fragmento de una tragedia jacobina o una maravillosa escena de Webster, o de Ford, o de Ciryl Tourneur. La muchacha nunca vivió realmente, y por eso nunca murió realmente. Para usted, al menos, siempre fue un sueño, un fantasma errante entre los dramas de Shakespeare, que los hacía más adorables con su presencia y que transformaba su música en algo más rico y más lleno de alegría. En el momento en que ella tocó la vida real, esto la destrozó, y ella destrozó a la vida, y por eso murió. Póngase luto por Ofelia si quiere. Póngase ceniza en la cabeza porque Cordelia ha sido estrangulada. Clame a los cielos porque ha muerto la hija de Brabancio. Pero no derrame lágrimas por Sibyl Vane. Ella era mucho menos real que estas otras.

Se produjo un silencio. El atardecer iba oscureciendo dentro de la habitación. Silenciosamente, con pies de plata, las sombras se adueñaban del jardín. Los colores se escapaban poco a poco de los objetos.

Después de un rato, Dorian Gray levantó los ojos.

—Usted me ha explicado a mí mismo, Henry —murmuró con un suspiro de alivio—. Sentía todo lo que usted me ha dicho, pero estaba asustado y no podía expresarlo. ¡Qué bien me conoce! Pero no volveremos a hablar de lo ocurrido. Ha sido una maravillosa experiencia. Eso es todo. Me pregunto si la vida me reservará algo tan maravilloso.

—La vida le reserva a usted todo, Dorian. No hay nada que usted, con su extraordinaria belleza, no sea capaz de hacer.

—Pero supongamos, Henry, que yo me volviera huraño, viejo y arrugado. ¿Qué pasaría entonces?

—¡Ah! Entonces —dijo lord Henry levantándose—, entonces, mi querido Dorian, tendría que luchar por sus victorias. Ahora no le hace falta luchar. No, tiene usted que conservar su belleza. Vivimos en una época que lee demasiado para ser sabia y que piensa demasiado para ser bella. No podemos prescindir de usted. Y ahora vístase y vayamos al club. Es bastante tarde.

—Creo que me reuniré con usted en la ópera, Henry. Me encuentro demasiado cansado para comer nada. ¿Cuál es el número del palco de su hermana?

—Creo que es el veintisiete. Es uno de los mejor situados. Verá su nombre en la puerta. Siento que usted no quiera venir a comer.

—No me encuentro bien para ir —dijo Dorian indolentemente—, pero estoy muy obligado hacia usted por todo lo que me ha dicho. Ciertamente es mi mejor amigo. Nadie me ha entendido nunca como usted.

—Éste es solamente el principio de nuestra amistad, Dorian —contestó lord Henry estrechándole la mano—. Adiós. Espero verlo antes de las nueve y media. Recuerde: esta noche canta la Patti.

Cuando la puerta se cerró tras él, Dorian Gray tocó la campanilla y a los pocos minutos apareció Víctor con las luces y corrió las cortinas. Esperó impacientemente a que se fuera. La estancia del criado en la habitación le pareció interminable.

Tan pronto como salió, se dirigió al biombo y lo retiró. No, la pintura no había sufrido ningún otro cambio. Había recibido las noticias de la muerte de Sibyl Vane antes que él mismo las hubiera sabido. Conocía los sucesos de su vida en cuanto ocurrían. El gesto cruel que había transformado las finas líneas de su boca apareció, sin duda, en el momento en que la muchacha ingirió el veneno. ¿O era indiferente a los resultados? ¿Conocería simplemente lo que ocurría en el alma? Se maravillaba, y esperaba que algún día podría ver la transformación ante sus propios ojos. Le estremeció pensar esto.

¡Pobre Sibyl! ¡Qué romántico había sido todo! A menudo había fingido la muerte sobre el escenario. Después la muerte misma la había alcanzado, habiéndosela llevado consigo. ¿Cómo habría representado ella esta última y terrible escena? ¿Le habría maldecido al morir? No, había muerto por amor hacia él, y el amor desde ahora sería para él un sacramento. Lo había expiado todo con el sacrificio de su vida. No debía pensar más en lo que ella le había hecho sufrir durante aquella terrible noche en el teatro. Cuando pensase en ella, lo haría como en una maravillosa figura trágica, enviada al escenario del mundo para mostrar la suprema realidad del amor. ¿Una maravillosa figura trágica? Sus ojos se llenaron de lágrimas al recordar su aspecto infantil, sus caprichosamente atractivas maneras y su tímida y trémula gracia. Secó sus lágrimas rápidamente y miró otra vez al retrato.

Sintió que había llegado realmente el momento de elegir. ¿O su elección ya estaba hecha? Sí, la vida había decidido por él, la vida y su infinita curiosidad por ella, la eterna juventud, la pasión infinita, los placeres sutiles y secretos, las salvajes alegrías y los pecados más salvajes aún... Él iba a poseer todas estas cosas. El retrato soportaría todo el peso de su vergüenza; esto era todo.

Un sentimiento de dolor le sobrecogió al pensar en la profanación que ocurriría sobre su bello rostro en el lienzo. Una vez, como por una infantil travesura de Narciso, había besado, o fingido besar, aquellos labios pintados que ahora le sonreían tan cruelmente. Mañana tras mañana se había sentado frente al retrato, maravillándose de su belleza, casi enamorado de ella, como le pareció a veces. ¿Se alteraría ahora cada vez que él cayese en una tentación? ¿Se convertiría en una cosa monstruosa y repugnante, que habría de esconder en una habitación cerrada sin dejar que llegara a él la luz del sol, que tantas veces había rozado el maravilloso oro de su pelo? ¡Qué lástima! ¡Qué lástima!

Por un momento pensó en rezar para que cesara la horrible conexión que existía entre el retrato y él. Había nacido como contestación a un ruego, quizá otro ruego la hiciera desaparecer. Y, sin embargo, quien supiera algo de la vida, ¿podría renunciar a la suerte de permanecer siempre joven, por fantástica que esta suerte pudiera ser o por muy funestas que fueran las consecuencias que pudiera acarrear? Además, ¿estaba aquello realmente bajo su voluntad? ¿Había sido su ruego el que produjo aquella sustitución? ¿No podría haber alguna otra razón científica? Si el pensamiento podía ejercer su influencia sobre un organismo vivo, ¿no podría hacerlo sobre una cosa muerta e inorgánica? Y, aún más, sin nuestro pensamiento o deseo consciente, ¿no podrían las cosas externas vibrar al unísono con nuestros genios y pasiones, átomo llamando a átomo con un secreto amor de extraña afinidad? Pero la razón no tenía importancia. Él no volvería a tentar con sus ruegos a ningún terrible poder. Si el retrato debía alterarse, que se alterara. Eso era todo. ¿Por qué investigar demasiado concienzudamente aquello?

Había un verdadero placer en observarlo. Él sería capaz de seguir a su espíritu por lugares secretos. Ese recuerdo sería para él el más mágico de los espejos. Así como le había revelado su propio cuerpo, le revelaría su propia alma. Y cuando llegase el invierno sobre la pintura, él permanecería todavía en ese límite tembloroso que separa la primavera del verano. Cuando la sangre abandonase su rostro y lo convirtiera en una pálida máscara de yeso con ojos hundidos, él aún conservaría toda la belleza de la juventud. Ninguna de las flores de su hermosura se marchitaría nunca. El pulso de su vida no fallaría jamás. Como los dioses griegos, sería fuerte, ligero y alegre. ¿Qué importaba lo que le ocurriese a la imagen pintada sobre el lienzo? Él estaría a salvo. Eso era todo.

Volvió a cubrir el retrato con el biombo, con una sonrisa en los labios; después pasó a su dormitorio, donde su criado lo estaba ya esperando. Una hora más tarde se encontraba en la ópera y lord Henry se apoyaba en el respaldo de su silla.

IX

A la mañana siguiente, mientras estaba desayunando, entró Basil Hallward en la habitación.

—Me alegro de haberlo encontrado, Dorian —dijo gravemente—. Lo llamé anoche, pero me dijeron que estaba en la ópera. Desde luego sabía que eso era imposible, pero desearía haber sabido dónde estaba usted realmente para enviarle unas letras. Pasé una noche horrorosa, casi temiendo que una tragedia hubiera seguido a la otra. Creo que debería usted haberme telegrafiado en cuanto se enteró. Lo leí por casualidad en la última edición del *Globe* que llegó al club. Vine aquí enseguida, pero no tuve la suerte de encontrarlo. Excuso decirle lo que me ha afectado lo ocurrido. Sé lo que usted debe de sufrir. Pero ¿dónde estuvo? ¿Fue usted a ver a la madre de la muchacha? Por un instante pensé en ir allí. Venían las señas en el periódico. Es por algún sitio de Euston Road, ¿no es así? Pero temí conmoverme con un dolor que no podía evitar. ¡Pobre mujer! ¡En qué estado debe de encontrarse! ¡Y además era su única hija! ¿Qué dijo ella de todo esto?

—Mi querido Basil, ¿cómo voy a saberlo? —murmuró Dorian Gray, saboreando un vino amarillo pálido que tenía en una delicada copa veneciana, con un aire terriblemente aburrido—. Fui a la ópera. Debía usted haber venido. Conocí a lady Gwendolen, la hermana de Henry. Estuvimos en su palco. Es absolutamente encantadora, y la Patti cantó divinamente. No me hable de cosas horribles. Si no se habla de una cosa, es como si nunca hubiera ocurrido. La simple expresión, como dice Henry, es la que da realidad a las cosas. Y puedo decirle que ella no era la única hija de esa

125

mujer. Tiene un hijo, una persona encantadora, según creo, pero no trabajaba en el teatro. Es marinero o algo así. Y ahora hábleme de usted y de lo que está pintando.

—¿Fue usted a la ópera? —dijo Hallward, hablando muy lentamente y con un ligero tono de dolor en su voz—. ¿Fue usted a la ópera mientras Sibyl Vane yacía muerta en aquel sórdido cuartucho? ¿Puede hablarme de mujeres encantadoras y de que la Patti cantó divinamente antes de que la muchacha que usted amó tenga siquiera una tranquila sepultura donde descansar? ¡Piense en los horrores que están reservados para el menudo y blanco cuerpo de esa muchacha!

—¡Deténgase, Basil! ¡No quiero oírle! —gritó Dorian levantándose—. No debe usted hablarme de esas cosas. Lo hecho, hecho está. Lo pasado, pasado está.

—¿Le llama usted el pasado a ayer?

—¿Y no es el pasado lo que está ocurriendo en este mismo momento? Solamente la gente superficial necesita años para librarse de una emoción. Un hombre que sea dueño de sí mismo puede poner fin a un dolor tan fácilmente como puede inventar un placer. No quiero ser esclavo de mis emociones. Quiero utilizarlas, alegrarme con ellas y dominarlas.

—¡Dorian, esto es horrible! Algo le ha cambiado completamente. Parece usted el mismo maravilloso muchacho que, día tras día, acostumbraba a venir a mi estudio para posar, pero usted era simple, natural y afectuoso entonces. Era la criatura más maravillosa del mundo. Ahora no sé lo que le ha pasado. Habla como si no tuviera corazón. No tiene piedad. Todo es por la influencia de Henry. Me doy cuenta de ello.

El joven se ruborizó y, yendo hacia la ventana, permaneció durante unos instantes observando el verde y resplandeciente jardín.

—Le debo mucho a Henry, Basil —dijo por fin—. Mucho más que a usted, que sólo me enseñó a ser vanidoso.

—Bueno, he sido castigado por eso, Dorian, o, por lo menos, lo seré algún día.

—No sé lo que quiere decir, Basil —exclamó el joven dándose la vuelta—. No sé lo que quiere. ¿Qué quiere usted?

—Quiero al Dorian Gray que yo acostumbraba a pintar —dijo el artista tristemente.

—Basil —dijo el joven yendo hacia él y poniéndole la mano sobre el hombro—, ha venido usted demasiado tarde. Ayer, cuando oí que Sibyl Vane se había suicidado...

—¡Suicidado! ¡Dios mío! ¿Es cierto eso? —exclamó Hallward, mirándole con una expresión de horror.

—¡Mi querido Basil! ¡No pensaría usted que fue un vulgar accidente! Naturalmente que se suicidó.

Basil Hallward ocultó el rostro entre las manos.

—¡Qué espanto! —murmuró con un estremecimiento.

—No —dijo Dorian Gray—, no hay nada espantoso en ello. Es una de las grandes tragedias románticas de la época. Por lo general, los actores tienen las vidas más vulgares. Son buenos esposos, fieles y algo aburridos. Ya sabe usted lo que quiero decir... las virtudes de la clase media y esas cosas... ¡Qué diferente era Sibyl! Ella vivió su más bonita tragedia. Fue siempre una heroína. La última noche que trabajó, la noche que ustedes la vieron, lo hizo tan mal porque acababa de conocer la realidad del amor. Cuando conoció su irrealidad, murió; murió como pudo haberlo hecho Julieta. Pasó otra vez a la esfera del arte. Había algo de mártir en ella. Su muerte tiene toda la patética inutilidad del martirio, toda su malgastada belleza. Pero, como le estaba diciendo, no debe usted pensar que no he sufrido. Si hubiera venido ayer en cierto momento, a eso de las cinco y media o seis menos cuarto, me hubiera encontrado llorando. Ni aun Henry, que estaba aquí y que, en resumen, fue quien me trajo la noticia, pudo darse cuenta de lo que me pasaba. Sufrí inmensamente. Después todo pasó. No puedo repetir una emoción. Nadie puede hacerlo, excepto los sentimentales. Y es usted terriblemente injusto, Basil. Ha venido usted a consolarme. Eso es encantador por su parte. Pero me encuentra consolado y se pone furioso. ¡Qué simpático es usted! Me recuerda una historia que Henry me contó acerca de cierto filántropo que gastó veinte años de su vida intentando enmendar algún agravio o cambiar alguna ley injusta, he olvidado exactamente lo que era. Por fin lo consiguió, y nada pudo evitar su desilusión. Ya no tenía absolutamente nada que hacer, casi se murió de *ennui,* y se convirtió en un confirmado misántropo. Y además, mi querido Basil, si realmente quiere usted consolarme, enséñeme a olvidar lo ocurrido o a verlo desde un punto de vista artístico adecuado. ¿No era Gautier el que acostumbraba escribir sobre *la consolation des arts?* Recuerdo haber leído en su estudio, en un librito encuadernado en pergamino, esa deliciosa frase. Bueno, yo no soy como ese joven del que me habló usted cuando estuvimos juntos en Marlow, ese joven que solía decir que el amarillo satinado podía consolarnos de todas las miserias de la vida. Amo las cosas bellas que uno puede manejar y tocar. Los brocados antiguos, los bronces verdes, las lacas talladas, los marfiles moldeados con exquisitos contornos, el lujo, la fastuosidad: todas estas cosas merecen la pena. Pero el temperamento artístico que crean, o que, al menos, revelan, todavía es más para mí. Convertirse en el espectador de nuestra propia vida, como dice Henry, es escapar a los sufrimientos de ésta. Sé que le sorprende oírme hablar así. No se ha dado cuenta de lo que he cambiado. Yo era un escolar cuando me conoció. Ahora soy un hombre. Tengo nuevas pasiones, nuevos pensamientos, nuevas ideas. Soy diferente, pero usted no debe quererme menos por eso. Estoy cambiado, pero usted no debe dejar nunca de ser mi amigo. Desde luego, estoy encantado con Henry. Pero sé que usted es mejor que él. No es usted más fuerte, está demasiado asustado de la vida, pero es el mejor. ¡Y qué felices solíamos ser juntos! No me abandone, Basil, y no se enfade conmigo. Soy como soy. No tengo más que decir.

El pintor se sintió extrañamente conmovido. El joven era infinitamente querido para él y su personalidad había marcado la gran culminación de su arte. No podía soportar la idea de reprocharle nada. Después de todo, su indiferencia sería probablemente una cosa pasajera. Había mucho de bueno y noble en él.

—Bien, Dorian —dijo por fin con una triste sonrisa—, a partir de hoy no volveré a hablarle de este horrible suceso. Solamente espero que su nombre no sea mencionado en relación con ello. La investigación judicial tendrá lugar esta tarde. ¿Le han avisado a usted?

Dorian movió la cabeza negativamente y un gesto de molestia apareció en su rostro al oír mencionar las palabras «investigación judicial». Había algo crudo y vulgar en todas las cosas de esa clase.

—No saben mi nombre —contestó.

—Pero ella seguramente lo sabría.

—Sólo mi nombre de pila, y estoy seguro de que no se lo mencionó a nadie. Me dijo una vez que todos tenían gran curiosidad por saber quién era yo, y ella invariablemente les contestaba que mi nombre era el de Príncipe Encantador. Fue bonito por su parte. Debe usted hacerme un dibujo de Sibyl Vane, Basil. Me gustaría tener algo más de ella que el recuerdo de sus pocos besos y algunos fragmentos de patéticas palabras.

—Intentaré hacerlo, Dorian, si eso le agrada, pero debe usted venir a posar otra vez para mí. No puedo hacer nada sin usted.

—Nunca volveré a posar otra vez, Basil. ¡Es imposible! —exclamó, echando el cuerpo hacia atrás.

El pintor lo miró asombrado.

—Mi querido muchacho, ¡qué tontería! —exclamó—. ¿Quiere usted decir que no le gusta el retrato que he pintado de usted? ¿Dónde está? ¿Por qué ha puesto un biombo a su alrededor? Déjeme verlo. Es mi mejor obra. Retire el biombo, Dorian. Es muy descortés por parte de su criado esconder así el retrato. Noté que la habitación estaba cambiada al entrar.

—Mi criado no tiene nada que ver en ello, Basil. No imaginará usted que le dejo arreglar mi habitación. Coloca las flores algunas veces, eso es todo. No, lo hice yo mismo. Daba demasiada luz sobre el retrato.

—¡Demasiada luz! Seguro que no, mi querido amigo. Está en un sitio admirable. Déjeme verlo.

Y Hallward se dirigió hacia el rincón de la habitación.

Un grito de terror salió de los labios de Dorian Gray que, dando un salto, se interpuso entre el pintor y el biombo.

—Basil —dijo poniéndose pálido—, no debe mirarlo. No deseo que lo mire.

—¡Que no mire mi propia obra! No habla usted en serio. ¿Por qué no voy a mirarla? —exclamó Hallward riendo.

—Si intenta usted hacerlo, Basil, le doy mi palabra de honor de que no volveré a hablarle mientras viva. Estoy hablando completamente en serio. No le doy ninguna explicación, y usted tampoco debe pedírmela, pero recuerde: si toca ese biombo, todo habrá terminado entre nosotros.

Hallward estaba perplejo. Miró a Dorian Gray con absoluta estupefacción. Nunca le había visto así antes. El joven estaba pálido de rabia. Sus manos estaban crispadas y sus ojos eran como discos de fuego azul. Todo su cuerpo temblaba.

—¡Dorian!

—¡No me hable!

—Pero ¿qué ocurre? Naturalmente que no miraré el cuadro si usted no quiere —dijo bastante fríamente, volviéndose y yendo hacia la ventana—, pero realmente parece bastante absurdo que no pueda ver mi propia obra, especialmente ahora que la voy a exponer en París en otoño. Probablemente tendré que darle antes otra capa de barniz, así que la tendré que ver algún día. ¿Y por qué no hoy?

—¡Exponerla! ¿Quiere usted exponerla? —exclamó Dorian Gray con una extraña sensación de terror.

¿Iba el mundo a descubrir su secreto? ¿Se quedaría la gente con la boca abierta ante el misterio de su vida? Eso era imposible. Algo, no sabía aún el qué, debía hacer de inmediato.

—Sí, supongo que no pondrá usted ninguna objeción. George Petit va a reunir todos mis mejores cuadros para una exposición especial en la rue de Sèze, la cual se inaugurará en octubre. El retrato solamente estará fuera un mes. Pensé que usted podría fácilmente desprenderse de él por ese tiempo. Además, seguramente estará usted fuera de la ciudad. Y si lo guarda siempre tras el biombo, no creo que le importe mucho.

Dorian Gray se pasó la mano por la frente. Estaba llena de sudor. Sintió que se hallaba al borde de un terrible peligro.

—Usted me dijo hace un mes que nunca lo expondría —exclamó—. ¿Por qué ha cambiado de idea? La gente como usted, que presume de ser constante, tiene exactamente los mismos caprichos que los demás. No puede haber olvidado que me aseguró solemnemente que nada en el mundo le induciría a enviarlo a ninguna exposición. Y exactamente lo mismo le dijo a Henry.

De repente se detuvo y un relámpago pasó por sus ojos. Recordó lo que lord Henry le dijo una vez, medio en serio, medio en broma: «Si quiere usted pasar un curioso cuarto de hora, dígale a Basil que le explique por qué no quiere exponer su retrato. A mí me lo dijo, y fue una verdadera revelación». Sí, quizá Basil también poseía un secreto. Intentaría saberlo.

—Basil —dijo acercándose a él y mirándole fijamente a la cara—, cada uno tenemos nuestro secreto. Déjeme saber el suyo y yo le diré el mío. ¿Cuál es la razón que le hacía negarse a exponer mi retrato?

El pintor tuvo un estremecimiento involuntario.

—Dorian, si se lo dijera, seguramente usted me apreciaría menos y además se reiría de mí. No podría soportar que ocurriera ninguna de estas dos cosas. Si usted desea que nunca vuelva a ver el retrato, no me importa. Siempre podré mirarle a usted. Si se empeña en que mi mejor obra permanezca siempre oculta al mundo, estaré satisfecho. Su amistad es mucho más querida para mí que la fama o la reputación.

—No, Basil, debe usted decírmelo —insistió Dorian Gray—. Creo que tengo derecho a saberlo.

Su sensación de terror había desaparecido, sustituida por una de curiosidad. Estaba decidido a conocer el misterio de Hallward.

—Sentémonos, Dorian —dijo el pintor, turbado—. Sentémonos. Y ahora contésteme a una pregunta. ¿Se ha dado cuenta de algo curioso en el cuadro, algo que probablemente no notó al principio, pero que se le ha revelado después repentinamente?

—¡Basil! —gritó el joven crispando las manos sobre los brazos del sillón y mirándole con ojos salvajes y espantados.

—Ya veo que sí. No hable. Espere a oír lo que tengo que decirle. Dorian, desde el momento en que lo conocí, su personalidad ejerció la más extraordinaria influencia sobre mí. Estaba dominado en alma, cuerpo y espíritu por usted. Era para mí la visible encarnación de ese ideal invisible cuyo recuerdo nos persigue a los artistas como un exquisito sueño. Le reverenciaba. Estaba celoso de cuantos hablaban con usted. Quería tenerlo todo para mí. Sólo era feliz cuando estaba con usted. Cuando estaba lejos de mí, permanecía presente en mi arte... Desde luego, nunca le hice saber nada de esto. Hubiera sido imposible. No me habría entendido. Casi ni yo mismo lo entiendo. Sólo sabía que estaba cara a cara con la perfección, y que el mundo se había hecho más maravilloso a mis ojos, demasiado maravilloso quizá, porque hay cierto peligro en estas vehementes adoraciones, el peligro de perderlas, así como el peligro de conservarlas. Pasaron semanas y semanas y yo cada vez estaba más y más absorto con usted. Después vino un nuevo cambio. Lo había dibujado a usted como Paris, con una bella armadura, y como Adonis, con traje de cazador y una brillante lanza. Coronado con flores de loto, se había sentado en la proa de la barca de Adriano, mirando las verdes y turbulentas aguas del Nilo. Había inclinado la cabeza sobre el lago de algún bosque griego y visto reflejadas en las aguas plateadas y silenciosas la maravilla de su propio rostro. Todo esto había sido lo que puede ser el arte: inconsciente, ideal, remoto. Un día, algunas veces pienso que fue un día fatal, decidí pintar un maravilloso retrato de cómo era usted real y actualmente, no con el traje de épocas pasadas, sino con su verdadera ropa y en su propio tiempo. No podría decir si fue el realismo del método o la simple maravilla de su propia personalidad que se me presentó directamente sin sombras ni velos, pero sé que mientras trabajaba en ello cada pincelada, cada tonalidad parecía que revelaba mi secreto. Me asusté de que los demás pudieran conocer mi idolatría. Sentí, Dorian, que había puesto demasiado de mí mismo en él. Entonces decidí no permitir que la pintura fuera jamás expuesta. Usted se enfadó un poco, pero no se daba cuenta de lo que todo aquello significaba para mí. Henry, a quien se lo conté, se rio de mí. Pero eso no me importó. Cuando el retrato estuvo terminado y lo contemplé a solas, me di cuenta de que yo tenía razón... Bien, a los pocos días, cuando se fue de mi estudio, tan pronto como me vi libre de la intolerable fascinación de su presencia, me pareció que había sido una locura pensar en haber visto otra cosa en él, aparte de la belleza extraordinaria de usted y lo que yo podía pintar. Aún ahora no puedo dejar de pensar en el error que hay en creer que la pasión que uno siente en la creación puede ser reflejada en el trabajo creado. El arte es mucho más abstracto de lo que imaginamos. La forma y el color nos hablan de forma y color, eso es todo. Muchas veces me parece que el arte oculta al artista mucho más completamente que lo revela. Por eso, cuando recibí esta oferta de París, decidí hacer que su retrato fuera la pieza principal de la exposición. Nunca se me ocurrió que usted pudiera negarse. Ahora veo que está en lo cierto. El cuadro no debe ser mostrado. No debe enfadarse conmigo, Dorian, por lo que le he dicho. Como le dije a Henry una vez, está usted hecho para ser reverenciado.

Dorian Gray respiró hondo. El color volvió a sus mejillas y una sonrisa apareció en sus labios. El peligro había pasado. Por esta vez estaba a salvo. Sin embargo, no podía menos que sentir una infinita lástima por el pintor que le había hecho aquella extraña confesión, y se preguntaba si él mismo podría ser dominado de esa forma por la personalidad de un amigo. Lord Henry tenía el encanto de ser muy peligroso. Pero eso era todo. Era demasiado inteligente y demasiado cínico para ser querido realmente. ¿Podría haber nunca alguien por quien pudiera sentir esa extraña idolatría? ¿Sería ésa una de las cosas que le reservaba la vida?

—Para mí es extraordinario, Dorian —dijo Hallward—, que haya podido usted ver eso en el retrato. ¿Lo ha visto realmente?

—Vi algo en él —contestó—, algo que me pareció muy curioso.

—Bien, ¿no le importará que lo vea ahora?

Dorian movió la cabeza.

—No debe pedirme eso, Basil. No puedo permitirle que lo vea.

—Pero me dejará algún día, ¿no?

—Nunca.

—Bien, quizá tenga usted razón. Y ahora adiós, Dorian. Usted ha sido la única persona en el mundo que realmente ha influido en mi arte. Si he hecho algo bueno, se lo debo a usted. ¡Ah! No sabe lo que me ha costado decirle lo que le he dicho.

—Mi querido Basil —dio Dorian—, ¿qué es lo que me ha dicho? Simplemente que sentía admirarme demasiado. Eso no es ni siquiera un cumplido.

—No he intentado que lo fuera. Era una confesión. Ahora que la he hecho me parece como si hubiera perdido algo mío. Quizá no se deba nunca expresar con palabras la adoración.

—Fue una confesión muy desilusionante.

—¿Por qué? ¿Qué esperaba usted, Dorian? Supongo que no habrá visto nada más en el retrato, ¿no es así? No había nada más que ver.

—No, no había nada más que ver. ¿Por qué me lo pregunta? Pero no debe usted hablar de adoración. Es una tontería. Usted y yo somos amigos, Basil, y siempre debemos seguir siéndolo.

—Usted tiene a Henry —dijo el pintor tristemente.

—¡Oh, Henry! —exclamó el joven riendo—. Henry consume sus días diciendo cosas increíbles y sus noches haciendo cosas inverosímiles. Exactamente la misma clase de vida que a mí me gustaría llevar. Sin embargo, creo que no iría a buscar a Henry si yo estuviera en un apuro. Antes me dirigiría a usted, Basil.

—¿Posará para mí otra vez?

—¡Imposible!

—Negándose destroza mi vida como artista, Dorian. Ningún hombre encuentra dos veces su ideal. Y pocos lo encuentran una vez.

—No puedo explicárselo, Basil, pero nunca debo posar para usted otra vez. Hay algo fatal en todo retrato. Tiene vida propia. Iré a tomar el té con usted. Será igual de agradable.

—Más agradable para usted, supongo —murmuró Hallward apesadumbrado—. Y ahora, adiós. Siento que no me haya dejado ver el retrato otra vez, pero me resigno. Comprendo perfectamente lo que usted siente con él.

Cuando dejó la habitación, Dorian Gray sonrió para sí mismo. ¡Pobre Basil! ¡Cómo desconocía la verdadera razón! ¡Y qué extraño era que, en vez de haber tenido que revelar su propio secreto, hubiera averiguado, casi por casualidad, el secreto de su amigo! ¡Cómo descubría su carácter esa extraña confesión! Los absurdos celos del pintor, su ardiente devoción, sus extravagantes panegíricos, sus curiosas reticencias: ahora lo entendía todo y sentía lástima. Le parecía que podía haber algo trágico en una amistad tan romántica.

Suspiró y tocó la campanilla. El retrato debía ser escondido a toda costa. No podía correr el riesgo de que fuera descubierto. Había sido una locura dejarlo allí, durante una hora siquiera, en una habitación a la que todos sus amigos tenían acceso.

X

Cuando entró su criado lo miró insistentemente, preguntándose si habría curioseado detrás del biombo. El hombre estaba completamente impasible y esperaba sus órdenes. Dorian encendió un cigarrillo, se dirigió al espejo y se miró en él. Podía ver el reflejo de la cara de Víctor perfectamente. Era como una plácida máscara de servilismo. No había nada que temer por ese lado. Sin embargo, pensó que sería mejor estar en guardia.

Hablando muy lentamente, le dijo que avisara al ama de llaves de que quería verla y que después fuera al marquista y pidiese que le enviara dos de sus hombres enseguida. Le pareció que, mientras dejaba la habitación, el hombre miró en dirección al biombo. ¿O fue una simple imaginación suya?

A los pocos instantes, con su vestido de seda negra y sus viejos guantes cubriéndole las arrugadas manos, mistress Leaf entró en la biblioteca. Le pidió la llave del salón de estudio.

—¿El viejo salón de estudio, mister Dorian? —exclamó ella—. Está lleno de polvo. Lo debo arreglar y poner en orden antes de que usted entre en él. No está apto para que usted lo vea, señor. No, no lo está.

—No quiero que lo arregle, Leaf, sólo quiero la llave.

—Bien, señor, se cubrirá de telarañas si entra en él. No se ha abierto desde hace cinco años, desde que murió su señoría.

Se estremeció al oír mencionar a su abuelo. Tenía malos recuerdos de él.

—Eso no importa —contestó—. Simplemente quiero verlo, eso es todo. Deme la llave.

—Aquí está, señor —dijo la vieja mujer buscando con manos temblorosas en su llavero—. Aquí está la llave. Ahora mismo la sacaré del llavero. Pero ¿no pensará usted vivir allí arriba, señor? Aquí está muy confortable.

—No, no —exclamó con petulancia—. Gracias, Leaf. Sólo quería eso.

Ella permaneció en la habitación durante unos momentos parloteando sobre algunos detalles caseros. Él suspiró y le dijo que arreglara las cosas que creyera conveniente. Ella se marchó de la estancia derrochando sonrisas.

Cuando se cerró la puerta, Dorian se guardó la llave en el bolsillo y miró a su alrededor. Sus ojos se posaron sobre una gran colcha de raso morado, cubierta con pesados bordados en oro, una espléndida pieza de finales del siglo XVII, un trabajo veneciano que su abuelo encontró en un convento cerca de Bolonia. Sí, aquello podría servir para cubrir el horrible objeto. Quizá había sido utilizada frecuentemente como palio para los muertos. Ahora escondería algo que tenía corrupción propia, peor que la corrupción de la misma muerte, algo que podía producir el horror y que, sin embargo, nunca moriría. Lo que los gusanos son para los cadáveres, los pecados serían para la imagen pintada sobre el lienzo. Mancharían su belleza y roerían su gracia. La profanarían y la llenarían de vergüenza. Y, sin embargo, el objeto seguiría viviendo. Siempre permanecería vivo.

Se estremeció y por un momento lamentó no haberle dicho a Basil la verdadera razón por la cual deseaba esconder el retrato. Basil podría haberle ayudado a resistir la influencia de lord Henry y las todavía más venenosas influencias de su propio temperamento. El amor que sentía por él —pues era realmente amor— no tenía nada que no fuera noble e intelectual. No era simple admiración física por la belleza que nace de los sentidos y que muere cuando éstos se cansan. Era un amor tal como lo habían conocido Miguel Ángel, Montaigne, Winckelmann y el mismo Shakespeare. Sí, Basil podría haberlo salvado. Pero ahora era demasiado tarde. El pasado podía siempre aniquilarse. Los arrepentimientos, las negativas o los olvidos podían hacerlo. Pero el futuro era inevitable. Hay muchas pasiones en él que podrían encontrar su terrible expansión, sueños que podrían ensombrecerle con su diabólica realidad.

Tomó del lecho la gran colcha adornada con oro que lo cubría y, llevándola en las manos, pasó detrás del biombo. ¿Estaba más envilecido que antes el rostro del lienzo? Le pareció que no había cambiado, y, sin embargo, él lo aborrecía más intensamente. El pelo dorado, los ojos azules, los labios rosados... todo estaba allí. Era simplemente la expresión la que se había alterado. Era horrible en su crueldad. Comparados con lo que veía en él de censura y reprobación, ¡qué superficiales eran los reproches de Basil acerca de Sibyl Vane! ¡Qué superficiales y qué poco importantes! Su propia alma lo miraba desde el lienzo y le juzgaba. Una expresión de dolor recorrió su rostro, y cubrió el retrato con el rico paño. Nada más hacerlo, llamaron a la puerta. Salió de detrás del biombo casi al tiempo de entrar su criado.

—Esas personas están aquí, monsieur.

Sintió que debía alejar a aquel hombre enseguida. No debía saber adónde iba a ser llevado el retrato. Había algo astuto en él y tenía unos ojos vigilantes y traidores. Se sentó en la mesa y escribió una nota a lord Henry pidiéndole que le enviase algo para leer y recordándole que habían quedado citados a las ocho y cuarto de la noche.

—Espere la contestación —le dijo tendiéndole la carta— y haga entrar a esos hombres aquí.

A los dos o tres minutos volvieron a llamar a la puerta, y el mismo mister Hubbard, el célebre marquista de South Audley Street, entró con un joven empleado de aspecto rudo. Mister Hubbard era un hombrecillo de pelo rojizo, cuya admiración por el arte era considerablemente aplacada por la gran miseria de la mayoría de los artistas que trataban con él. Por regla general, nunca dejaba su tienda. Esperaba a que la gente viniese a él. Pero siempre hacía una excepción en favor de Dorian Gray. Había algo en Dorian que encantaba a todo el mundo. El mero hecho de verle era un placer.

—¿Qué puedo hacer por usted, mister Gray? —dijo frotándose sus regordetas manos—. Es para mí un honor venir en persona. Precisamente tengo ahora un marco de gran belleza, señor. Lo compré en una subasta. Es florentino antiguo. Creo que viene de Fonthill. Está hecho como a medida para un tema religioso, mister Gray.

—Siento mucho que se haya tomado la molestia de venir usted mismo, mister Hubbard. Desde luego, iré a mirar ese marco, aunque en el presente no tengo mucho interés por el arte religioso; hoy sólo quiero que sea llevado un cuadro a la parte alta de la casa. Es bastante pesado, por eso le pedí que me enviase un par de hombres.

—No es ninguna molestia, mister Gray. Estoy encantado de poder prestarle algún servicio. ¿Cuál es la obra de arte, señor?

—Ésta —replicó Dorian retirando el biombo—. ¿Se puede llevar cubierta, tal como está? No quiero que se estropee al subir la escalera.

—No hay ninguna dificultad, señor —dijo el marquista, empezando, con la ayuda de su empleado, a descolgar el cuadro de las grandes cadenas de las que estaba colgado—. Y ahora, ¿adónde desea que lo llevemos, mister Gray?

—Les señalaré el camino, mister Hubbard, si tienen la amabilidad de seguirme. O quizá sea mejor que vaya usted delante. Es en lo más alto de la casa. Iremos por la escalera principal, que es más ancha.

Les abrió la puerta, salieron al vestíbulo y empezaron a subir. El complicado marco hacía que el cuadro fuera extremadamente grande y, de cuando en cuando, a pesar de las obsequiosas protestas de mister Hubbard, quien, como a todo buen tendero, le molestaba ver a un caballero haciendo algo útil, Dorian les ayudaba a transportarlo.

—Es bastante pesado de llevar, señor —dijo el hombrecillo sofocado cuando llegaron a la parte alta mientras se secaba la frente sudorosa.

—Sí, me temo que es bastante pesado —murmuró Dorian mientras abría la puerta de la habitación que iba a guardar el curioso secreto de su vida y a ocultar su alma de los ojos de los hombres.

No había entrado en aquel lugar desde hacía más de cuatro años, no lo había hecho realmente desde que la usó al principio como salón para jugar, cuando era un niño, y después como estudio, cuando se hizo un poco mayor. Era una habitación grande y bien proporcionada, que había sido especialmente construida por lord Kelso para uso particular de su pequeño nieto, a quien, por su extraño parecido con su madre y también por otras razones, él había odiado y al que siempre había deseado mantener a

140

distancia. A Dorian Gray le pareció que había cambiado poco. Allí estaba el gran *cassone* italiano, con sus paneles fantásticamente pintados y sus molduras doradas, en el cual él mismo se había escondido muchas veces cuando era pequeño. Allí estaban los estantes de madera llenos de sus viejos libros escolares. De la pared colgaba el mismo tapiz flamenco en el que un rey y una reina jugaban al ajedrez en un jardín, mientras una compañía de halconeros llevaba las encapuchadas aves sobre sus manos enguantadas con cuero. ¡Qué bien lo recordaba todo! Cada momento de su solitaria niñez volvía a su imaginación, mientras miraba a su alrededor. Vino a su memoria la pureza de su vida infantil, y le pareció horrible tener que esconder allí el fatal retrato. ¡Qué poco hubiera imaginado, en aquellos días pasados, todo lo que le estaba reservado!

Pero no había otro lugar en la casa tan seguro como aquél. Tenía la llave y nadie más podría entrar. Bajo su paño purpúreo, el rostro pintado sobre el lienzo podría hacerse bestial, arrugado, inmundo. ¿Qué importaba? Nadie podría verlo. Ni siquiera él mismo lo vería. ¿Por qué observar la horrible corrupción de su alma? Él conservaría su juventud, eso le bastaba. Y, además, ¿no podría tener un bello carácter, después de todo? No había razón para que el futuro tuviera que estar lleno de vergüenza. Algún amor podría cruzarse en su vida, purificarlo y protegerlo de aquellos pecados que ya parecían rondar su espíritu y su carne, aquellos curiosos e indescriptibles pecados, cuyo gran misterio les presta su sutileza y su encanto. Quizá, algún día, el gesto cruel desaparecería de su rosada y sensitiva boca, y él podría mostrar al mundo la obra maestra de Basil Hallward.

No, eso era imposible. Hora a hora, semana a semana, el retrato sobre el lienzo se iría haciendo viejo. Podría escapar a los horrores del pecado, pero le estaban reservados los horrores de la edad. Las mejillas se hundirían y se pondrían fláccidas. Los párpados se arrugarían horriblemente. El pelo perdería su brillo y la boca, con los labios desfigurados, tendría una expresión idiota o grosera como las bocas de los viejos. El cuello arrugado, las manos frías y llenas de venas azuladas y el cuerpo encorvado le recordarían a aquel abuelo que había sido tan severo con él en su niñez. El retrato tenía que estar oculto. No había esperanza para él.

—Páselo adentro, por favor, mister Hubbard —dijo cansadamente, dándose la vuelta—. Siento entretenerle tanto tiempo. Estaba pensando en otra cosa.

—Siempre contento de tener un descanso, mister Gray —contestó el marquista, que aún respiraba fatigosamente—. ¿Dónde lo ponemos, señor?

—¡Oh! En cualquier parte. Aquí. Aquí está bien. No quiero tenerlo colgado. Solamente apoyado contra la pared. Gracias.

—¿Puedo mirar la obra de arte, señor?

Dorian se estremeció.

—No le interesaría, mister Hubbard —dijo, sin dejar de mirarlo. Se sentía capaz de arrojarse sobre él y tirarlo al suelo si intentaba quitar el lujoso paño que escondía el secreto de su vida—. No quiero entretenerlo más. Le agradezco mucho su amabilidad al venir.

—De nada, de nada, mister Gray. Siempre estoy dispuesto a hacer algo por usted, señor.

Y mister Hubbard bajó las escaleras seguido de su empleado, quien miraba a Dorian con ojos asombrados y a la vez atemorizados. Nunca había visto a nadie tan maravilloso.

Cuando las pisadas se dejaron de oír, Dorian cerró la puerta y se metió la llave en el bolsillo. Ahora se sentía seguro. Nadie podría mirar jamás aquel objeto. Ningunos otros ojos más que los suyos podrían ver su vergüenza.

Cuando volvió a la biblioteca se dio cuenta de que eran más de las cinco y que el té había sido ya servido. Sobre una pequeña mesa de madera oscura y perfumada, con muchas incrustaciones de nácar, un regalo de lady Radley, la esposa de su tutor, una bonita mujer que había pasado el invierno anterior en El Cairo, se encontraba una nota de lord Henry y junto a ella un libro de pastas amarillas ligeramente estropeadas y de bordes un poco sucios. Había un ejemplar de la tercera edición de la *St. James Gazette,* que había sido colocado sobre la bandeja del té. Era evidente que Víctor había regresado. Se preguntó si no se habría encontrado a los hombres en el vestíbulo mientras dejaban la casa y les habría preguntado lo que habían estado haciendo. Estaba seguro de que notaría la desaparición del retrato; no había duda de que lo habría notado ya, cuando trajo el servicio de té. El biombo no estaba todavía colocado y había un blanco espacio visible en la pared. Quizá alguna noche podría encontrarle subiendo silenciosamente las escaleras e intentando forzar la puerta de la habitación. Era algo horrible tener un espía en la casa. Había oído hablar de hombres ricos que habían sufrido chantajes toda su vida por parte de algún criado que había leído una carta, oído una conversación, recibido una tarjeta con unas señas o encontrado bajo la almohada una marchita flor o una vieja puntilla.

Suspiró y, después de servirse un poco de té, abrió la nota de lord Henry. Decía simplemente que le enviaba aquel periódico de la noche y un libro que podía interesarle, y que estaría a las ocho y cuarto en el club. Abrió lánguidamente la *St. James* y empezó a ojearla. Había un párrafo señalado con lápiz rojo en la quinta página. Era el siguiente:

> «Investigación sobre una actriz
>
> »Esta mañana en Bell Tavern, Hoxton Road, Mr. Danby, fiscal del distrito, ha llevado a cabo una investigación acerca de la muerte de Sibyl Vane, una joven actriz recientemente contratada en el Royal Theatre, Holborn. El veredicto ha sido de muerte por accidente. Se ha expresado una gran compasión por la madre de la difunta, quien se encontraba afectadísima durante su declaración y la del doctor Birrell, que llevó a cabo la autopsia de la fallecida.»

Frunció el ceño y, rompiendo la hoja en dos, comenzó a pasearse por la habitación, arrojando al suelo los pedazos. ¡Qué repulsivo era todo! ¡Y qué horrible era la fea realidad de las cosas! Se sintió un poco enfadado con lord Henry por haberle enviado aquel periódico. Y era ciertamente estúpido por su parte haberlo marcado con un lápiz rojo. Víctor hubiera podido leerlo. El hombre sabía el suficiente inglés como para eso.

Quizá lo hubiera leído y empezara a sospechar algo. Y, sin embargo, ¿qué importaba? ¿Qué tenía que ver Dorian Gray con la muerte de Sibyl Vane? No había nada que temer. Dorian Gray no la mató.

Su mirada se posó sobre el libro amarillo que le había enviado lord Henry. Se preguntó qué sería. Fue hacia la pequeña mesa octogonal color perla, que siempre le había parecido obra de unas extrañas abejas egipcias que trabajaran la plata, y tomando el volumen se sentó en un sillón y empezó a pasar las hojas. A los pocos minutos estaba absorbido en su lectura. Era el libro más extraño que jamás había leído. Le pareció que, a los exquisitos y delicados compases de una flauta, los pecados del mundo pasaban calladamente ante él. Cosas que había soñado confusamente se le hicieron de repente reales. Cosas que nunca había soñado se le revelaban gradualmente.

Era una novela sin intriga y con un solo personaje, simplemente el estudio psicológico de cierto joven parisiense que había gastado su vida intentando experimentar en el siglo XIX todas las pasiones y maneras de pensar de todos los siglos, excepto del suyo, resumiendo en sí mismo las diferentes maneras de pensar que había habido en todo el mundo, amando sólo artificialmente aquellas renuncias que los hombres habían llamado estúpidamente virtudes, así como aquellas rebeliones naturales que los hombres sabios todavía llamaban pecados. El estilo en que estaba escrito era curioso, vivo y oscuro a la vez, lleno de frases de argot y de arcaísmos, de expresiones técnicas y de frases muy elaboradas, que caracterizaban la obra como uno de los más bellos trabajos de la escuela *simbolyste* francesa. Había en él metáforas tan monstruosas como las orquídeas y tan sutiles como su color. La vida de los sentidos era descrita en términos de filosofía mística. A duras penas se podía saber si se estaban leyendo los éxtasis espirituales de algún santo medieval o las morbosas confesiones de un pecador moderno. Era un libro venenoso. El pesado olor del incienso parecía salir de sus páginas y turbar el cerebro. La simple cadencia de las frases, la sutil monotonía de su música, tan llena de complejos refranes y movimientos elaboradamente repetidos, producían en la imaginación del joven, capítulo a capítulo, una especie de ensueño, como una enfermedad que le dejaba inconsciente de la caída del día y la aparición rastrera de las sombras. Un cielo rojizo, sin nubes y agujereado por una solitaria estrella, iluminaba la estancia a través de las ventanas. Estuvo leyendo con aquella mortecina luz hasta que la visibilidad fue imposible. Más tarde, después de que su criado le hubiera recordado varias veces lo avanzado de la hora, se levantó y, entrando en la habitación de al lado, puso el libro sobre la pequeña mesa florentina que siempre estaba junto a su cama y empezó a vestirse para cenar.

Eran casi las nueve cuando llegó al club, donde encontró a lord Henry sentado, solo, en el saloncito, con aire muy aburrido.

—Lo siento mucho, Henry —exclamó—, pero realmente todo ha sido culpa suya. Ese libro que usted me ha enviado me ha fascinado de tal forma que he olvidado que el tiempo iba pasando.

—Sí, imaginé que le gustaría —replicó su anfitrión, levantándose de la silla.

—No le he dicho que me haya gustado, Henry. Le he dicho que me ha fascinado. Hay una gran diferencia.

—¡Ah! ¿Ya ha descubierto usted eso? —murmuró lord Henry.

Y pasaron al comedor.

XI

Durante años Dorian Gray no pudo librarse de la influencia de este libro. O quizá sería más seguro decir que nunca pensó en librarse de ella. Consiguió de París nada menos que nueve ejemplares de la primera edición, y los tenía encuadernados en diferentes colores, para que pudieran estar a tono con sus diferentes estados de ánimo y con las caprichosas fantasías de su carácter, sobre el cual a veces parecía perder casi totalmente el control. El héroe, el maravilloso joven parisiense, en el cual el temperamento romántico y el científico se confundían extrañamente, se transformó para él en una imagen primaria suya. Y, además, le pareció que el libro contenía la historia de su propia vida, escrita antes de que él la hubiera vivido.

Por una parte, él era más afortunado que el fantástico héroe de la novela. Nunca supo —nunca, en verdad, hubo razón para saberlo— el porqué de aquel grotesco horror a los espejos, a las superficies de metal pulidas y hasta al agua, que apareció tan pronto en la vida del joven parisino y que fue ocasionado por el rápido decaimiento de una belleza que fue, una vez, aparentemente, tan magnífica. Con una alegría casi cruel (quizá en casi toda alegría, y ciertamente en todo placer, la crueldad tiene un lugar) acostumbraba a leer la última parte del libro, con su descripción realmente trágica y algo enfática del dolor y la desesperación de quien pierde lo que todo el mundo ha valorado más.

Porque la maravillosa belleza que tanto había fascinado a Basil Hallward, y después a muchos otros, pareció no abandonarlo nunca. Aun aquéllos que habían oído las más terribles cosas de él y aunque de cuando

147

en cuando corriesen por Londres extraños rumores acerca de su modo de vivir, que era motivo de chismorreo en los clubs, cuando lo veían no podían creer en su deshonor. Siempre aparentaba ser alguien que se había conservado inmaculado. Los hombres que hablaban groseramente se callaban cuando entraba Dorian Gray en la habitación. Había algo en la pureza de su rostro que parecía censurarlos. Su simple presencia les traía a la memoria la inocencia que ellos habían mancillado. Se maravillaban de que un hombre tan encantador y bello como él pudiera haber escapado a la corrupción de una época que era a la vez sórdida y sensual.

A menudo, al volver a casa de una de aquellas misteriosas y prolongadas ausencias que fueron objeto de tan extrañas conjeturas entre sus amigos, o los que pensaban serlo, subía las escaleras dirigiéndose a la habitación cerrada, abría la puerta con la llave que ahora nunca abandonaba y permanecía allí, con un espejo, frente al retrato que le había hecho Basil Hallward, contemplando alternativamente aquel diabólico y ajado rostro del lienzo y su cara joven y bella, que se reía en el espejo. El enorme contraste aguzaba su sensación de placer. Se enamoraba más y más de su propia belleza, y se interesaba más y más en la corrupción de su propia alma. Examinaba minuciosamente, y a veces con terrible y monstruoso deleite, las horribles líneas que arrugaban su frente y circundaban su boca sensual, preguntándose algunas veces qué era lo más horroroso, si las señales del pecado o las señales de la edad. Ponía sus blancas manos al lado de las manos hinchadas y ásperas del retrato y sonreía. Se burlaba del cuerpo deforme y los miembros defectuosos.

Había momentos, por la noche, cuando descansaba despierto en su habitación delicadamente perfumada o en la sórdida estancia de una taberna cercana a los muelles, la cual acostumbraba frecuentar disfrazado y con un nombre falso, en que pensaba en la ruina que había traído sobre su alma con un gran dolor, aún más punzante porque era puramente egoísta. Pero aquellos momentos eran raros. Esa curiosidad por la vida que le inculcó lord Henry aquel día en que estaban sentados en el jardín de su amigo pareció aumentar. Cuanto más sabía, más deseaba saber. Tenía locas apetencias que se hacían más voraces cuando las satisfacía.

Sin embargo, realmente no abandonaba sus relaciones con la sociedad. Una o dos veces al mes, durante el invierno, o cada miércoles por la noche, hasta el final de la temporada, abría al mundo su magnífica mansión y contrataba a los más célebres músicos del momento para que encantaran a sus invitados con las maravillas de su arte. Sus cenas íntimas, en cuya preparación siempre era ayudado por lord Henry, eran célebres, tanto por la cuidadosa selección de los invitados como por el exquisito gusto demostrado en la decoración de la mesa, con sus sutiles mezclas de flores exóticas, sus lujosos manteles y su antigua vajilla de oro y plata. Hubo muchos, especialmente entre los jóvenes, que vieron o imaginaron ver, en Dorian Gray la verdadera realización del modelo que ellos habían soñado muchas veces en sus días de Eton o de Oxford, el modelo que poseía algo de la cultura real del escolar unido a toda la gracia, distinción y perfectos modales de un hombre de mundo. Les parecía que era aquel compañero que describe Dante como un hombre de los que «se convierten a sí mismos en seres perfectos por el culto a la belleza». Como Gautier, para él «existía el mundo visible».

Y, ciertamente, para él la vida era la primera, la más grande de las artes, y las demás parecían ser sólo una preparación para ella. La moda, gracias a la cual lo que es realmente fantástico se convierte en un instante en algo universal, y el dandismo, que es, a su manera, un intento de asegurar el modernismo absoluto de la belleza, tenían, desde luego, una fascinación para él. Su manera de vestir y el estilo particular que de cuando en cuando afectaba tenían una gran influencia sobre los exquisitos jóvenes de los clubs de Mayfair y Pall Mall, quienes le imitaban en todo lo que hacía e intentaban reproducir el encanto accidental de su gracia, aunque para él sólo fueran afectaciones de poca seriedad.

Aunque deseaba aceptar la posición que se le había ofrecido inmediatamente al alcanzar la mayoría de edad y encontraba realmente un sutil placer en pensar que él podría ser para el Londres actual lo que fue en la Roma imperial de Nerón el autor del *Satiricón,* en lo íntimo de su corazón también deseaba, sin embargo, ser algo más que un simple *arbiter elegantiarum,* al que se consultaba en la elección de una joya, en el nudo de la corbata o en la manera de llevar un bastón. Quería construir un nuevo esquema de la vida que pudiera tener una filosofía razonada y unos principios ordenados y que encontrase en la espiritualización de los sentidos su más alta realización.

El culto de los sentidos ha sido a menudo, y con mucha justicia, denigrado, ya que los hombres han sentido un instinto natural de terror por las pasiones y las sensaciones que parecen ser más fuertes que ellos mismos y se han dado cuenta de que tienen que compartirlas con formas de existencia organizadas de una manera menos elevada. A Dorian Gray le parecía que la verdadera naturaleza de los sentidos nunca había sido estudiada y que los hombres han permanecido salvajes y en estado animal simplemente porque el mundo ha querido matarlos de hambre a fuerza de sumisión o de dolor, en vez de intentar hacer de ellos los elementos de una nueva espiritualidad, en la cual el fino instinto de la belleza sería la característica dominante. Cuando observaba al hombre moviéndose a través de la historia, lo atenazaba una sensación de desaliento. ¡Cuántos se habían rendido! ¡Y por un propósito tan pequeño! Había habido locas repudias, monstruosas formas de autotortura y autonegación, cuyo origen era el temor y cuyo resultado era una degradación infinitamente más terrible que aquélla que, en su ignorancia, habían dejado escapar. La naturaleza, en su maravillosa ironía, obliga al anacoreta a alimentarse con los animales salvajes del desierto y da como compañeros al ermitaño las bestias del campo.

Sí, habría, como lord Henry había profetizado, un nuevo hedonismo que volvería a crear la vida y la salvaría de aquel horrible y feo puritanismo, que está volviendo a nacer curiosamente en nuestros días. Ciertamente, esto lo lograría la inteligencia; sin embargo, nunca se aceptaría ninguna teoría o sistema que llevara consigo el sacrificio de algún modo de experiencia apasionada. Su meta, en verdad, era la experiencia misma, y no los frutos de la experiencia, dulces o amargos, o como quiera que fuesen. No se sabría nada del ascetismo que abotarga los sentidos ni de la vulgar perversidad que los adormece, pero había que enseñar al hombre a concentrarse en los momentos de una vida que es, en sí misma, un momento.

Pocos de nosotros no se han levantado alguna vez antes del amanecer, después de una de esas noches de insomnio que casi nos hacen enamorarnos de la muerte o de una de esas noches de horror y deforme alegría, cuando a través del cerebro pasan fantasmas más terribles que la realidad misma y que son como la vida que se esconde en todo lo grotesco y que presta al arte gótico su tolerante vitalidad, pues este arte es como el de aquéllos cuya mente ha sido turbada por la enfermedad de la fantasía. Gradualmente, blancos dedos trepan por las cortinas, y éstas parecen temblar con negras y fantásticas formas; mudas sombras se deslizan por los rincones de la habitación y se esconden allí. Fuera, los pájaros cantan entre las hojas, los hombres se dirigen a su trabajo y los suspiros y lamentos del viento bajan de las colinas y rodean la silenciosa casa, como si temiesen despertar a los que duermen, que necesitarían llamar otra vez al sueño y sacarlo de su gruta purpúrea. Velos y velos de fina gasa oscura van descorriéndose y poco a poco las formas y los colores de las cosas vuelven a ser como eran, y observamos el amanecer que da al mundo su antigua forma. Los apagados espejos recobran su vida mímica. Las luces apagadas están donde las dejamos, y junto a ellas yace el libro que habíamos estado estudiando, o la flor que habíamos llevado en el baile, o la carta que habíamos tenido miedo de leer, o la que habíamos leído a menudo. Nada nos parece cambiado. Cuando desaparecen las irreales sombras de la noche regresa la vida real que habíamos conocido. Tenemos que volver a comenzarla donde la habíamos dejado, y nos atenaza la terrible sensación de la continuidad necesaria, en el mismo ambiente de costumbres estereotipadas, o quizá un ansia salvaje de que nuestros párpados puedan abrirse una mañana sobre un mundo renovado en la oscuridad para nuestro placer, un mundo en el cual las cosas podrían tener formas y colores lozanos, que estaría cambiado y tendría otros secretos, un mundo en el cual el pasado tuviera poca o ninguna importancia o sobreviviera, en todo caso, sin forma consciente de obligación o dolor, pues hasta la remembranza de la alegría tiene sus amarguras y el recuerdo del placer, su dolor.

Era la creación de mundos como aquéllos lo que a Dorian Gray le parecía el verdadero o uno de los verdaderos objetos de la vida, y en su busca de sensaciones eso podría ser a la vez nuevo y delicioso, y poseería ese elemento de extrañeza que es tan esencial para un romance; podría adoptar a menudo ciertos modos de pensar que él sabía que eran realmente extraños en su carácter, se abandonaría a sus sutiles influencias, y después, cuando hubiera absorbido sus colores y satisfecho su curiosidad intelectual, los dejaría con esa curiosa indiferencia que no es incompatible con un verdadero temperamento ardiente, y que, en realidad, es muchas veces una de sus condiciones, según ciertos psicólogos modernos.

Una vez se rumoreó de él que iba a convertirse a la religión católica romana, y ciertamente el ritual romano siempre le había atraído mucho. El sacrificio diario de la misa, realmente más terrible que todos los sacrificios del mundo antiguo, le conmovía tanto por su soberbia repudia de la evidencia de los sentidos como por la primitiva simplicidad de sus elementos y el eterno patetismo de la tragedia humana que intentaba simbolizar. Le gustaba arrodillarse sobre el frío mármol y observar al sacerdote, con su almidonada y florida vestimenta, descorriendo lentamente con sus blancas manos el velo del tabernáculo, o elevando el cáliz cubierto de piedras preciosas que guardaba en su interior la pálida hostia, que a veces se puede creer que es, de verdad, el *panis caelestis,* el pan de los ángeles, o, revestido con los atributos de la pasión de Cristo, rompiendo la hostia en el cáliz y golpeándose el pecho por sus pecados. Los incensarios, que eran balanceados por muchachos vestidos de rojo y blanco, parecían grandes flores doradas y ejercían una sutil fascinación sobre él. Cuando se iba, solía mirar con asombro los negros confesonarios y se detenía un buen rato bajo la sombra oscura de alguno de ellos y escuchaba a los hombres y mujeres susurrando a través del enrejado la verdadera historia de sus vidas.

Pero nunca cayó en el error de detener su desenvolvimiento intelectual aceptando formalmente un credo o sistema, ni se equivocó queriendo tomar como casa para vivir una posada que sólo fuera agradable para pasar una noche o para unas pocas horas nocturnas, de ésas en las que no hay estrellas y la luna está oculta. El misticismo, con su maravilloso poder de transformar las cosas vulgares extrañas a nosotros y la sutil antinomia que siempre parece acompañarle, le conmovió durante una temporada; y durante otra temporada se inclinó hacia las doctrinas materialistas del movimiento darwinista en Alemania, encontrando un curioso placer en situar los pensamientos y las pasiones de los hombres en alguna célula perlina del cerebro o en algún blanco nervio del cuerpo, deleitándose en la concepción de la absoluta dependencia del espíritu de ciertas condiciones físicas, morbosas o saludables, normales o enfermas. Sin embargo, como ya se ha dicho antes, ninguna teoría de la vida le pareció importante comparada con la vida misma. Se daba perfecta cuenta de lo vanas que son todas las especulaciones intelectuales cuando se separan de la acción y de la experiencia. Sabía que los sentidos, no menos que el alma, tienen sus misterios espirituales.

Después empezó a estudiar los perfumes y los secretos de su fabricación, destilando óleos penetrantes o quemando olorosas gomas venidas de Oriente. Vio que no había ningún estado de ánimo que no tuviera su contrapartida en la vida de los sentidos y se puso a estudiar su verdadera relación, preguntándose por qué el incienso incita al misticismo, el ámbar gris excita las pasiones, las violetas traen a la memoria los antiguos amores, el almizcle perturba el cerebro y la magnolia champaca empaña la imaginación; muchas veces quiso elaborar una verdadera psicología de los perfumes y averiguar las diversas influencias de las raíces olorosas y de las flores cubiertas de polen, o de los bálsamos perfumados y de las oscuras y fragantes maderas, del nardo espinoso, que enferma, del *hovenia,* que vuelve locos a los hombres, y de los áloes, que se dice que son capaces de expulsar la melancolía del alma.

Durante otro tiempo fue un verdadero devoto de la música, y en una gran habitación con azulejos, con el techo color bermellón y dorado y las paredes de laca verde oliva, acostumbraba dar curiosos conciertos, en los que locas gitanas tocaban una música salvaje con sus pequeñas cítaras, o en los que graves tunecinos con chilabas amarillas producían sonidos estridentes con monstruosos laúdes, mientras que unos negros gesticulantes golpeaban con monotonía tambores de cobre, y en los que, sentados sobre cojines de color escarlata, unos indios flacos y con turbante tañían largas flautas de caña o de bronce, encantando, o fingiendo encantar, a grandes serpientes encapuchadas o a horribles víboras cornudas. Los ásperos intervalos y los agudos acordes de la música bárbara le excitaban a veces, mientras que la gracia de Schubert, los bellos lamentos de Chopin y la estruendosa armonía de Beethoven eran despreciados por su oído. Coleccionó los más extraños instrumentos de todo el mundo que pudo encontrar, aun en las tumbas de las naciones extinguidas o entre las pocas tribus salvajes que han podido sobrevivir al contacto con las civilizaciones occidentales, y le gustaba tocarlos y experimentar con ellos. Tenía el misterioso *juruparis* de los indios del río Negro, que no podía ser visto por las mujeres y que sólo se permitía ver a los jóvenes que habían sido sometidos a ayuno y azotamiento, y los jarrones de barro de los peruanos, que al tocarlos parece que salen de ellos cantos de pájaros, y flautas de huesos humanos, como las que Alfonso de Ovalle oyó en Chile, y los sonoros jaspes verdes que fueron encontrados cerca de Cuzco y que producen notas de singular dulzura. Tenía calabazas pintadas, llenas de guijarros, que sonaban cuando se las agitaba; el largo clarín de los mejicanos, en el cual el músico no debe soplar, sino inhalar el aire; el áspero *ture* de las tribus del Amazonas, que tocan los centinelas que están todo el día sobre los altos árboles y que se puede oír, según se dice, a una distancia de tres leguas; el *teponaztli,* que tiene dos vibrantes lengüetas de madera y que se golpea con unos bastones impregnados con goma elástica, que se obtiene del jugo lechoso de ciertas plantas; las campanas *yotl* de los aztecas, que están unidas como si fueran racimos, y un gran tambor cilíndrico, cubierto de pieles de grandes serpientes, como aquél que vio Bernal Díaz cuando entró con Cortés en el templo mejicano y de cuyo delicioso sonido nos ha dejado una descripción tan viva. El fantástico carácter de estos instrumentos lo fascinaba, y sentía un curioso deleite al pensar que el arte, como la naturaleza, tiene sus monstruos, cosas de forma bestial y con voces horribles. Sin embargo, después de algún tiempo se cansó de ellos y se sentó en su palco de la ópera, solo o con lord Henry, escuchando con gran placer el *Tannhauser* y viendo en el preludio de esa gran obra de arte la representación de la tragedia de su propia alma.

En una ocasión se dedicó al estudio de las joyas y apareció en un baile de disfraces vestido de Anne de Joyeuse, almirante de Francia, con un traje cubierto con quinientas sesenta perlas. Esta afición le duró varios años aunque, en verdad, se puede decir que la tuvo toda la vida. Muchas veces pasaba los días clasificando y volviendo a clasificar en sus estuches las diferentes piedras que había coleccionado, tales como el crisoberilo verde oliva que se vuelve rojo a la luz de una lámpara, la cimofana de líneas plateadas, el peridoto color pistacho, topacios rosados y amarillentos, rubíes de color escarlata con sus trémulas estrellas de cuatro puntas, piedras de canela de un color rojo llameante, espinelas naranjas y violetas, y amatistas con sus capas alternadas de rubí y zafiro. Le gustaba el dorado rojizo de la piedra solar, la blancura perlina de la piedra lunar y el roto arcoíris del ópalo lechoso. Mandó traer de Ámsterdam tres esmeraldas de extraordinario tamaño y riqueza de color, y tuvo una turquesa *de la vieille roche,* que fue la envidia de todos los entendidos.

Descubrió maravillosas historias acerca de las joyas. En la *Disciplina Clericalis* de Pedro Alfonso se menciona una serpiente con ojos de auténtico jacinto, y en la romántica historia de Alejandro, el conquistador de Emacia, se dice que se encontraron en el valle del Jordán serpientes «con collares de verdaderas esmeraldas alrededor de sus cuerpos». Según nos dice Filóstrato, había una gema en el cerebro del dragón y éste, «si se le enseñaban letras de oro y una capa escarlata», quedaba sumido en un mágico sueño y podía ser exterminado. De acuerdo con el gran alquimista Pierre de Boniface, el diamante puede hacer invisible al hombre y el ágata de la India lo convierte en un ser elocuente. La cornalina aplaca la ira, el jacinto provoca el sueño y la amatista aleja los vapores de la embriaguez. El granate expulsa a los demonios y el hidrópico desposee a la luna de su color. La selenita disminuye y aumenta con la luna, y el *moleceus* que descubre a los ladrones, solamente pierde su poder con la sangre de cabrito. Leonardus Camillus había visto una piedra blanca sacada del cerebro de un sapo recién muerto que era un verdadero antídoto contra el veneno. El bezoar, que se encuentra en el corazón del ciervo árabe, posee el extraño poder de curar la peste. En los nidos de los pájaros árabes, según Demócrito, se encuentran los aspilates, que protegen a quienes los llevan de cualquier peligro de fuego.

El rey de Ceilán atravesó su ciudad con un gran rubí sobre la mano en la ceremonia de su coronación. Las puertas del palacio del Preste Juan estaban «hechas de sardón y tenían en su centro el cuerno de una serpiente cornuda de Egipto para que ningún hombre que trajera veneno pudiera pasar por ellas». Sobre el marco había «dos manzanas de oro que tenían sendos rubíes engarzados», de forma que el oro relucía a la luz del día y los rubíes, por la noche. En la extraña novela de Lodge *Una margarita de América* se cuenta que en las habitaciones de la reina se podía ver a «todas las mujeres castas del mundo, engastadas en plata, mirando a través de bellos espejos de crisólitos, rubíes, zafiros y esmeraldas». Marco Polo había visto a los habitantes de Cipango poner perlas rosadas sobre la boca de los muertos. Un monstruo marino se había enamorado de la perla que un buceador trajo al rey Peroz, aniquiló al ladrón y lloró durante siete lunas por su pérdida. Cuando los hunos llevaron al rey al borde de un precipicio, él la arrojó (Procopio nos cuenta la historia) y no volvió a ser hallada nunca, aunque el emperador Anastasio ofreció quinientas piezas de oro para quien la encontrase. El rey de Malabar había enseñado a cierto veneciano un rosario de trescientas cuatro perlas, una por cada dios que adoraba.

Cuando el duque de Valentinois, hijo de Alejandro VI, visitó a Luis XII de Francia, su caballo fue adornado con hojas de oro, según Brantôme, y su sombrero tenía una doble hilera de rubíes que producían un gran fulgor. Carlos de Inglaterra tenía un caballo cuyos estribos poseían cuatrocientos veintiún diamantes engarzados. Ricardo II poseía un traje valorado en treinta mil marcos, que estaba totalmente cubierto de rubíes. Hall describe a Enrique VIII, en su camino hacia la torre, antes de su coronación, llevando «una chaqueta bordada en oro, el peto cubierto de diamantes y otras piedras preciosas y un gran collar, alrededor de su cuello, de grandes balajes». Las favoritas de Jaime I llevaban pendientes de esmeraldas incrustadas en oro finísimo. Eduardo II dio a Piers Gaveston una serie de armaduras de oro rojizo adornadas con jacintos, un collar de rosas de oro con turquesas y un gorro *parsemé* de perlas. Enrique II usaba unos guantes que llegaban hasta el codo cubiertos de joyas y tenía un guante halconero adornado con doce rubíes y cincuenta y dos piedras preciosas. El sombrero ducal de Carlos el Temerario, último duque de Borgoña de su estirpe, estaba cubierto de perlas en forma de pera y rodeado de zafiros.

¡Qué exquisita vida la de antes! ¡Qué suntuosa en su pompa y en su decoración! Aun leyéndola, aquella lujuria de los antiguos era maravillosa.

Después puso su atención en los bordados y en los tapices que hacían las veces de frescos en los fríos salones de las naciones del norte de Europa. Cuando investigaba este tema, y él tuvo siempre una extraordinaria facultad para sumergirse completamente en todo aquello que le interesaba, se sentía casi triste al ver la ruina que el tiempo había traído sobre todas las cosas bellas y maravillosas. Él, de la forma que fuese, había escapado de eso. El verano seguía al verano, y los juncos amarillos crecieron y murieron muchas veces, y noches de horror repitieron la historia de su vergüenza, pero él no había cambiado. Ningún invierno arrugó su cara o marchitó su florida frescura. ¡Qué diferente era de las cosas materiales! ¿Dónde se habían ido? ¿Dónde estaba la gran capa color azafrán por la cual los dioses habían luchado contra los gigantes y que había sido hecha por morenas muchachas para el placer de Atenea? ¿Dónde se hallaba el gran *velarium* que Nerón mandó extender sobre el Coliseo en Roma, aquella vela de titán color púrpura en la cual estaban representados el cielo y sus estrellas, y Apolo conduciendo su carro de riendas doradas tirado por blancos corceles? Ansiaba ver las curiosas servilletas traídas por el sacerdote del Sol, sobre las cuales se colocaban todas las viandas y dulces requeridos para una fiesta; el traje mortuorio del rey Chilperico con sus trescientas abejas de oro; las capas fantásticas que despertaron la indignación del obispo de Ponto y que tenían «leones, panteras, osos, perros, selvas, rocas y cazadores, todo lo que, en resumen, un pintor puede copiar de la naturaleza»; y el traje que usó una vez Carlos de Orleáns, sobre cuyas mangas estaban bordados los versos de una canción que empezaba: *Madame, je suis tout joyeux;* el acompañamiento musical de las palabras estaba bordado en oro y cada nota, con la forma cuadrada de aquellos tiempos, formada por cuatro perlas. Leyó que la habitación que estaba preparada en el palacio de Reims para uso de la reina Juana de Borgoña estaba decorada con «mil trescientos veintiún loros bordados y blasonados con las armas del rey, y quinientas sesenta y una mariposas, cuyas alas estaban igualmente adornadas con las armas de la reina, todo trabajado en oro». Catalina de Médicis tenía un lecho mortuorio hecho para ella de terciopelo negro salpicado de medias lunas y soles. Sus cortinas eran de damasco, con guirnaldas y coronas sobre campo de oro y plata y con los bordes llenos de perlas, y en la habitación, alineadas sobre el muro, se encontraban las divisas de la reina cortadas en terciopelo negro sobre paños de plata. Luis XIV tenía cariátides bordadas en oro de quince pies de altura en su habitación. La cama de Juan III Sobieski, rey de Polonia, estaba hecha con brocados de oro de Esmirna y, bordados con turquesas, tenía versos del Corán. Tenía unos soportes de plata dorada bellamente tallados y llenos de medallones esmaltados y con piedras preciosas. Fue tomada del campamento turco ante Viena, y el estandarte de Mahoma había estado bajo el oro trémulo de su dosel.

Y así, durante todo un año, se dedicó a acumular los más exquisitos ejemplares que pudo encontrar de trabajos textiles y bordados: finas muselinas de Delhi, delicadamente trabajadas con hilo de oro y cosidas sobre alas iridiscentes de escarabajos; gasas de Daca, que son conocidas en Oriente por su transparencia con el nombre de «aire tejido», «agua corriente» y «rocío nocturno»; extrañas telas de Java; paños amarillos de China; libros encuadernados en raso negro o en bella seda azul, con grabados de *fleurs de lys,* pájaros e imágenes; velos de *lacis* hechos de punto de Hungría; brocados sicilianos y tiesos terciopelos españoles; labores georgianas con los bordes dorados, y *fukusas* japonesas con oro de tonos verdes y pájaros de plumaje maravilloso.

Tuvo también una pasión especial por las vestiduras eclesiásticas así como, en verdad, por todo lo relacionado con el servicio de la Iglesia. En grandes cofres de cedro que alineó en la galería occidental de su mansión tenía bellos y raros ejemplares de lo que son realmente las vestiduras de la Esposa de Cristo, que debe usar púrpura, joyas y delicado lino para poder esconder su cuerpo pálido y macerado, ajado por los sufrimientos que ella misma se busca y herido por el dolor que se inflige. Poseía una suntuosa capa de seda y damasco tejida con oro, en la que había un modelo repetido de granadas de oro colocadas sobre flores de seis pétalos que tenían en los bordes unas piñas fabricadas con perlas. Poseía varias franjas que estaban a su vez divididas en diferentes paneles, en los que se representaban escenas de la vida de la Virgen, y las de su coronación estaban grabadas en seda de colores sobre la capucha. Éste era un trabajo italiano del siglo xv.

Tenía otra capa de terciopelo verde, bordada con grupos de hojas de acanto en forma de corazón de los que surgían flores blancas de largos tallos, los detalles estaban bordados en plata y realzados con cristales de colores. El broche tenía bordada en oro una cabeza de serafín. Las franjas estaban tejidas en seda roja y dorada, y poseían medallones de muchos santos y mártires, entre los cuales estaba san Sebastián. Tenía también casullas de seda ambarina, brocados dorados y azules también de seda, damascos de seda amarilla y paños de oro que representaban escenas de la Pasión y Crucifixión de Cristo, bordados con leones, pavos reales y otros emblemas, dalmáticas de raso blanco y seda rosada de damasco, decoradas con tulipanes, delfines y *fleurs de lys,* frontales de terciopelo y lino azul y muchos corporales y sudarios. En los oficios místicos, en los que se usaban tales cosas, había algo que excitaba su imaginación.

Aquellos tesoros y todo lo que coleccionaba en su magnífica casa eran para él objetos que lo ayudaban a olvidar, medios de poder escapar, durante una temporada, de aquel temor que a veces le parecía tan grande que era imposible soportarlo. Sobre los muros de la solitaria habitación cerrada, donde había pasado la mayor parte de su niñez, colgó con sus propias manos el terrible retrato cuyos cambios le mostraban la verdadera degradación de su vida, y frente a él colocó, como cortina, un palio de púrpura y oro. Durante semanas no subía allí, intentando olvidar el horrible objeto pintado, y así volvía a poseer su maravillosa alegría y su apasionada absorción de la mera existencia. Después, repentinamente, alguna noche salía de casa, iba a lugares terribles de Blue Gate Fields y permanecía allí, día tras día, hasta que le obligaban a marcharse. A su regreso se sentaba frente al retrato, unas veces odiándolo y odiándose a sí mismo, pero otras veces lleno de ese orgullo del individualismo que es lo que da la mitad de su fascinación al pecado, y sonriendo con secreto placer a la sombra deforme que tenía que soportar la carga que hubiera tenido que llevar él mismo.

Al cabo de algunos años no pudo soportar permanecer mucho tiempo fuera de Inglaterra. Se desprendió de la villa que había compartido con lord Henry en Trouville, así como de la pequeña casa de paredes blancas que tenía en Argel, donde ambos habían pasado más de una vez el invierno. Odiaba estar separado del retrato, que era una parte tan importante de su vida, y también temía que durante su ausencia alguien pudiera entrar en la habitación, a pesar de las fuertes barras que había hecho colocar en la puerta.

Se daba perfecta cuenta de que el cuadro no diría nada. Era cierto que todavía conservaba, bajo toda la maldad y el horror del rostro, un marcado parecido con él mismo, pero ¿qué podían sacar en conclusión de esto? Podría reírse de cualquiera que intentara infamarle. Él no lo había pintado. ¿Por qué debía preocuparse de su vileza y su vergüenza? Aun, si él mismo lo dijese, ¿le creerían los demás?

Sin embargo, tenía miedo. Algunas veces, cuando estaba en su gran mansión de Nottinghamshire, acompañado por elegantes jóvenes de su rango, de quienes era el líder, y asombrando a la región por el lujo y el suntuoso esplendor de su modo de vivir, repentinamente dejaba a sus invitados y regresaba a la ciudad para ver si la puerta había sido forzada y si el retrato estaba todavía allí. ¿Qué ocurriría si era robado? El simple pensamiento de que esto pudiera ocurrir le dejaba frío de horror. Seguramente el mundo sabría entonces su secreto. Quizá el mundo ya lo sospechaba.

Porque, mientras fascinaba a muchos, no eran pocos los que desconfiaban de él. Estuvo muy cerca de no ser admitido en un club del West End, del que, por su alcurnia y posición social, tenía perfecto derecho a ser miembro, y se decía que en una ocasión un amigo lo llevó al Churchill y el duque de Berwick y otro caballero se levantaron y salieron con gesto de marcado disgusto. Corrieron curiosas historias sobre él cuando cumplió veinticinco años. Se rumoreó que se le había visto discutiendo con marineros extranjeros en un tugurio de Whitechapel y que trataba con ladrones y rateros, y que conocía los secretos de su oficio. Sus extraordinarias ausencias se hicieron notorias y cuando reaparecía de nuevo en sociedad, los hombres murmuraban de él en los rincones, pasaban por su lado con una mirada de desprecio o le observaban con ojos fríos y penetrantes, como si quisieran descubrir su secreto.

Desde luego Dorian Gray no se preocupaba por tales insolencias y desprecios, y en la opinión de la mayoría de la gente sus francas maneras, su encantadora sonrisa infantil y la infinita gracia de la maravillosa juventud que nunca parecía abandonarlo eran en sí mismas réplicas suficientes para contestar a las calumnias que circulaban sobre él. Sin embargo, saltaba a la vista que algunos de los que habían sido sus amigos íntimos, después de algún tiempo, lo rehuían. Las mujeres que le habían adorado apasionadamente y que por su amor se habían enfrentado con la censura de toda la sociedad y la habían desafiado se ponían pálidas de vergüenza u horror si Dorian Gray entraba en la habitación.

Sin embargo, aquellos escándalos susurrados no hicieron más que aumentar, a los ojos de muchos, su extraño y peligroso encanto. Su gran fortuna era un verdadero elemento de seguridad. La sociedad, la sociedad civilizada por lo menos, no está nunca muy dispuesta a creer nada en detrimento de los que son a la vez ricos y fascinantes. Siente instintivamente que los modales son más importantes que la moral y, en su opinión, la más alta respetabilidad tiene mucho menos valor que la posesión de un buen chef. Y, después de todo, es un consuelo muy pobre saber que un hombre que ha dado una mala comida o un vino mediocre es irreprochable en su vida privada. Ni siquiera las virtudes pueden compararse con unos *entrées* semifríos, como señaló una vez lord Henry en una discusión sobre el tema, y posiblemente hay mucho que decir sobre esta opinión. Porque los cánones de la buena sociedad son, o deberían ser, los mismos del arte. La forma es absolutamente esencial en ellos. Deberían tener la dignidad de una ceremonia, así como su irrealidad, y deberían combinar el carácter insincero de una obra romántica con el ingenio y la belleza que hace que tales obras nos deleiten. ¿Es la insinceridad una cosa tan terrible? Creo que no. Es simplemente un método con el cual se pueden multiplicar nuestras personalidades.

Ésta era, al menos, la opinión de Dorian Gray. Acostumbraba a maravillarse de la psicología superficial de aquéllos que conciben el ego en el hombre como una cosa simple, permanente, en la que se puede confiar y con una única esencia. Para él, el hombre era un ser con muchas vidas y muchas sensaciones, una criatura compleja y multiforme que poseía en sí misma extrañas herencias de pensamientos y pasiones y cuya carne estaba manchada por las monstruosas enfermedades de la muerte. Le gustaba andar por la fría galería de pinturas de su casa de campo y mirar los diversos retratos de aquéllos cuya sangre corría por sus venas. Allí estaba Philip Herbert, descrito por Francis Osborne en sus *Memorias de los reinados de la reina Isabel y del rey Jacobo* como un hombre «muy querido en la corte por la belleza de su rostro, la cual no conservó mucho tiempo». ¿Era la vida del joven Herbert la que él llevaba a veces? ¿Habría algún extraño germen venenoso que se hubiera transmitido de cuerpo en cuerpo hasta llegar a él? ¿No habría sido algún oscuro sentimiento de aquella gracia arruinada lo que tan de repente, casi sin causa, le hizo decir en el estudio de Basil Hallward aquel loco ruego que había cambiado su vida? Allí estaba, con un traje rojo bordado en oro y una capa cubierta de piedras preciosas, con su golilla dorada, sir Anthony Sherard, con su armadura negra y plateada a los pies. ¿Qué le habría legado este hombre? ¿Le habría dejado el amante de Giovanna de Nápoles alguna herencia de pecado y vergüenza? ¿No serían simplemente sus propias acciones los sueños que aquel hombre muerto no se había atrevido a realizar? Allí sonreía, desde su lienzo, lady Elizabeth Devereux, con el gorro de gasa, la pechera de perlas y las mangas de color rosado. Había una flor en su mano derecha, y la izquierda tenía un collar de blancas rosas de damasco. En una mesa que había junto a ella se veían una mandolina y una manzana. Sus pequeños zapatitos en punta tenían estampados muchos rosetones verdes. Él conocía su vida y las extrañas historias que se habían contado sobre sus amores. ¿Habría algo de su temperamento en él? Aquellos ojos rasgados parecían mirarle curiosamente. ¿Y George Willoughby, con el pelo empolvado y los fantásticos lunares? ¡Qué diabólica era su apariencia! Su cara era melancólica y atezada, y sus labios sensuales parecían entreabrirse con desdén. Sus manos amarillas, llenas de sortijas, estaban cubiertas por delicados encajes. Había sido un pisaverde del siglo XVIII, y fue amigo, en su juventud, de lord Ferrars. ¿Y el segundo lord Beckenham, el compañero del príncipe regente en sus más ardientes días y uno de los testigos de su matrimonio secreto con mistress Fitzherbert? ¡Qué orgulloso y bien parecido era, con sus rizos castaños y su postura insolente! ¿Qué pasiones le había legado? El mundo había caído sobre él acusándole de infame. Tomaba parte en las orgías de Carlton House. La estrella de la Jarretera brillaba en su pecho. Junto al suyo estaba colgado el retrato de su esposa, una mujer pálida, morena y de labios finos. Su sangre también era la suya. ¡Qué curioso parecía todo! Y su madre, con el rostro a lo lady Hamilton y los labios húmedos; él sabía lo que ella le había legado. Había obtenido de ella su belleza y su pasión por la belleza de los demás. Le sonreía con su vestido de bacante. Había hojas de parra en su pelo. Tenía asida una copa, de la cual se derramaba púrpura. El cuadro se había estropeado, pero los ojos eran todavía maravillosamente profundos y de color brillante. Parecían seguirle a todas partes adonde iba.

Sin embargo, tenía también antecesores literarios, más cercanos quizá en tipo y temperamento, y muchos de ellos ejercían una influencia absolutamente más consciente. Había veces que a Dorian Gray le parecía que toda la historia era simplemente un relato de su propia vida, no como él la había vivido, en actos y circunstancias, sino como su imaginación la había creado para él, como hubiera sido en su cerebro y en sus pasiones. Sentía que había conocido a todas aquellas extrañas y terribles figuras que habían pasado a través del escenario del mundo y habían hecho del pecado algo tan maravilloso y del mal algo tan lleno de sutilidad. Le parecía que, de alguna misteriosa forma, sus vidas habían sido la suya propia.

El protagonista de la maravillosa novela que tanto había influido en su vida había tenido esa curiosa sensación. En el séptimo capítulo cuenta que, coronado de laurel para que los rayos no pudieran tocarle, se había sentado en un jardín de Capri, como Tiberio, que leía los vergonzosos libros de Elephantis, mientras enanos y pavos reales saltaban a su alrededor y el flautista se mofaba del oscilante incensario; y, como Calígula, se había divertido en los establos con jinetes de camisas verdes, comiendo en un pesebre de marfil, junto a un caballo cuyo frontal estaba adornado con piedras preciosas; y, como Domiciano, había pasado por un corredor lleno de espejos de mármol, mirando a su alrededor con ojos espantados, ante el recuerdo de la daga que iba a poner fin a sus días, enfermo de ese *ennui*, de ese horrible *taedium vitae,* que se apodera de aquéllos a quienes la vida no niega nada; había visto a través de una clara esmeralda las sangrientas matanzas del circo, y después, en una litera hecha con púrpura y perlas y tirada por mulas adornadas con plata, había sido llevado por la calle de las

Granadas hasta la Casa de Oro, oyendo a los hombres gritar a su paso las palabras: «Nero Caesar»; y, como Heliogábalo, se pintó el rostro con diversos colores, tejió en la rueca con las mujeres y trajo la luna desde Cartago para unirla en místico matrimonio con el sol.

Una y otra vez, Dorian Gray acostumbraba a leer este fantástico capítulo y los dos siguientes, en los cuales, como en curiosos tapices o bellos esmaltes, se descubrían las bellas y horribles formas de aquéllos que el vicio, la sangre y el aburrimiento convirtieron en seres monstruosos o locos: Filippo, duque de Milán, que asesinó a su esposa e impregnó sus labios con veneno escarlata para que su amante recibiera la muerte de su propio cuerpo; Pietro Barbo, el Veneciano, conocido como Paulo II, que llegó en su vanidad a asumir el título de *Formosus* y cuya tiara, valorada en doscientos mil florines, consiguió al precio de un terrible pecado; Gian Maria Visconti, que usaba galgos para cazar hombres y cuyo cuerpo muerto fue cubierto de rosas por una ramera que le había amado; Borgia, sobre su caballo blanco, cabalgando junto al Fratricida, con su capa manchada con la sangre de Perotto; Pietro Riario, el joven cardenal arzobispo de Florencia, hijo y favorito de Sixto IV, cuya belleza solamente se podía comparar a su libertinaje y que recibió a Leonora de Aragón en un pabellón de seda blanca y roja, lleno de ninfas y centauros, pintando de color dorado a un muchacho que le servía en los jardines como Ganímedes o Hilas; Ezzelino, cuya melancolía sólo podía ser curada por el espectáculo de la muerte y que tenía gran pasión por la sangre, lo mismo que otros la tienen por el vino rojo; el hijo del demonio, según se decía, que hizo trampas a su padre cuando se estaba jugando con él su propia alma; Giambattista Cibo, que por mofa se dio el nombre de Inocente y por cuyas venas corría la sangre de tres adolescentes, que le fue inyectada por un doctor judío; Segismundo Malatesta, el amante de Issotta y dueño de Rímini, cuya efigie fue quemada en Roma como enemigo de Dios y de los hombres, que estranguló a Polyssena con una servilleta, dio veneno a Ginevra d'Este en una copa de esmeraldas y, en honor de una vergonzosa pasión, mandó construir una iglesia pagana para el culto de Cristo; Carlos VI, que tan apasionadamente había amado a la esposa de su hermano, a quien un leproso avisó de que se volvería loco y cuyo extraño y agitado cerebro solamente pudo ser curado con unas cartas sarracenas que tenían pintadas imágenes del amor, la muerte y la locura; y con su chaleco ribeteado, su sombrero adornado con piedras preciosas y sus rizos como acantos, Grifonetto Baglioni, que asesinó a Astorre junto con su prometida y a Simonetto con su paje, y cuyo donaire era tal que, cuando yacía moribundo en la amarillenta plaza de Perugia, los que le odiaban no pudieron sino llorarlo y Atlanta, que le había maldecido, lo bendijo.

Había una horrible fascinación en todos ellos. Los vio por la noche y turbaron su imaginación durante el día. El Renacimiento conoció extrañas maneras de envenenar: envenenamiento por medio de un yelmo y una antorcha encendida, de un guante bordado y un abanico con piedras preciosas, y de un pomo de oro y una cadena de ámbar. A Dorian Gray le había envenenado un libro. Había momentos en que miraba el mal como un simple medio a través del que uno puede realizar su concepción de la belleza.

XII

Fue el 9 de noviembre, la víspera de su trigésimo octavo cumpleaños, como a menudo recordaría después. Salió a las once aproximadamente de casa de lord Henry, donde había estado cenando, e iba vestido con gruesas pieles, porque la noche era fría y había niebla. En la esquina de Grosvenor Square y South Audley Street pasó junto a él un hombre que andaba muy deprisa, con el cuello de su gabán gris subido. Llevaba una maleta en la mano. Dorian lo reconoció. Era Basil Hallward. Un extraño sentimiento de temor que no podía explicar se apoderó de él. No hizo señal de reconocerlo y caminó rápidamente hacia su propia casa.

Pero Hallward lo había visto. Dorian lo oyó pararse y después correr hacia él. A los pocos momentos le puso la mano sobre el brazo.

—¡Dorian! ¡Qué suerte tan extraordinaria! Lo he estado esperando en su biblioteca desde las nueve. Al final he tenido lástima de su criado, que estaba muy cansado, y me he marchado, diciéndole que se fuera a la cama. Me voy a París en el tren de medianoche y quería verlo antes de marcharme. He pensado que era usted, o al menos su gabán de piel, quien pasaba junto a mí, pero no estaba seguro. ¿No me ha reconocido?

—¿Con esta niebla, mi querido Basil? Casi ni puedo reconocer Grosvenor Square. Creo que mi casa está por aquí, pero no sé ciertamente dónde. Siento que se vaya, cuando hace tanto tiempo que no le veo. Supongo que regresará pronto, ¿no?

—No, voy a estar fuera de Inglaterra durante seis meses. Tengo la intención de alquilar un estudio en París y encerrarme hasta haber terminado un gran cuadro que tengo en la cabeza. Sin embargo, no era de mí mismo de quien quería hablar. Ya estamos en su casa. Déjeme entrar un momento. Tengo algo que decirle.

—Encantado, pero ¿no perderá el tren? —dijo Dorian Gray lánguidamente, subiendo los escalones y abriendo la puerta con la llave.

La luz de la lámpara se veía confusa en la niebla. Hallward miró su reloj.

—Tengo mucho tiempo —contestó—. El tren no sale hasta las doce y cuarto, y sólo son las once. En realidad, iba al club a buscarlo cuando le encontré. Ya ve que mi equipaje no me hará retrasarme. Ya he enviado todos mis bultos pesados. Todo lo que llevo es esta maleta, y puedo llegar fácilmente a Victoria en veinte minutos.

Dorian le miró y sonrió.

—¡Vaya una forma de viajar para un pintor elegante! ¡Una vulgar maleta y un gabán más vulgar aún! Entremos, o la niebla penetrará en la casa. Y no olvide que no quiero hablar de nada serio. Nada es serio hoy en día. Al menos, nada debe serlo.

Hallward movió la cabeza al entrar y siguió a Dorian a la biblioteca. Había fuego en la chimenea. Las luces estaban encendidas y sobre una mesita de marquetería había una licorera holandesa de plata, unos sifones y unos grandes vasos tallados.

—Ya ve usted que su criado me ha servido como si estuviera en mi casa, Dorian. Me ha dado todo lo que quería, incluidos sus mejores cigarrillos. Es una persona muy hospitalaria. Me gusta mucho más que ese francés que tenía antes. A propósito, ¿qué ha sido de él?

Dorian se encogió de hombros.

—Creo que se casó con la doncella de lady Radley y que la ha establecido en París como modista inglesa. La *anglomanie* está muy de moda ahora allí, según creo. Parecía tonto ese francés, ¿verdad? Pues ¿sabía usted que no era un criado malo? Nunca me gustó, pero no tuve queja de él. Uno a menudo se imagina cosas que son completamente absurdas. Era realmente un devoto mío y parecía muy pesaroso cuando se marchó. ¿Quiere otro *brandy* con soda? ¿O le gusta más el vino del Rin con Seltz? Yo siempre tomo esto último. Lo tengo en la habitación de al lado.

—Gracias, no quiero nada más —dijo el pintor, quitándose el sombrero y el gabán y poniéndolos sobre la maleta, que había colocado en un rincón—. Y ahora, mi querido amigo, quiero hablarle seriamente. No se enfade por ello. Sería más difícil para mí.

—¿Qué me tiene que decir? —exclamó Dorian con tono petulante, dejándose caer en el sofá—. Espero que no sea relativo a mí. Estoy cansado de mí mismo esta noche. Me gustaría ser otra persona.

—Es relativo a usted —contestó Hallward con su grave y profunda voz— y debo decírselo. Solamente voy a ocuparle media hora.

Dorian suspiró y encendió un cigarrillo.

—¡Media hora! —murmuró.

—No es mucho pedirle, Dorian, y es por su bien lo que le voy a decir. Creo que ya sabrá que se han dicho de usted en Londres las cosas más horribles.

—No deseo saber nada de ellas. Me gustan los escándalos de los demás, pero los míos no me interesan. No tienen encanto novelesco.

—Deben interesarle, Dorian. Todo caballero debe estar interesado en su buen nombre. No querrá que la gente hable de usted como de alguien vil y despiadado. Desde luego tiene su posición, su fortuna y toda clase de cosas, pero la posición y la fortuna no lo son todo. Yo no creo ninguno de esos rumores. Al menos, no los creo cuando le estoy viendo. El pecado es algo que se refleja en el rostro del hombre. No se puede ocultar. La gente habla a veces de vicios secretos. No hay tal cosa. Si un hombre es vicioso, nos lo revelan las líneas de su boca, sus ojos hundidos, hasta la forma de sus manos. Alguien, no mencionaré su nombre, pero usted lo conoce, vino a verme el año pasado para que pintase su retrato. Nunca lo había visto antes ni había oído nada de él, aunque desde entonces he oído muchas cosas. Me ofreció un precio extravagante. Me negué. Había algo en la forma de sus dedos que me pareció aborrecible. Ahora sé que estaba en lo cierto en lo que pensé de él. Su vida es horrible. Pero de usted, Dorian, con su pura, brillante e inocente cara y su maravillosa e imperturbable juventud, no puedo creer nada malo. Y, sin embargo, lo veo muy poco, no viene ahora a mi estudio y cuando estoy alejado de usted y oigo esas horribles cosas que la gente murmura, no sé lo que pensar. ¿Por qué, Dorian, un hombre como el duque de Berwick dejó la habitación de un club cuando usted entró? ¿Por qué hay tantos caballeros en Londres que no lo invitan a su casa ni usted los invita a ellos? Usted era amigo de lord Staveley. Coincidí con él en una cena la semana pasada. Su nombre salió en la conversación en relación con las miniaturas que había usted enviado a la exposición de Dudley. Staveley hizo una mueca y dijo que usted podía tener los gustos más refinados, pero que era un hombre que no podía ser presentado a ninguna muchacha decente, y que ninguna mujer casta podía estar en la misma habitación que usted. Le recordé que era amigo suyo y le pregunté qué quería decir. Me lo explicó. Me lo dijo ante todos. ¡Fue horrible! ¿Por qué es su amistad tan fatal para los jóvenes? Un pobre muchacho del cuerpo de guardias se suicidó. Usted era un gran amigo suyo. Sir Henry Ashton tuvo que dejar Inglaterra con su apellido mancillado. Usted y él eran inseparables. ¿Qué me dice del horrible fin de Adrian Singleton? ¿Y del único hijo de lord Kent y su carrera? Encontré ayer a su padre en Saint James Street. Me pareció destrozado por la vergüenza y el dolor. ¿Y el joven duque de Perth? ¿Qué clase de vida lleva ahora? ¿Qué caballero querría su amistad?

—Deténgase, Basil. Está hablando de cosas de las que no sabe nada —dijo Dorian Gray, mordiéndose el labio y con un tono de gran desprecio en su voz—. Me ha preguntado por qué Berwick dejó la habitación cuando yo entré. Fue porque yo lo sé todo de su vida, no porque él sepa nada de la mía. Con la sangre que corre por sus venas, ¿cómo puede ser limpia su existencia? Me ha hablado de Henry Ashton y el joven Perth. ¿Acaso les enseñé al uno sus vicios y al otro su libertinaje? Si el idiota del hijo de Kent se casa con una mujer de la calle, ¿qué tengo yo que ver? Si Adrian Singleton firma cheques con el nombre de sus amigos, ¿soy yo el que se lo dice? Conozco a la gente de Inglaterra. La clase media airea sus prejuicios morales y murmura de las clases altas para intentar convencer a la gente de que ellos están en relación con el gran mundo. En este país es bastante para un hombre tener distinción e inteligencia para que las malas lenguas cuchicheen de él. ¿Y qué clase de vida lleva esa gente que hace ostentación de su moralidad? Mi querido amigo, olvida usted que estamos en el país natal de la hipocresía.

—Dorian —exclamó Hallward—, ésa no es la cuestión. Ya sé que Inglaterra es bastante mala y que la sociedad inglesa está corrompida. Ésa es la razón por la que quiero que usted no sea como ellos. Y lo ha sido. Uno tiene derecho a juzgar a un hombre por el efecto que ejerce sobre sus amigos. Usted parece haber perdido todo sentido del honor, la bondad y la pureza. Está poseído por la locura del placer. Ellos se han hundido en el precipicio. Usted los ha dejado allí. Sí, los ha dejado allí, y es capaz de sonreír, está sonriendo ahora. Y detrás hay algo peor. Sé que usted y Henry son inseparables. Seguramente por esa razón, y no por ninguna otra, no debería usted haber mancillado el nombre de su hermana.

—Tenga cuidado, Basil. Está yendo usted demasiado lejos.

—Debo hablar y usted debe escucharme. Cuando conoció a lady Gwendolen, ella no había sido tocada por ningún escándalo. ¿Hay ahora una sola mujer decente de Londres que quiera pasear con ella por el parque? Ni siquiera a sus hijos se les permite vivir a su lado. Hay también otras historias... historias que dicen que se le ha visto saliendo de horrorosas casas y yendo, disfrazado, a horribles lugares de Londres. ¿Es eso cierto? ¿Puede ser cierto? Cuando lo oí por primera vez, me puse a reír. Ahora lo oigo y me estremezco. ¿Qué me dice de su casa de campo y de la vida que se lleva allí? Dorian, no sabe usted lo que se cuenta. No voy a decirle que no quiero sermonearle. Recuerdo que Henry dijo una vez que todo hombre que es predicador aficionado empieza siempre diciendo eso y después procede a romper su palabra. Quiero sermonearle. Me gustaría que llevara una vida que hiciera que el mundo le respetase. Me gustaría que tuviera un nombre limpio. Me gustaría que terminase con esa horrorosa gente con la que tiene amistad. No se encoja de hombros. No se muestre tan indiferente. Tiene usted una maravillosa influencia. Úsela para el bien, no para el mal. Dicen que corrompe a sus amigos y que basta con que entre en una casa para que la vergüenza y el deshonor vayan tras usted. No sé si eso es cierto o no. ¿Cómo puedo saberlo? Pero se dice. Me han dicho cosas que parecen no tener duda. Lord Gloucester era uno de mis mejores amigos de Oxford. Me mostró una carta que su esposa le había escrito, sola y moribunda, desde su villa de Mentone. El nombre de usted aparecía mezclado en aquella terrible confesión. Le dije que era absurdo, que lo conocía muy bien y sabía que era incapaz de hacer nada parecido. ¿Lo conozco? Me pregunto si lo conozco de veras. Antes de poder contestar a esto tendría que ver su alma.

—¡Ver mi alma! —murmuró Dorian Gray, levantándose del sofá y poniéndose casi blanco de temor.

—Sí —contestó Hallward gravemente y con un tono de profunda tristeza—, ver su alma. Pero eso solamente puede hacerlo Dios.

Una risa amarga y burlona apareció en los labios del joven.

—¡Usted la verá esta noche! —exclamó agarrando una lámpara de la mesa—. Venga. Es su propia obra. ¿Por qué no iba a verla? Después podrá decírselo a todo el mundo, si quiere. Nadie le creerá. Y si le creen, me apreciarán más por ello. Conozco nuestra época mejor que usted, que habla de ella de una forma tan aburrida. Venga usted. Ha hablado bastante de la corrupción. Ahora la mirará cara a cara.

En cada palabra que decía se adivinaba la locura del orgullo. Golpeaba el suelo con el pie, con un gesto de infantil insolencia. Sentía una terrible alegría al pensar que alguien más vería su secreto y que el hombre que había pintado el retrato que había sido el origen de toda su vergüenza iba a ser perseguido durante toda su vida por el horroroso recuerdo de lo que había hecho.

—Sí —continuó, acercándose a él y mirándole fijamente—, le mostraré mi alma. Verá usted lo que cree que sólo Dios puede ver.

Hallward retrocedió con un estremecimiento.

—¡Eso es una blasfemia, Dorian! —exclamó—. No debe decir esas cosas. Son horribles y no significan nada.

—¿Lo cree usted así? —y volvió a reír.

—Lo afirmo. En cuanto a lo que le he dicho esta noche, todo ha sido por su bien. Ya sabe que siempre he sido un verdadero amigo suyo.

—No me toque. Acabe con lo que tenga que decir.

Un gesto de tristeza recorrió el rostro del pintor. Permaneció silencioso, y un ardiente sentimiento de lástima se apoderó de él. Después de todo, ¿qué derecho tenía a entrometerse en la vida de Dorian Gray? Si había hecho una décima parte de lo que se rumoreaba de él, ¡cuánto debía haber sufrido!

Se levantó y se dirigió a la chimenea, mirando cómo ardían los leños y las lenguas de fuego que despedían.

—Estoy esperando, Basil —dijo el joven con voz dura y clara.

Él se volvió.

—Lo que tengo que decirle es esto —exclamó—. Debe usted darme alguna contestación a esas cosas horribles que se le imputan. Si me dice que son una completa mentira, de principio a fin, le creeré. ¡Niéguelas, Dorian, niéguelas! ¿No ve cómo estoy? ¡Dios mío! No me diga que es usted malvado, corrupto y vergonzoso.

Dorian Gray sonrió. Fue una sonrisa despreciativa.

—Suba las escaleras, Basil —dijo tranquilamente—. Llevo el diario de mi vida, día a día, que nunca sale de la habitación donde se escribe. Se lo mostraré si quiere venir conmigo.

—Iré, si usted lo desea, Dorian. Veo que ya he perdido mi tren. No importa. Puedo irme mañana, pero no me pida que lea nada esta noche. Todo lo que quiero es una contestación verdadera a mi pregunta.

—Se la daré cuando estemos arriba. No puedo hacerlo aquí. No tendrá que leer mucho.

XIII

Salió de la habitación y empezó a subir, seguido de Basil Hallward. Andaban silenciosamente, como lo hacen los hombres de forma instintiva durante la noche. La lámpara hacía que se formaran fantásticas sombras en la pared y en la escalera. Una ligera brisa silbaba tras las ventanas.

Cuando llegaron arriba, Dorian dejó la lámpara en el suelo y metió la llave en la cerradura.

—¿Insiste en querer saber, Basil? —preguntó en voz baja.

—Sí.

—Me alegro —contestó sonriendo. Después añadió ásperamente—: es usted el único hombre del mundo que puede saberlo todo respecto a mí. Ha influido en mi vida más de lo que cree.

Con la lámpara en la mano, abrió la puerta y entró. Hubo una fría corriente de aire y la luz vaciló un instante, tomando un color anaranjado. Se estremeció.

—Cierre la puerta —murmuró, colocando la lámpara sobre la mesa.

Hallward miró a su alrededor con expresión asombrada. Parecía como si la habitación no se hubiera usado desde hacía años. Un viejo tapiz flamenco, un cuadro oculto por una cortina, un viejo *cassone* italiano y una estantería de libros casi llena: eso era todo lo que parecía contener, además de una silla y una mesa.

Cuando Dorian Gray encendió una vela casi gastada que había sobre la repisa de la chimenea, vio que todo estaba cubierto de polvo y que el tapiz tenía varios rotos. Un ratón corrió a esconderse detrás del friso. Había un húmedo olor a moho.

—¿Así que usted cree que sólo Dios puede ver el alma, Basil? Descorra esa cortina y verá la mía.

Su voz era fría y cruel.

—Está usted loco, Dorian, o representa un papel —murmuró Hallward frunciendo el entrecejo.

—¿No quiere hacerlo? Entonces lo haré yo mismo —dijo el joven.

Y tiró de la cortina, arrancándola y arrojándola al suelo después.

Una exclamación de horror salió de los labios del pintor cuando vio, a la tenue luz, la horrorosa cara pintada sobre el lienzo, que le miraba burlonamente. Había algo en su expresión que le llenó de disgusto y repugnancia. ¡Cielos! ¡Estaba viendo el propio rostro de Dorian Gray! El horror, por grande que fuese, no había estropeado por completo su maravillosa belleza. Todavía quedaba algún tono dorado en su cabello y algo de escarlata en su boca sensual. Los hinchados ojos aún poseían un poco de su bello azul y las nobles líneas de su nariz y su plástico cuello todavía no habían desaparecido. Sí, era el propio Dorian Gray. Pero ¿quién había hecho eso? Le pareció reconocer su propio trabajo y el marco que él mismo diseñó. La idea era monstruosa, pero se sentía asustado. Tomó la vela y la acercó a la pintura. En la esquina inferior izquierda estaba su propio nombre, trazado con grandes letras de brillante bermellón.

Era una terrible parodia, una infame e innoble sátira. Él nunca había hecho eso. Sin embargo, ¡era su propio cuadro! Lo sabía, y sintió como si en un instante su sangre se tornara de fuego en hielo. ¡Su propio cuadro! ¿Qué significaba esto? ¿Por qué había cambiado? Se volvió y miró a Dorian Gray con ojos de espanto. Su boca estaba crispada y su lengua, reseca, parecía incapaz de proferir ningún sonido articulado. Se pasó la mano por la frente. La tenía llena de sudor.

El joven estaba apoyado contra la chimenea, observándole con esa extraña expresión que pone la gente cuando, en una obra, está viendo actuar a un gran artista. No estaba ni triste ni alegre. Simplemente poseía la pasión de un espectador y quizá había un aire de triunfo en sus ojos. Se había quitado la flor de la solapa y la estaba observando, o fingía hacerlo.

—¿Qué significa esto? —exclamó Hallward por fin.

Su propia voz sonaba chillona y extraña a sus oídos.

—Hace años, cuando yo era un muchacho —dijo Dorian Gray estrujando la flor—, usted me conoció, me empezó a adular y me hizo envanecerme de mi belleza. Un día me presentó a un amigo suyo, que me explicó lo maravillosa que es la juventud, y usted terminó mi retrato, que me reveló lo maravillosa que es la belleza. Y después, en un momento de locura, que aún ahora no sé si odiar o no, formulé un deseo, quizá usted lo llamará un ruego...

—¡Lo recuerdo! ¡Claro que lo recuerdo! ¡No, eso es imposible! La habitación es húmeda. El moho ha estropeado el lienzo. Las pinturas que usé tendrían algún veneno mineral. Le digo que eso es imposible.

—¿Imposible? —murmuró el joven, dirigiéndose hacia la ventana y apoyando la frente en los fríos y empañados cristales.

—Usted me dijo que lo había destruido.

—Le mentí. Es él quien me ha destruido a mí.

—No creo que sea ésa mi pintura.

—¿No puede usted ver su ideal en ella? —dijo Dorian amargamente.

—Mi ideal, como usted lo llama...

—Como lo llama usted.

—No había nada malo en él, nada vergonzoso. Usted fue para mí un ideal como nunca encontraré otro. Ésa es la cara de un sátiro.

—Es la cara de mi alma.

—¡Cristo! ¡Qué cosa he adorado! Tiene los ojos de un demonio.

—Cada uno de nosotros tiene un cielo y un infierno dentro, Basil —exclamó Dorian con un ardiente ademán de desesperación.

Hallward se volvió de nuevo hacia el retrato y lo miró.

—¡Dios mío! Si es cierto —exclamó—, esto es lo que usted ha hecho con su vida, ¡y debe de ser peor de lo que creen los que murmuran contra usted!

Acercó de nuevo la vela al lienzo y lo examinó. La superficie estaba intacta, como él la había dejado. Era de dentro, en apariencia, de donde habían surgido el horror y la maldad. A causa de una extraña vida interior, la lepra del pecado se había ido comiendo lentamente la imagen. El espectáculo de un cadáver descomponiéndose en un húmedo sepulcro no era tan horrible como aquello.

Su mano se estremeció y la vela cayó al suelo y quedó allí parpadeante. Él la apagó con el pie. Después se dejó caer en la silla que había junto a la mesa y ocultó el rostro entre sus manos.

—¡Dios mío, Dorian, qué lección! ¡Qué terrible lección!

No tuvo respuesta, pero pudo oír al joven sollozando en la ventana.

—Rece, Dorian, rece —murmuró—. ¿Qué es lo que nos enseñaron a decir en nuestra niñez? «No nos dejes caer en la tentación. Perdónanos nuestros pecados. Purifícanos de nuestras culpas.» Digámoslo juntos. El ruego de su orgullo ha sido contestado. El ruego de su arrepentimiento también lo será. Lo he adorado demasiado. Ambos hemos sido castigados.

Dorian Gray se volvió lentamente y le miró con lágrimas en los ojos.

—Es demasiado tarde, Basil —murmuró.

—Nunca es demasiado tarde, Dorian. Pongámonos de rodillas e intentemos recordar una oración. ¿No hay un versículo que dice: «Aunque vuestros pecados sean escarlatas, yo los haré blancos como la nieve»?

—Ahora esas palabras no significan nada para mí.

—¡Cómo! No diga eso. Bastante mal ha hecho en su vida. ¡Dios mío! ¿No ve usted cómo nos mira esa cosa horrible?

Dorian Gray observó la pintura y, de repente, un incontrolable sentimiento de odio hacia Basil Hallward se apoderó de él, como si se lo hubiera sugerido la imagen del lienzo, murmurando a su oído con aquellos labios burlones. Las locas pasiones de un animal acorralado le atenazaban, y aborreció al hombre que estaba sentado junto a la mesa más de lo que nunca, en toda su vida, había aborrecido a nadie. Miró con agitación a su alrededor. Algo brillaba sobre el arcón pintado que había frente a él. Sus ojos se posaron en ello. Sabía lo que era. Era un cuchillo que había traído unos días antes para cortar una cuerda y que después había olvidado volverse a llevar. Se acercó lentamente hacia él, pasando junto a Hallward al hacerlo. Tan pronto como estuvo a espaldas de éste, lo tomó y se volvió. Hallward se movió en la silla como si fuera a levantarse. Dorian se arrojó sobre él y le hundió el cuchillo en la gran vena que hay detrás de la oreja, aplastando la cabeza del hombre contra la mesa y volviendo a descargar cuchilladas una y otra vez.

Se oyó un gemido sofocado y el horrible sonido de un cuerpo que se ahoga en sangre. Los brazos, extendidos, se convulsionaron tres veces con movimientos grotescos. Dorian descargó el cuchillo dos veces más, pero Basil no se movió. Algo empezó a gotear sobre el suelo. Dorian esperó un momento, todavía sujetando la cabeza contra la mesa. Después tiró el cuchillo sobre ella y escuchó.

No se oía nada, excepto el goteo sobre la raída alfombra. Abrió la puerta y se asomó al rellano. La casa estaba absolutamente tranquila. No había nadie a la vista. Durante unos segundos permaneció apoyado en la balaustrada, intentando penetrar las tinieblas. Después sacó la llave y volvió a la habitación, cerrando por dentro.

El cuerpo estaba todavía sentado en la silla, con la cabeza apoyada sobre la mesa y los brazos caídos, fantásticamente largos. De no ser por la herida roja del cuello y el oscuro charco que se estaba formando lentamente sobre la mesa, se hubiera podido decir que estaba simplemente dormido.

¡Qué rápido había ocurrido todo! Se sintió extrañamente tranquilo. Dirigiéndose a la ventana, la abrió y salió al balcón. El viento se había llevado la niebla y el cielo parecía una monstruosa cola de pavo real, salpicada con numerosos ojos dorados. Miró hacia abajo y vio a un policía haciendo su ronda y dirigiendo los rayos de su linterna hacia las puertas de las silenciosas casas. Un coche iluminó un momento la esquina y enseguida desapareció. Una mujer con vestido vaporoso caminaba lentamente junto a la verja, tambaleándose. De cuando en cuando se detenía y miraba atrás. En ese momento empezó a cantar con voz ronca. El policía se acercó a ella y le dijo algo. Ella se alejó con paso vacilante y riendo. Un fuerte viento recorrió la plaza. Las lámparas de gas se agitaron, tornándose azules, y los árboles entrechocaron sus ramas. Se estremeció y entró en la habitación, cerrando la ventana tras de sí.

Fue hacia la puerta, introdujo la llave y la abrió. Ni siquiera miró al hombre muerto. Sintió que todo aquello no iba a cambiar la situación. El amigo que había pintado el fatal retrato, al cual debía toda su miseria, había desaparecido de su vida. Eso era bastante.

Entonces recordó la lámpara. Era un trabajo árabe bastante curioso, elaborada con plata y arabescos de acero y realzada con grandes turquesas. Quizá el criado se diera cuenta de su falta y le hiciera preguntas. Vaciló un momento y después retrocedió y la tomó de la mesa. No pudo evitar mirar al cadáver. ¡Qué quieto estaba! ¡Qué horriblemente blancas parecían sus manos! Era como una horrorosa imagen de cera.

Después de cerrar la puerta tras él, empezó a bajar lentamente las escaleras. El ruido de la madera al crujir parecía un lamento de dolor. Se paró varias veces y escuchó. No, todo estaba tranquilo. Sólo se oía el ruido de sus propios pasos.

Cuando llegó a la biblioteca, vio la maleta y el gabán en el rincón. Los tenía que esconder en algún sitio. Abrió un compartimento secreto, disimulado en el zócalo, en el cual guardaba sus curiosos disfraces, y los metió allí. Podría quemarlos fácilmente después. Miró su reloj. Eran las dos menos veinte.

Se sentó y empezó a pensar. Todos los años, casi todos los meses, se ahorcaba a hombres en Inglaterra por lo mismo que él había hecho. Había una especie de locura de la muerte en el ambiente. Alguna estrella roja debía haberse acercado demasiado a la Tierra... Y, sin embargo, ¿qué pruebas había contra él? Basil Hallward había dejado su casa a las once. Nadie lo había visto volver otra vez. La mayoría de los criados estaban en Selby Royal. El suyo se había ido a la cama... ¡París! Sí, Basil se había marchado a París en el tren de medianoche, como tenía previsto. Gracias a sus curiosas costumbres pasarían varios meses antes de que se sospechara de su desaparición. ¡Meses! Antes lo habría destruido todo.

Le vino un pensamiento repentino. Se puso su gabán y su sombrero y salió al vestíbulo. Allí se detuvo, al oír los pasos lentos y pesados del policía en la acera y ver la luz de su linterna reflejada en la ventana. Esperó y contuvo la respiración.

Al cabo de unos momentos giró el picaporte y salió fuera, cerrando con suavidad. Después empezó a tocar el timbre. A los cinco minutos apareció su criado, a medio vestir y completamente adormecido.

—Siento haberle tenido que despertar, Francis —le dijo al entrar—, pero he olvidado mi llave. ¿Qué hora es?

—Las dos y diez, señor —contestó el hombre mirando su reloj con los ojos semicerrados.

—¿Las dos y diez? ¡Es horriblemente tarde! Debe usted despertarme a las nueve de la mañana. Tengo algo que hacer.

—Sí, señor.

—¿Ha venido alguien esta tarde?

—Mister Hallward, señor. Estuvo aquí hasta las once y después se marchó a la estación.

—¡Oh! Siento no haberlo visto. ¿Me dejó algún mensaje?

—No, señor, excepto que le escribiría desde París si no le encontraba en el club.

—Eso hará, Francis. No olvide llamarme a las nueve.

—No, señor.

El hombre se marchó por el corredor.

Dorian Gray dejó su sombrero y su gabán sobre la mesa y entró en la biblioteca. Durante un cuarto de hora anduvo arriba y abajo por la habitación, mordiéndose el labio y pensando. Después tomó un anuario de uno de los estantes y empezó a pasar hojas. «Alan Campbell, Hertford Street 152, Mayfair.» Sí, ése era el hombre que necesitaba.

XIV

A las nueve en punto de la mañana siguiente el criado llegó con una taza de chocolate en una bandeja y abrió las persianas. Dorian dormía pacíficamente, echado sobre el lado derecho, con una mano sobre el cuello. Parecía un muchacho cansado por el juego o el estudio.

Para que se despertara, el hombre tuvo que tocarle dos veces en el hombro, y cuando abrió los ojos, una ligera sonrisa cruzó por sus labios, como si hubiera sido despertado de algún delicioso sueño. Y, sin embargo, no había soñado nada. Su noche no la turbó ninguna imagen de placer o de dolor. Pero la juventud sonríe sin razón alguna. Ése es uno de sus mayores encantos.

Se volvió y, apoyándose en el codo, empezó a sorber el chocolate. El tenue sol de noviembre penetraba en la habitación. El cielo estaba despejado y el aire era ligeramente caluroso. Casi parecía una mañana de mayo...

Gradualmente, los acontecimientos de la noche anterior se deslizaron sangrientamente por su cerebro, y éste los reconstruyó con terrible claridad. Se estremeció ante el recuerdo de todo lo sucedido y, al instante, el mismo sentimiento de odio hacia Basil Hallward, que le había hecho matarle cuando estaba sentado en la silla, le volvió a atenazar, le obligó a sentirse lleno de cólera. El hombre muerto todavía estaba sentado allí, y ahora a la luz del sol. ¡Qué horrible era! Cosas tan horrorosas como aquélla eran para la oscuridad, no para la claridad del día.

Se dio cuenta de que si seguía pensando en lo ocurrido se volvería loco. Hay pecados que nos fascinan más por su recuerdo que por cometerlos, extraños triunfos que satisfacen el orgullo más que las pasiones y que proporcionan a la imaginación un repentino sentimiento de alegría más grande que cualquier otra alegría que pueda envolver a los sentidos. Pero éste no era de ésos. Era algo que necesitaba olvidar, adormecer, debía ser estrangulado para que no le pudiera estrangular a él mismo.

Cuando se oyó la media, se pasó la mano por la frente, después se levantó rápidamente y se vistió con más cuidado que de costumbre, poniendo mucha atención en el nudo de su corbata y el alfiler, y esmerándose en la elección de las sortijas. Invirtió mucho tiempo en desayunar, probando todos los manjares, hablando a su criado sobre las nuevas libreas que pensaba hacer para sus sirvientes de Selby y abriendo su correspondencia. Sonrió ante algunas cartas. Tres de ellas lo aburrieron. Una la leyó varias veces y después la rompió con gesto cansado. «¡Qué cosa tan horrible es la memoria de una mujer!», como lord Henry dijo una vez.

Después de beber una taza de café, se limpió los labios suavemente con una servilleta, haciendo señas a su criado para que esperase, y dirigiéndose a su escritorio se sentó y escribió dos cartas. Una la guardó en su bolsillo y la otra se la dio al criado.

—Lleve esto al 152 de Hertford Street, Francis, y si mister Campbell está fuera de la ciudad, entérese de sus señas.

Tan pronto como estuvo solo, encendió un cigarrillo y empezó a garabatear en una hoja de papel, dibujando primero unas flores, después casas y por último rostros humanos. De repente, se dio cuenta de que cada cara que dibujaba tenía un fantástico parecido con Basil Hallward. Frunció el ceño y, levantándose, se dirigió a los estantes y tomó un libro al azar. Determinó no pensar más en lo ocurrido, hasta que no fuera absolutamente necesario hacerlo.

Cuando se sentó en el sofá, miró el título del libro. Era *Émaux et Camées,* de Gautier, una edición de Charpentier en papel japonés, con el grabado al aguafuerte de Jacquemart. La encuadernación era de cuero verde con adornos dorados, salpicados de granadas. Se lo había regalado Adrian Singleton. Cuando lo abrió, su mirada cayó sobre el poema de la mano de Lacenaire, la mano amarilla y fría *du supplice encore mal lavée,* con su pelo rojo y sus *doigts de faune.* Miró sus propios dedos finos y blancos, estremeciéndose ligeramente a su pesar, y pasó las hojas hasta llegar a las bellas estrofas sobre Venecia:

Sur une gamme chromatique,
le sein de perles ruisselant,
la Vénus de l'Adriatique
sort de l'eau son corps rose et blanc.

Les dômes, sur l'azur des ondes
suivant la phrase au pur contour,
s'enflent comme des gorges rondes
que soulève un soupir d'amour.

L'esquif aborde et me dépose,
jetant son amarre au pilier,
devant une façade rose,
sur le marbre d'un escalier.

¡Qué exquisitas eran! Al leerlas, parecía flotar por los verdes canales de la ciudad rosa y perla, sentado en una góndola con la proa de plata y cortinas vaporosas. Estos simples versos le parecían como las estelas azul turquesa que le siguen a uno cuando navega hacia el Lido. El repentino brillo de los colores le recordaba el resplandor de los cuellos iris y ópalo de los pájaros que revolotean en torno al alto y combado Campanile o que pasean majestuosamente y con soberbia elegancia entre las oscuras y polvorientas arcadas. Se recostó con los ojos semicerrados, repitiendo una y otra vez para sí mismo:

Devant une façade rose,
sur le marbre d'un escalier.

Toda Venecia estaba en aquellos dos versos. Recordó el otoño que había pasado allí y el maravilloso amor que le había vuelto deliciosamente loco. Hay romances en todos los lugares. Pero Venecia, como Oxford, es un lugar novelesco, y para los verdaderos románticos eso lo es todo, o casi todo. Basil había estado allí con él durante algún tiempo y se había apasionado con Tintoretto. ¡Pobre Basil! ¡Qué horrible forma de morir!

Suspiró y volvió a abrir el libro, intentando olvidar. Leyó las estrofas sobre las golondrinas que vuelan junto al Café de Esmirna, donde se sientan los *hadjis* contando las bolitas de ámbar de sus rosarios y los mercaderes con turbantes fuman sus largas pipas y se hablan gravemente unos a otros; leyó también los versos sobre el obelisco de la plaza de la Concordia, que llora lágrimas de granito en su solitario exilio sin sol y está triste de no poder regresar al ardiente Nilo cubierto de lotos, donde están las esfinges, los ibis de color rosa y escarlata, los buitres blancos de garras doradas y los cocodrilos con sus pequeños ojos de berilo, que se arrastran sobre la verde hierba de las orillas; empezó a pensar en aquellos versos que dibujaban musicalmente un mármol salpicado de besos, hablando de esa curiosa estatua que Gautier compara con una voz de contralto, *Le monstre charmant,* que está acostado en un salón del Louvre. Después de algún tiempo el libro se le cayó de las manos. Se sintió nervioso y aterrorizado. ¿Qué pasaría si Alan Campbell estaba fuera de Inglaterra? Podrían pasar varios días antes de que regresara. ¿Qué haría entonces? Cada momento era de vital importancia. Habían sido grandes amigos hacía cinco años, casi inseparables. Después su intimidad había terminado de repente. Ahora, cuando se encontraban en sociedad, Dorian Gray era el único que sonreía. Alan Campbell nunca lo hacía.

Era un joven extremadamente inteligente, aunque no poseía un verdadero aprecio por el arte, pero sí un pequeño sentido de la belleza poética, que le había hecho ganarse la amistad de Dorian. Su principal pasión intelectual era la ciencia. En Cambridge había trabajado mucho tiempo en el laboratorio y había conseguido muy buenas calificaciones en ciencias naturales. Era un devoto de la química y tenía su propio laboratorio, donde acostumbraba a encerrarse durante todo el día, a pesar de los enfados de su madre, que siempre había querido que su hijo fuera miembro del Parlamento y que tenía la vaga idea de que un químico era una persona que hacía recetas. Sin embargo, también era un excelente músico y tocaba el violín y el piano mejor que la mayoría de los aficionados. En realidad, fue la música la que les hizo ser amigos, la música y esa indefinible atracción que Dorian parecía ejercer sobre quien él deseaba y que frecuentemente ejercía aun sin querer. Se habían conocido en casa de lady Berkshire, la noche que tocó allí

Rubinstein, y después se les solía ver juntos en la ópera y en todos los sitios donde se tocaba buena música. A los dieciocho meses terminó esta intimidad. Campbell siempre estaba en Selby Royal o en Grosvenor Square. Para él, como para muchos otros, Dorian Gray era el modelo de todo lo maravilloso y fascinante que hay en la vida. Nadie supo si riñeron o no pero, repentinamente, la gente notó que casi no se dirigían la palabra cuando se encontraban y que Campbell siempre parecía marcharse pronto de cualquier fiesta en la que Dorian Gray estuviese presente. También había cambiado: a veces estaba extrañamente melancólico, parecía casi disgustado al oír música y nunca quería tocar él mismo, dando como excusa, cuando se lo pedían, que estaba tan absorbido en la ciencia que no tenía tiempo para practicar. Y esto era verdaderamente cierto. Cada día parecía estar más interesado en la biología, y su nombre apareció una o dos veces en alguna revista científica en relación con ciertos experimentos curiosos.

Éste era el hombre que Dorian Gray estaba esperando. A cada segundo miraba el reloj. Según iba pasando el tiempo se ponía cada vez más horriblemente nervioso. Por fin se levantó y empezó a pasear por la habitación, como si fuera un bello ser enjaulado. Daba grandes y rápidos pasos. Sus manos estaban curiosamente frías.

La incertidumbre se le hacía intolerable. El tiempo caminaba con pies de plomo, mientras él parecía sentirse arrastrado por un viento monstruoso hacia el borde de un oscuro precipicio. Sabía lo que le esperaba allí; se dio cuenta de ello y, estremeciéndose, se apretó los ardientes párpados con las manos sudorosas, como si deseara hundirse los ojos en las órbitas. Era inútil. El cerebro se alimentaba a sí mismo y la imaginación se hacía grotesca a causa del terror, danzando como una fea muñeca sobre una plataforma o saltando como una marioneta articulada. Entonces, de repente, el tiempo se detuvo para él. Sí, aquella cosa ciega y lenta dejó de marchar, y cuando el tiempo murió, horribles pensamientos atravesaron su mente, desenterrando de su tumba un futuro horrible. El gran terror que sintió lo dejó petrificado.

Por fin la puerta se abrió y entró su criado. Dorian volvió los ojos hacia él.

—Mister Campbell, señor —dijo el hombre.

Un suspiro de alivio se escapó de sus resecos labios y el color volvió a sus mejillas.

—Dígale que entre inmediatamente, Francis.

Se sintió otra vez dueño de sí mismo. El sentimiento de cobardía desapareció.

El criado se inclinó, retirándose. A los pocos momentos entró Alan Campbell, con aspecto severo y semblante bastante pálido, que era aumentado por la intensa negrura de su cabello y sus cejas.

—¡Alan! Ha sido usted muy amable. Le doy las gracias por haber venido.

—Estaba decidido a no volver a entrar en su casa, Gray, pero usted me ha dicho que era una cuestión de vida o muerte.

Su voz era dura y fría. Hablaba deliberadamente despacio. Había un gesto de desprecio en sus ojos cuando miraba a Dorian. Se metió las manos en los bolsillos de su abrigo de astracán y pareció no darse cuenta de la forma en que había sido recibido.

—Sí, es una cuestión de vida o muerte, Alan, y para más de una persona. Siéntese.

Campbell tomó una silla de la mesa y Dorian se sentó frente a él. Los ojos de los dos hombres se encontraron. En los de Dorian se leía una lástima infinita. Sabía que lo que iba a hacer era horroroso.

Después de un tenso momento de silencio, se apoyó en la mesa con gesto tranquilo y dijo, atento al efecto de sus palabras en el hombre a quien había hecho llamar:

—Alan, en el último piso de esta casa, en una habitación cerrada a la cual sólo yo tengo acceso, hay un hombre muerto sentado junto a una mesa. Ha muerto hace unas diez horas. No se preocupe y no me mire así. Quién es ese hombre, por qué ha muerto y cómo ha ocurrido son cosas que no le conciernen. Lo que tiene usted que hacer es esto...

—Deténgase, Gray. No quiero saber nada más. No me importa si lo que me ha dicho es cierto o no. No quiero complicarme en su vida. Guarde sus horribles secretos para usted. No me interesan en absoluto.

—Tienen que interesarle, Alan. Al menos éste le tiene que interesar. Lo siento terriblemente por usted, pero no puedo hacer otra cosa. Es el único hombre capaz de salvarme. Me veo obligado a recurrir a usted. No tengo opción. Alan, usted es científico. Conoce muy bien la química y todos los asuntos de esa clase. Ha hecho experimentos. Lo que tiene que hacer es destruir el cuerpo que hay arriba, destruirlo de forma que no quede ningún vestigio de él. Nadie vio entrar a esa persona en esta casa. De hecho, se supone que ahora está en París. No se darán cuenta de su desaparición hasta dentro de varios meses. Cuando esto ocurra, no debe haber aquí ningún rastro suyo. Usted, Alan, debe transformarlo a él y a todo lo que le pertenecía en un montón de cenizas que yo pueda esparcir al viento.

—Está loco, Dorian.

—¡Ah! Por fin me llama Dorian.

—Le digo que está loco, loco al pensar que vaya a mover ni un dedo para ayudarle, loco al hacerme esta monstruosa confesión. No quiero complicarme en este asunto, sea lo que sea. ¿Imagina que voy a poner en peligro mi reputación por usted? ¿Qué me importa lo que signifique para usted que yo haga ese diabólico trabajo?

—Fue un suicidio, Alan.

—Me alegro, pero ¿quién le indujo a hacer eso? Me imagino que sería usted.

—¿Se niega a hacer eso por mí?

—Desde luego que me niego. No quiero tener absolutamente nada que ver en ello. No me preocupa la vergüenza que caerá sobre usted. La merece. No sentiría verlo en desgracia y públicamente desacreditado. ¿Cómo tiene la osadía de pedirme a mí, de entre todos los hombres del mundo, que me mezcle en ese horror? Pensaba que sabía bastante más sobre el carácter de las personas. Su amigo lord Henry Wotton, con todas las cosas que le ha enseñado, debería haberle hablado algo más sobre psicología. Nada me hará dar un solo paso en su ayuda. Se ha equivocado al recurrir a mí. Diríjase a alguno de sus amigos, pero a mí no.

—Alan, ha sido un asesinato. Yo lo he matado. No sabe lo que me había hecho sufrir. Él hizo que mi vida fuera como es, contribuyó a ello mucho más que el pobre Henry. Puede que no fuera su intención, pero el resultado ha sido el mismo.

—¡Un asesinato! ¡Dios mío, Dorian! ¿Ha llegado usted a eso? No voy a delatarlo. No es asunto mío. Además, aun sin que yo lo haga, seguramente será usted detenido. Nadie comete un crimen sin dejar algún cabo suelto. Pero no quiero tener nada que ver en esto.

—Es necesario que tenga algo que ver. Espere, espere un momento. Escúcheme, Alan. Todo lo que le pido es que lleve a cabo cierto experimento científico. Usted va a los hospitales y a los depósitos de cadáveres, y los horrores que hace allí no le afectan. Si en alguna de esas horribles sillas de disección o en un fétido laboratorio encontrase a ese hombre sobre una mesa de cinc con rojas aberturas para que pueda salir la sangre, usted le miraría simplemente como un admirable objeto de estudio. No se le pondrían los pelos de punta. No creería que estaba haciendo nada reprobable. Por el contrario, pensaría probablemente que hacía un beneficio a la humanidad, que aumentaba el conocimiento del mundo, que satisfacía una curiosidad intelectual o algo por el estilo. Yo simplemente quiero que haga lo que muchas veces ha hecho ya antes. Realmente, destruir un cuerpo debe de ser mucho menos horrible que todo lo que está usted acostumbrado a hacer. Y, recuérdelo, es la única prueba que existe contra mí. Si se descubre, estoy perdido. Y se descubrirá si usted no me ayuda.

—No deseo ayudarlo. Se olvida usted de eso. Todo esto me es indiferente. No tiene nada que ver conmigo.

—Alan, se lo ruego. Piense en la posición en que me encuentro. Antes de llegar usted estaba muerto de terror. Puede que usted también conozca el terror algún día. ¡No! No piense en eso. Simplemente mire el asunto desde el punto de vista científico. A usted no le preocupa de dónde vienen los cadáveres con los cuales hace experimentos. No se preocupe ahora, aunque yo le haya dicho cómo ha sido. Le suplico que haga esto. Fuimos amigos una vez, Alan.

—No me hable de aquellos días, Dorian; eso acabó.

—Lo que acaba a veces se prolonga. El hombre que está arriba no se irá. Está sentado en la mesa con la cabeza inclinada y los brazos caídos. ¡Alan! ¡Alan! Si no viene en mi ayuda, estoy perdido. ¡Me colgarán, Alan! ¿No lo entiende? Me colgarán por lo que he hecho.

—No quiero prolongar esta escena. Me niego en absoluto a hacer nada. Ni siquiera sé cómo me lo ha pedido.

—¿Se niega?

—Sí.

—Se lo ruego, Alan.

—Es inútil.

El mismo gesto de lástima apareció en los ojos de Dorian Gray. Después alargó la mano, tomó una hoja de papel y escribió algo en ella. La leyó dos veces, la dobló cuidadosamente y la colocó en la mesa. Hecho esto, se levantó y se dirigió a la ventana.

Campbell le miró con sorpresa y después tomó el papel y lo abrió. Cuando lo leyó, su cara se tornó pálida y se recostó hacia atrás en la silla. Una terrible sensación de malestar lo atenazó. Sintió como si su corazón estuviera latiendo hasta la muerte en alguna cavidad vacía.

Después de dos o tres minutos de terrible silencio, Dorian se volvió, se situó tras él y le puso una mano sobre el hombro.

—Lo siento por usted, Alan —murmuró—, pero no me deja otra alternativa. Tengo ya una carta escrita. Aquí está. Vea usted las señas. Si no me ayuda, tendré que enviarla. La enviaré. Ya sabe cuáles serán las consecuencias. Pero usted va a ayudarme. Es imposible que se niegue ahora. He intentado evitarle esto. Me hará usted la justicia de admitirlo. Se ha mostrado severo, duro y ofensivo. Me ha tratado como ningún hombre ha osado tratarme nunca, ningún hombre que esté vivo, al menos. Lo he aguantado todo. Ahora me toca a mí dictar las órdenes.

Campbell ocultó el rostro entre las manos y se estremeció.

—Sí, ahora me toca a mí, Alan. Ya sabe lo que le voy a decir. El asunto es muy simple. Venga, no se ponga nervioso. Hay que hacerlo. Acéptelo y hágalo.

Un sollozo salió de los labios de Campbell y empezó a temblar de los pies a la cabeza. Le pareció que el sonido del reloj de la chimenea dividía el tiempo en diversos átomos de agonía, cada uno de los cuales era demasiado terrible para poder soportarlo. Sintió como si un aro de hierro le comprimiera lentamente la cabeza, como si la desgracia a la que estaba expuesto hubiera llegado ya a él. La mano que tenía sobre el hombro le pesaba como si fuera de plomo. Era incapaz de soportarla. Parecía que lo estaba aplastando.

—Vamos, Alan, debe usted decidirse enseguida.

—No puedo hacerlo —dijo mecánicamente, como si aquellas palabras pudieran cambiar las cosas.

—Está obligado. No tiene elección. No se retrase más.

Campbell vaciló un momento.

—¿Se puede hacer fuego en la habitación de arriba?

—Sí, hay un infiernillo de gas con amianto.

—Tengo que ir a mi casa para traer algunas cosas del laboratorio.

—No, Alan, no puede usted salir de esta casa. Escriba en una hoja lo que quiere y mi criado irá en coche a buscarlo.

Campbell escribió unas cuantas líneas, secó la tinta y puso en el sobre las señas de su ayudante. Dorian tomó la nota y la leyó cuidadosamente. Después tocó la campanilla y entregó la carta a su criado, con la orden de que volviera lo más pronto posible con las cosas solicitadas.

Cuando se cerró la puerta, Campbell se levantó nerviosamente de la silla y se dirigió hacia la chimenea. Estaba muy agitado. Durante cerca de veinte minutos ninguno de los dos hombres habló. Una mosca zumbaba ruidosamente por la habitación y el tictac del reloj parecía un martillazo.

Cuando sonaron unas campanadas, Campbell se volvió y, al mirar a Dorian Gray, vio que sus ojos estaban llenos de lágrimas. Había algo en la pureza y refinamiento de aquel triste rostro que pareció irritarle.

—¡Es usted infame, absolutamente infame! —murmuró.

—¡Ah, Alan! Me ha salvado la vida —dijo Dorian.

—¿Su vida? ¡Cielo santo! ¡Vaya una vida! Ha ido usted de corrupción en corrupción y ahora ha culminado con un crimen. Y hago esto porque usted me obliga a ello, no para salvarle la vida.

—Alan —murmuró Dorian con un suspiro—, desearía que me tuviera usted la milésima parte de lástima que yo le tengo a usted.

Después de hablarle le dio la espalda y permaneció mirando hacia el jardín. Campbell no contestó. Al cabo de unos diez minutos llamaron a la puerta y entró el criado con un maletín lleno de productos químicos, un gran rollo de alambre de acero y platino y dos ganchos de hierro de una forma bastante curiosa.

—¿Dejo estas cosas aquí, señor? —le preguntó a Campbell.

—Sí —dijo Dorian—. Y me temo, Francis, que tendrá usted que ir a otro recado. ¿Cómo se llama ese hombre de Richmond que provee de orquídeas a Selby?

—Harden, señor.

—Sí, Harden. Tiene que ir a Richmond enseguida, ver a Harden personalmente y decirle que me envíe el doble de orquídeas de las que le encargué y que de las blancas ponga las menos posible. De hecho, no quiero ninguna blanca. Hace un bonito día, Francis, y Richmond es un sitio precioso, de otra forma no le diría que fuese.

—No me molesta, señor. ¿A qué hora debo regresar?

Dorian miró a Campbell.

—¿Cuánto durará su experimento, Alan? —dijo, con voz tranquila e indiferente.

La presencia de una tercera persona en la habitación parecía darle un valor extraordinario.

Campbell frunció el ceño y se mordió los labios.

—Durará unas cinco horas —contestó.

—Entonces bastará con que vuelva a las siete y media, Francis. O espere, déjeme preparada la ropa. Podrá tener toda la noche para usted. No voy a cenar en casa, así que no le necesitaré.

—Gracias, señor —dijo el hombre, dejando la habitación.

—Ahora, Alan, no hay que perder un instante. ¡Qué pesado es este maletín! Yo lo llevaré. Tome usted las otras cosas.

Hablaba deprisa y con tono autoritario. Campbell se sintió dominado por él. Salieron juntos de la habitación.

Cuando llegaron al final de la escalera, Dorian sacó la llave y la introdujo en la cerradura. Entonces se detuvo y sus ojos tomaron una expresión nerviosa. Se estremeció.

—No me creo capaz de entrar, Alan —murmuró.

—No me importa. No lo necesito —dijo Campbell fríamente.

Dorian abrió la puerta a medias. Al hacerlo vio el rostro de su retrato iluminado con la luz del sol. En el suelo, junto al cuadro, estaba la cortina. Recordó que la noche anterior había olvidado, por primera vez en su vida, esconder el lienzo fatal, y fue a abalanzarse hacia él, pero por fin retrocedió con un estremecimiento.

¿Qué era aquella horrenda mancha roja que aparecía, húmeda y brillante, sobre una de las manos, como si el lienzo hubiera sudado sangre? ¡Qué horrible era! En aquel momento le pareció más horrible que el silencioso cuerpo que yacía apoyado en la mesa, aquel cuerpo cuya sombra grotesca y deforme reflejada en la alfombra le decía que aún estaba allí, que no se había movido de la postura en que él lo había dejado.

Dio un profundo suspiro, abrió la puerta un poco más y, con los ojos semicerrados y la cabeza vuelta, entró rápidamente en la habitación, decidido a no mirar el cadáver ni una sola vez. Después se agachó, tomó la tela púrpura y dorada, y volvió a cubrir el cuadro con ella.

Se detuvo, temiendo volverse, y fijó los ojos en los bordados que tenía frente a él. Oyó cómo Campbell entraba el pesado maletín y todas las demás cosas que había pedido para su horrible trabajo. Empezó a preguntarse si él y Basil Hallward se habrían conocido, y si era así, lo que habrían pensado el uno del otro.

—Déjeme ahora —dijo una voz severa detrás de él.

Se volvió y salió deprisa, a tiempo de darse cuenta de que el cadáver era empujado hacia atrás en la silla y de que Campbell observaba su rostro amarillo. Mientras bajaba las escaleras, oyó el sonido de la llave que cerraba la puerta.

Eran bastante más de las siete cuando Campbell entró en la biblioteca. Estaba pálido, pero absolutamente tranquilo.

—Ya he hecho lo que me pidió —murmuró—. Y ahora, adiós. No volveremos a vernos otra vez.

—Me ha salvado usted de una catástrofe. Alan. No podré olvidarlo —dijo Dorian simplemente.

Tan pronto como Campbell se hubo marchado, subió las escaleras. Había un horrible olor a ácido nítrico en la habitación, pero el cuerpo que se encontraba junto a la mesa había desaparecido.

XV

Aquella noche, a las ocho y media, exquisitamente vestido y con un ramito de violetas de Parma en el ojal, Dorian Gray entró en el salón de la casa de lady Narborough entre criados inclinados. Los nervios de su frente palpitaban y se sentía ardientemente excitado, pero su gesto cuando besó la mano de la anfitriona fue tan bonito y gracioso como siempre. Quizá nunca aparenta estar uno más tranquilo que cuando tiene que fingir. Ciertamente nadie que hubiera visto a Dorian Gray esa noche habría pensado que acababa de vivir una de las tragedias más horribles que pueden ocurrir en nuestra época. Aquellos dedos finamente cuidados parecían no ser capaces de empuñar un cuchillo para matar, ni se hubiera dicho que sus sonrientes labios habían increpado a Dios y a su bondad. Él mismo no podía por menos de maravillarse de su calma y por un momento sintió el intenso y terrible placer de llevar una doble vida.

Era una pequeña fiesta, preparada muy apresuradamente por lady Narborough, una mujer muy inteligente, a la que lord Henry acostumbraba a describir diciendo que aún poseía reminiscencias de una fealdad realmente notable. Había sido una excelente esposa para uno de los embajadores más aburridos y había enterrado muy bien a su marido en un mausoleo de mármol diseñado por ella misma. Después de casar a sus hijas con hombres ricos y bastante maduros, se había dedicado a los placeres de la novela francesa, la cocina francesa y, cuando podía, el *esprit* francés.

Dorian era uno de sus invitados favoritos y siempre le decía que estaba contenta de no haberlo conocido en su juventud.

—Sé, querido, que me hubiera enamorado locamente de usted —solía decir— y hubiera renunciado a todo por su amor. Es una gran suerte que por entonces ni se pensara en usted. No se me ocurrió nunca tener un *flirt*. Sin embargo, todo fue por culpa de Narborough. Era tan terriblemente corto de vista que no hubiera experimentado ningún placer engañando a un marido que nunca veía nada.

Sus invitados de esa noche eran bastante aburridos. El hecho era, como le explicó a Dorian tapándose con un raído abanico, que una de sus hijas casadas se había presentado allí de repente y, lo que era peor, había traído con ella a su actual marido.

—Creo que ha sido poco amable por su parte, querido —murmuró—. Desde luego, yo voy a su casa todos los veranos, al regresar de Homburg, pero es que una vieja como yo debe respirar a veces aire fresco y, además, realmente los reanimo. No sabe usted la existencia que llevan allí. Una vida sana y campestre. Se levantan temprano, porque tienen mucho que hacer, y se acuestan pronto, porque tienen poco en qué pensar. No ha habido un escándalo en la vecindad desde los tiempos de la reina Isabel y, como consecuencia, todos se van a la cama después de cenar. No se siente junto a ellos. Siéntese conmigo y entreténgame.

Dorian murmuró un gracioso cumplido y miró a su alrededor. Sí, ciertamente era una fiesta aburrida. A dos de los invitados nunca los había visto y los otros eran Ernest Harrowden, una de esas mediocridades de mediana edad tan corriente en los clubs de Londres que nunca tienen enemigos, pero que disgustan mucho a sus amigos; lady Ruxton, una mujer de cuarenta y siete años, vestida muy llamativa, con nariz de loro, que siempre intentaba hallarse en situaciones comprometidas, si bien se llevaba continuos desengaños al darse cuenta de que nadie creía nada en su contra; mistress Erlyne, una dama sin personalidad, con una deliciosa tartamudez y un cabello rojo al estilo veneciano; lady Alice Chapman, hija de la anfitriona, una muchacha atontada, con uno de esos rostros característicos ingleses de los cuales, una vez visto, nunca se vuelve uno a acordar, y su esposo, un hombre de mejillas rojas, con las sienes canosas, que, como muchos de su clase, tenía la idea de que una jovialidad excesiva puede suplir la total carencia de ideas.

Dorian estaba bastante arrepentido de haber ido, hasta que lady Narborough, mirando el gran reloj dorado que se encontraba sobre la chimenea, exclamó:

—¡Qué horriblemente tarde llega siempre lord Henry Wotton! Lo invité esta mañana y me prometió solemnemente no faltar.

Era un consuelo que viniera Henry, y cuando la puerta se abrió y oyó su voz baja y musical dando una disculpa falsa, dejó de sentirse aburrido.

Pero durante la cena no pudo comer nada. Los platos venían y se iban sin ser tocados. Lady Narborough lo regañó por lo que ella llamaba «un insulto al pobre Adolphe, que ha ideado el menú especialmente para usted», y algunas veces lord Henry lo miraba asombrado de su silencio y de su aire ausente. De cuando en cuando un criado llenaba de champaña su copa. Él bebía con avidez, pero su sed parecía aumentar.

—Dorian —dijo por fin lord Henry cuando se sirvió el *chaud froid*—, ¿qué le pasa esta noche? Está usted completamente descentrado.

—Creo que está enamorado —exclamó lady Narborough— y que no se atreve a decirlo por temor a que me sienta celosa. Seguramente me ocurriría eso.

—Querida lady Narborough —murmuró Dorian, sonriendo—, no me he enamorado desde hace toda una semana, desde que madame de Ferrol dejó la ciudad.

—¿Cómo es posible que los hombres se enamoren de esa mujer? —exclamó la vieja dama—. Realmente no puedo entenderlo.

—Simplemente porque ella nos recuerda a usted cuando era una muchacha, lady Narborough —dijo lord Henry—. Ella es el único enlace entre nosotros y los vestidos cortos de usted.

—A mí no me recuerda mis vestidos cortos, lord Henry, pero a ella la recuerdo muy bien en Viena hace treinta años, ¡y qué *décolletée* estaba entonces!

—Aún está *décolletée* —contestó él tomando una aceituna con sus largos dedos— y cuando está muy arreglada parece una *édition de luxe* de una mala novela francesa. Es realmente maravillosa y está llena de sorpresas. Su capacidad para el afecto familiar es extraordinaria. Cuando murió su tercer marido, su pelo se tornó completamente dorado de la pena.

—¡Cómo es usted, Henry! —exclamó Dorian.

—Es una explicación de lo más romántica —dijo riendo la anfitriona—, pero ¿ha dicho usted su tercer esposo, lord Henry? ¿No querrá decir que Ferrol es el cuarto?

—Ciertamente, lady Narborough.

—No creo una palabra de eso.

—Bien, pregúnteselo a mister Gray. Es uno de sus amigos más íntimos.

—¿Es cierto, mister Gray?

—Ella me lo aseguró así, lady Narborough —dijo Dorian—. Le pregunté si, como Margarita de Navarra, tenía sus corazones embalsamados y colgados de su cinturón. Me contestó que no, porque ninguno de ellos había tenido corazón.

—¡Cuatro maridos! Le doy mi palabra de que eso es *trop de zèle*.

—*Trop d'audace,* le dije yo —contestó Dorian.

—¡Oh! Ella es lo bastante audaz para eso, querido. ¿Cómo es Ferrol? No lo conozco.

—Todos los maridos de las mujeres bellas pertenecen a la clase delictiva —dijo lord Henry, bebiendo un poco de vino.

Lady Narborough le dio con su abanico.

—Lord Henry, no me sorprende que la gente diga que es usted malvado.

—Pero ¿la gente dice eso? —preguntó lord Henry, arqueando las cejas—. Solamente lo podrá decir la gente del futuro. La de ahora y yo estamos en excelentes relaciones.

—Sólo sé que todos dicen que es malvado —exclamó la vieja mujer moviendo la cabeza.

Lord Henry se puso serio por unos instantes.

—Es totalmente monstruosa —dijo por fin— la forma en que la gente acostumbra a hablar hoy en día respecto a cosas que son absoluta y enteramente ciertas.

—¿No es incorregible? —exclamó Dorian, echándose hacia adelante.

—Desde luego —dijo la anfitriona riendo—, pero si realmente adora usted a madame de Ferrol de esa forma tan ridícula tendré que casarme otra vez para estar de moda.

—Usted nunca se volverá a casar, lady Narborough —intervino lord Henry—. Es demasiado feliz así. Cuando una mujer se casa de nuevo es porque detestaba a su primer marido. Cuando un hombre se casa otra vez es porque adoraba a su primera mujer. Las mujeres prueban suerte, los hombres arriesgan la suya.

—Narborough era un hombre perfecto —exclamó la vieja mujer.

—Si lo hubiese sido, usted no hubiera podido amarlo, mi querida señora —añadió lord Henry—. Las mujeres nos aman por nuestros defectos. Si tuviésemos bastantes, ellas nos lo perdonarían todo, hasta nuestra inteligencia. Me temo que después de esto no me volverá a invitar a cenar, lady Narborough, pero es completamente cierto.

—Naturalmente que es cierto, lord Henry. Si nosotras, las mujeres, no les quisiéramos por sus defectos, ¿qué sería de ustedes? Ninguno se casaría. Serían todos unos infortunados solterones. Sin embargo, eso no cambiaría mucho las cosas. Actualmente todos los hombres casados viven como solteros y los solteros, como casados.

—*Fin de siècle* —murmuró lord Henry.

—*Fin du globe* —contestó la dueña de la casa.

—Me gustaría que fuera el *fin du globe* —dijo Dorian con un suspiro—. La vida es un gran desencanto.

—¡Ah, querido! —exclamó lady Narborough, poniéndose los guantes—. No me diga que ha agotado su vida. Cuando un hombre dice eso, ya se sabe que la vida es la que le ha agotado a él. Lord Henry es muy malvado, y a veces yo también desearía haberlo sido, pero usted está hecho para ser bueno. Debo encontrarle una bonita esposa. Lord Henry, ¿no cree usted que mister Gray necesita casarse?

—Siempre se lo digo, lady Narborough —dijo con una inclinación.

—Bien, debemos buscarle una buena compañera. Miraré cuidadosamente esta noche el *Debrett* y haré una lista con las muchachas más adecuadas.

—¿Con sus edades, lady Narborough? —preguntó Dorian.

—Desde luego, con sus edades, ligeramente modificadas. Pero no se debe hacer nada con prisa. Quiero que sea algo como lo que *The Morning Post* llama un feliz enlace, y que ambos sean felices.

—¡Qué tonterías dice la gente sobre los matrimonios felices! —exclamó lord Henry—. Un hombre puede ser feliz con cualquier mujer, con tal que no la ame.

—¡Ah, qué cínico es usted! —exclamó la vieja dama, echando hacia atrás su silla y haciendo una seña con la cabeza a lady Ruxton—. Tiene usted que volver a cenar pronto conmigo. Realmente es un admirable tónico, mucho mejor que el que me ha recetado sir Andrew. Debe decirme a qué personas le gustaría conocer. Quiero que sea una reunión deliciosa.

—Me gustan los hombres que tienen un porvenir y las mujeres que tienen un pasado —contestó él—. ¿O cree que eso sería una fiesta muy femenina?

—Me temo que sí —dijo ella riendo mientras se levantaba—. Mil perdones, mi querida lady Ruxton —añadió—. Creí que había terminado su cigarrillo.

—No importa, lady Narborough. Fumo demasiado. Voy a disminuir el tabaco en lo sucesivo.

—Le ruego que no lo haga, lady Ruxton —dijo lord Henry—. La moderación es una cosa fatal. Decir bastante es tan malo como una comida, pero decir demasiado es tan bueno como un banquete.

Lady Ruxton lo miró con curiosidad.

—Debe usted venir a explicarme eso alguna tarde, lord Henry. Parece una teoría fascinante —murmuró, saliendo acto seguido del salón.

—Ahora guárdense de hablar de política o de escándalos —dijo lady Narborough desde la puerta—. Si lo hacen, seguramente reñiremos arriba.

Los hombres rieron y mister Chapman se levantó solemnemente, colocándose a la cabecera de la mesa. Dorian Gray se cambió de sitio y fue a ocupar uno junto a lord Henry. Mister Chapman empezó a hablar en voz alta de la situación de la Cámara de los Comunes. Se mofaba de sus adversarios. La palabra *doctrinaire,* palabra terrorífica para las mentes inglesas, aparecía de cuando en cuando en su discurso. Un prefijo aliterativo servía de adorno a su oratoria. Elevaba la Unión Jack sobre los pináculos del pensamiento. La estupidez hereditaria de la raza, llamada jovialmente por él sentido común inglés, era, según su forma de pensar, un verdadero baluarte para la sociedad.

Una sonrisa curvó los labios de lord Henry, que se volvió para mirar a Dorian.

—¿Está usted mejor, querido amigo? —preguntó—. Parecía bastante preocupado durante la cena.

—Estoy perfectamente bien, Henry. Sólo un poco cansado. Eso es todo.

—Estuvo encantador la última noche. La duquesa es una devota de usted. Me dijo que irá a Selby.

—Me prometió que iría el día 20.

—Naturalmente. ¿Irá Monmouth?

—¡Oh, sí, Henry!

—Me aburre horriblemente, casi tanto como a ella. Ella es muy inteligente, demasiado para una mujer. Le falta ese indefinible encanto de la debilidad. Son los pies de barro los que hacen precioso el oro de la imagen. Sus pies son muy bonitos, pero no son de barro. Son de porcelana blanca. Han pasado por el fuego, y lo que el fuego no destruye lo endurece. Ha tenido varias aventuras.

—¿Hace mucho tiempo que está casada? —preguntó Dorian.

—Una eternidad, me dijo ella. Creo, de acuerdo con la *Guía nobiliaria,* que hace unos diez años, pero diez años con Monmouth deben haber sido una eternidad. ¿Quién más irá?

—¡Oh! Los Willoughbys, lord Rugby y su esposa, nuestra anfitriona, Geoffrey Clouston, los de costumbre. He invitado también a lord Grotrian.

—Me gusta —dijo lord Henry—. A mucha gente no le ocurre lo mismo, pero a mí me parece encantador. Sus trajes son excesivos, pero él es absolutamente educado. Es un tipo muy moderno.

—No sé si vendrá, Henry. Puede que tenga que ir a Montecarlo con su padre.

—¡Ah! ¡Qué molestia supone la familia! Intente que vaya. Y, a propósito, Dorian, se marchó muy temprano usted anoche. Ni siquiera eran las once. ¿Qué hizo después? ¿Se fue derecho a casa?

Dorian le miró y frunció el ceño.

—No, Henry —dijo por fin—, no fui a casa hasta casi las tres.

—¿Estuvo en el club?

—Sí —contestó. Después se mordió el labio—. Es decir, no. No fui al club. Estuve paseando. He olvidado lo que hice... ¡Qué manía de hacer preguntas tiene usted, amigo mío! Siempre quiere saber lo que uno ha estado haciendo. Y yo siempre quiero olvidarlo. Volví a las dos y media, si quiere usted saber la hora exacta. Me había dejado la llave en casa y mi criado tuvo que abrirme. Si quiere comprobarlo, puede preguntárselo a él.

—Mi querido amigo, ¡como si eso me preocupara! Subamos al salón. No quiero jerez, gracias, mister Chapman. Algo le ha ocurrido, Dorian. Dígame lo que es. No es usted el mismo esta noche.

—No se preocupe por mí, Henry. Estoy un poco irritado. Volveré a verle mañana o pasado. Dele mis excusas a lady Narborough. No voy a subir. Me marcharé a casa. Debo irme.

—De acuerdo, Dorian. Espero verle mañana a la hora del té. Vendrá la duquesa.

—Procuraré ir, Henry —dijo, abandonando la habitación.

Cuando regresó a su casa, se dio cuenta de que aquella sensación de terror había vuelto a poseerlo. Las preguntas casuales de lord Henry le habían hecho ponerse nervioso durante unos instantes, y él quería mantenerse tranquilo. Aún tenía que destruir algunos objetos peligrosos, pero aborrecía la idea de tocarlos.

Sin embargo, había que hacerlo. Era necesario. Cuando cerró con llave la puerta de la biblioteca, abrió el compartimento secreto donde había escondido el gabán y la maleta de Basil Hallward. Ardía un buen fuego en la chimenea. Puso otro leño. El olor de la ropa y el cuero quemado era horrible. Le llevó tres cuartos de hora destruirlo todo. Al terminar se sintió cansado y enfermo, quemó algunas pastillas argelinas en un recipiente de cobre y después se lavó las manos y la frente con vinagre aromático.

De repente se estremeció. Sus ojos se iluminaron extrañamente y se mordió el labio inferior con nerviosismo. Entre dos de las ventanas había una gran consola florentina de ébano con incrustaciones de marfil y lapislázuli. La observó como si fuera un objeto fascinante y aterrador, como si guardase algo que él quería, pero que al mismo tiempo aborrecía. Su respiración se aceleró. Una loca apetencia se apoderó de él. Encendió un cigarrillo y enseguida lo tiró. Dejó caer los párpados hasta que las pestañas casi le tocaban las mejillas. Aún seguía mirando la consola. Por fin se levantó del sofá en el que antes se había sentado, se dirigió hasta ella, la abrió y tocó un resorte escondido. Al hacerlo apareció lentamente un cajón triangular. Sus dedos se movieron instintivamente hacia su interior y se apoderaron de algo. Era una pequeña caja china de laca negra y dorada, delicadamente trabajada, con los bordes redondeados; poseía unos cordones de seda que sujetaban cuentas de cristal y borlas metálicas. La abrió. Dentro había una pasta verde, brillante y de un olor curiosamente penetrante.

Vaciló unos momentos, con una extraña sonrisa inmóvil en el rostro. Después empezó a temblar, aunque la atmósfera de la habitación era terriblemente cálida. Se levantó y miró el reloj. Eran las doce menos veinte. Volvió a guardar la cajita y cerró después la puerta de la consola. A continuación pasó a su dormitorio.

Cuando sonaron las campanadas de la medianoche, Dorian Gray, vestido de forma vulgar y con una bufanda alrededor del cuello, salió sigilosamente de su casa. En Bond Street vio un coche con un buen caballo. Lo llamó y en voz baja le dio la dirección al conductor, pero éste movió la cabeza.

—Es demasiado lejos para mí —murmuró.

—Aquí hay un soberano para usted —dijo Dorian—. Tendrá otro más si va deprisa.

—De acuerdo, señor —contestó el hombre—, estará usted allí dentro de una hora.

Y, después de hacer que el caballo diera la vuelta, se dirigió rápidamente hacia el río.

XVI

Empezó a caer una fría lluvia y los faroles relucían tenuemente entre la niebla. Los cafés cerraban y había grupos oscuros de hombres y mujeres en torno a sus puertas. De algunos bares salía el sonido de horribles risas. En otros, los borrachos chillaban y armaban alboroto.

Recostado en el interior del coche, con el sombrero calado sobre la frente, Dorian Gray observaba con ojos indiferentes la sórdida vergüenza de la gran ciudad y de cuando en cuando se repetía a sí mismo las palabras que lord Henry le había dicho el día que se conocieron: «No hay nada mejor para curar el alma que los sentidos, ni nada mejor para curar los sentidos que el alma». Sí, ése era el secreto. A menudo lo había hecho, y ahora lo volvería a hacer.

Hay fumaderos de opio donde se puede comprar el olvido, fumaderos horrorosos donde el recuerdo de los viejos pecados puede ser destruido por la locura de los nuevos.

La luna estaba baja en el cielo y parecía un cráneo amarillento. A veces, una nube grande y deforme, como si fuera un largo brazo, la escondía. Las luces de gas se iban distanciando y las calles se iban haciendo estrechas y sombrías. El cochero se perdió una vez y tuvo que retroceder media milla. El caballo quedaba envuelto en vaho cuando corría por encima de los charcos. Las ventanas laterales del coche estaban empañadas por una neblina grisácea.

«No hay nada mejor para curar el alma que los sentidos, ni nada mejor para curar los sentidos que el alma.» ¡Cómo resonaban estas palabras en sus oídos! Su alma, ciertamente, estaba enferma de muerte. ¿Sería cierto que los sentidos podían curarla? Se había derramado sangre inocente. ¿Cómo se podía expiar esto? ¡Ah! Para eso no había expiación, pero, aunque el perdón fuera imposible, el olvido no lo era, y él estaba dispuesto a olvidar, a no pensar más en ello, a pisotear aquel recuerdo como hacemos con una serpiente que nos ha mordido. Sin embargo, ¿qué derecho tenía Basil para hablarle como lo hizo? ¿Quién le había nombrado juez de los demás? Le dijo cosas horribles, espantosas, insoportables.

Le parecía que el coche iba cada vez más despacio. Abrió la ventanilla y le dijo al cochero que condujera más aprisa. Tenía una horrible ansia de opio. La garganta le quemaba y se retorcía las manos nerviosamente. Sacando un brazo por la ventanilla golpeó salvajemente al caballo con su bastón. El cochero se echó a reír y fustigó al animal. Él también rio y entonces el otro se quedó callado.

El camino parecía interminable y las calles eran como una negra tela de araña extendida. La monotonía se hacía intolerable, y cuando la niebla se hizo más espesa, Dorian Gray se sintió asustado.

Luego pasaron por solitarios parajes. La niebla era más clara allí, y se podía ver unos extraños hornos en forma de botella, con lenguas de fuego anaranjadas, que parecían abanicos. Un perro ladró a su paso y lejos, en la oscuridad, se oyó el grito de una gaviota. El caballo tropezó en un bache, se desvió hacia un lado y salió al galope.

Después de algún tiempo, dejaron las calles embarradas y volvieron a correr por caminos mal empedrados. La mayoría de las ventanas estaban a oscuras, pero de cuando en cuando se veían las siluetas de algunas fantásticas sombras reflejadas ante una tenue luz. Él las observaba con curiosidad. Se balanceaban como monstruosas marionetas y mostraban movimientos de seres vivos. Las odiaba. Una profunda rabia le roía el corazón. Al torcer una esquina, una mujer chilló algo desde una puerta abierta y dos hombres corrieron detrás del coche cerca de cien yardas. El cochero los golpeó con el látigo.

Se dice que la pasión nos hace pensar en un círculo vicioso. Ciertamente, con terrible reiteración, los labios de Dorian Gray repetían y volvían a repetir aquellas sutiles palabras sobre el alma y los sentidos, hasta que encontró en ellas la plena expresión, como si fuesen su estado de ánimo y justificasen, por aprobación intelectual, las pasiones que sin esa justificación hubieran continuado dominando su temperamento. De célula en célula de su cerebro se deslizaba un solo pensamiento, y el salvaje deseo de vivir, el más terrible de todos los apetitos del hombre, enardecía todas sus trémulas fibras y nervios. La fealdad que una vez había odiado porque hacía reales a las cosas, le gustaba ahora por esa razón. La fealdad era la única realidad. Las riñas soeces, los tenebrosos tugurios, la cruda violencia de la vida desordenada, toda la vileza de los ladrones y los rateros eran más vívidos, en su intensa expresión de realidad, que todas las graciosas formas del arte y las soñadoras sombras de la poesía. Eran lo que él necesitaba para el olvido. En tres días podría ser libre.

De pronto, con un tirón de riendas el conductor detuvo el coche en la parte alta de una oscura calleja. Sobre los bajos tejados y las filas de chimeneas de las casas se alzaban los negros mástiles de los barcos. Círculos de niebla blanca se enroscaban en los palos, como si fueran velas fantasmales.

—Es por aquí, ¿verdad, señor? —preguntó el cochero con voz ronca por la ventanilla.

Dorian se estremeció y miró a su alrededor.

—Sí, aquí es —contestó.

Bajó del coche y, dando al hombre lo que le había prometido, se dirigió rápidamente hacia el muelle. Aquí y allá brillaba la linterna de popa de algún gran mercante. La luz temblaba y se reflejaba en los charcos. Un resplandor rojizo salía de un gran barco que estaba carboneando. El pavimento lleno de barro parecía un impermeable mojado.

Dorian se dirigió deprisa hacia la izquierda, mirando de cuando en cuando hacia atrás para comprobar si alguien lo seguía. Siete u ocho minutos después llegó a una pequeña casa de aspecto mísero, que estaba encajonada entre dos tiendas lúgubres. En una de las ventanas del piso superior había luz. Se detuvo ante la puerta y llamó de una forma peculiar.

Al poco tiempo se oyeron pasos en el corredor y el ruido de un cerrojo que se abría. La puerta se movió silenciosamente y Dorian entró sin decir ni una palabra a la informe figura que se retiró en la sombra cuando traspasó el umbral. Al final del vestíbulo colgaba una cortina verde, raída, que fue agitada por el fuerte viento de la calle. Dorian la apartó a un lado y entró en una gran habitación de techo bajo, que daba la impresión de haber sido en otro tiempo un salón de baile de tercera categoría. Unas luces de gas se reflejaban en los espejos llenos de moscas que había en la pared. También había unos reflectores de cinc que proyectaban círculos luminosos. El suelo estaba cubierto de un serrín ocre, lleno aquí y allá de barro y manchado de vino derramado. Algunos malayos, en cuclillas en torno a un pequeño brasero de carbón, jugaban a los dados y enseñaban sus blancos dientes al hablar. En un rincón, con la cabeza hundida entre los brazos, había un marinero tumbado en una mesa y en el mostrador, que ocupaba un lado entero de la habitación, dos mujeres ajadas se burlaban de un viejo que se estaba restregando las mangas de su abrigo con una expresión de disgusto.

—Parece que tiene el cuerpo lleno de hormigas rojas —dijo riendo una de ellas cuando Dorian pasó por su lado.

El viejo las miró aterrorizado y empezó a gemir.

Al fondo había una pequeña escalera que conducía a un cuartucho oscuro. Cuando Dorian subió rápidamente los tres peldaños, le envolvió el pesado olor del opio. Aspiró profundamente y las aletas de su nariz temblaron de placer. Al entrar vio a un joven de liso pelo rubio que, inclinado sobre una lámpara, encendía una larga pipa. Lo miró y lo saludó de forma muy vaga.

—¿Usted aquí, Adrian? —murmuró Dorian.

—¿Dónde iba a estar? —contestó el otro con un susurro—. Nadie quiere hablarme ahora.

—Creí que había dejado Inglaterra.

—Darlington no va a hacer nada. Mi hermano pagó la factura por fin. George ni siquiera me habla... No me importa —añadió con un suspiro—. Teniendo droga no se necesitan amigos. Creo que ya he tenido demasiados.

Dorian retrocedió y miró a su alrededor, a los seres grotescos que yacían en extrañas posturas sobre mugrientos colchones. Aquellos miembros contorsionados, aquellas bocas entreabiertas y aquellos ojos fijos y sin brillo lo fascinaron. Conocía los extraños cielos en que sufrían y qué profundos infiernos les enseñaban el secreto de algún nuevo placer. Estaban mejor que él. Él se hallaba aprisionado por el pensamiento. La memoria, como una horrible enfermedad, le roía el alma. De cuando en cuando le parecía ver los ojos de Basil Hallward mirándole. Sin embargo, se dio cuenta de que no podía quedarse allí. La presencia de Adrian Singleton le turbaba. Quería estar donde nadie le conociera. Quería escapar de sí mismo.

—Me voy a otro sitio —dijo después de una pausa.

—¿Al muelle?

—Sí.

—Esa gata loca seguro que estará allí. Ahora no la dejan estar aquí.

Dorian se encogió de hombros.

—Me ponen malo las mujeres que nos aman. Las mujeres que nos odian son mucho más interesantes. Además, la mercancía es mejor allí.

—Es igual.

—A mí me gusta más. Baje conmigo. Necesito beber algo.

—No quiero nada —murmuró el joven.

—No importa.

Adrian Singleton se levantó de mala gana y siguió a Dorian hasta el bar. Un mestizo con un turbante roto y una chaqueta harapienta exclamó un horrible saludo y puso ante ellos una botella de *brandy* y dos vasos. Las mujeres se acercaron a ellos y empezaron a charlar. Dorian les volvió la espalda y dijo algo en voz baja a Adrian Singleton.

Una sonrisa retorcida como un kris malayo apareció en el rostro de una de las mujeres.

—Estamos muy orgullosos esta noche —dijo con desprecio.

—Por Dios, no me hable —exclamó Dorian golpeando el suelo con el pie—. ¿Qué quiere? ¿Dinero? Aquí lo tiene. No vuelva a dirigirme la palabra.

Dos chispas rojas relucieron un instante en los hinchados ojos de la mujer, y después desaparecieron, dejándolos fríos y vidriosos. Inclinó la cabeza y tomó las monedas del mostrador con dedos ávidos. Su compañera la observaba con envidia.

—Es inútil —suspiró Adrian Singleton—. No tengo ganas de volver. ¿Qué importa? Soy completamente feliz aquí.

—Me escribirá si necesita algo, ¿verdad? —dijo Dorian, después de una pausa.

—Quizá.

—Buenas noches, entonces.

—Buenas noches —contestó el joven, subiendo las escaleras y limpiándose la boca reseca con un pañuelo.

Dorian se dirigió a la puerta con una expresión de lástima en el rostro. Cuando echó a un lado la cortina, una risa terrible salió de los labios pintados de la mujer que había tomado antes el dinero.

—Ahí va el que ha pactado con el diablo —dijo con voz ronca.

—¡Maldita! —contestó él—. ¡No me llames eso!

Ella chasqueó sus dedos.

—Lo que le gusta que le llamen es Príncipe Encantador, ¿verdad? —chilló a su espalda.

El marinero adormilado se incorporó de un salto al oír esto y miró enloquecido a su alrededor. Llegó hasta sus oídos el ruido de la puerta de la calle al cerrarse. Se lanzó hacia afuera como si persiguiese a alguien.

Dorian Gray corrió a lo largo del muelle bajo la lluvia. Su encuentro con Adrian Singleton lo había conmovido extrañamente y se preguntaba si la ruina en que había caído esa joven vida sería realmente culpa suya, tal como le había dicho Basil Hallward con aquellas infames e insultantes palabras. Se mordió el labio y durante unos segundos sus ojos se llenaron de tristeza. Sin embargo, después de todo, ¿a él qué le importaba? La vida es demasiado breve como para cargar con los errores de los demás. Lo único malo era que a menudo tuviese uno que pagar por una sola falta. Y que fuera necesario pagar una y otra vez. El destino nunca cierra sus cuentas en su relación con el hombre.

Hay momentos, según dicen los psicólogos, en que la pasión por el pecado, o por lo que la gente llama pecado, domina de tal forma nuestro carácter que cada fibra del cuerpo, cada célula del cerebro, parece tener instintivamente impulsos temerosos. Los hombres y las mujeres, en tales momentos, pierden las riendas de su propia voluntad. Se dirigen como autómatas hacia un terrible final. No pueden elegir y su conciencia queda aplastada o, si vive, lo hace sólo para convertir en fascinante la rebelión y en encantadora la desobediencia. Porque todos los pecados, como no se cansan los teólogos de recordarnos, son pecados de desobediencia. Cuando el espíritu altivo, la malvada estrella matutina, cayó del cielo, lo hizo rebelándose contra esta caída.

Insensible, concentrado en el mal, con la mente turbada y el alma ansiosa de rebelión, Dorian Gray aceleró el paso, pero al pasar bajo una oscura arcada por donde solía ir para acortar camino sintió de repente que lo sujetaban por detrás y, antes de que tuviera tiempo de defenderse, se vio arrojado contra el muro por una mano brutal que le atenazaba la garganta.

Luchó salvajemente por su vida y con un terrible esfuerzo consiguió librarse de la presión de los dedos. Al momento oyó el chasquido de un revólver y vio el brillo del arma que apuntaba a su cabeza y la sombra borrosa de un hombre bajo y recio que estaba frente a él.

—¿Qué quiere usted? —dijo de forma entrecortada.

—Estese quieto —dijo el hombre—. Si no lo hace, dispararé.

—Está loco. ¿Qué le he hecho yo?

—Usted destrozó la vida de Sibyl Vane —fue la contestación—. Y Sibyl Vane era mi hermana. Se suicidó, ya lo sé, pero su muerte fue culpa suya. Lo pagará con su muerte, se lo juro. Lo he buscado durante años. No tenía ninguna pista. Las dos personas que podían haberlo descrito han muerto. Sólo sabía de usted el nombre con que ella solía llamarlo. Esta noche lo he oído por casualidad. Encomiéndese a Dios, porque esta noche va usted a morir.

Dorian Gray enfermó de miedo.

—Nunca la conocí —tartamudeó—. Nunca he oído ese nombre. Está usted loco.

—Lo mejor es que confiese su pecado, porque va a morir ahora, tan seguro como que me llamo James Vane.

Era un momento horrible. Dorian no sabía qué hacer o decir.

—¡Póngase de rodillas! —dijo el hombre gritando—. Voy a darle unos minutos para que se encomiende a los cielos, nada más. Esta noche embarco para la India y tengo que hacer antes este trabajo. Un minuto. Sólo eso.

Dorian dejó caer los brazos. Paralizado por el terror, no sabía qué hacer. De pronto su cerebro imaginó una loca esperanza.

—¡Deténgase! —exclamó—. ¿Cuánto tiempo hace que murió su hermana? ¡Rápido, dígamelo!

—Dieciocho años —dijo el hombre—. ¿Por qué me lo pregunta? ¿Qué importan los años?

—Dieciocho años —dijo riendo Dorian Gray con un tono triunfal en la voz—. ¡Dieciocho años! Lléveme bajo el farol y mire mi cara.

James Vane dudó un momento, sin entender lo que el otro quería decir. Después sujetó a Dorian Gray y lo llevó fuera de la arcada.

Aunque la luz era tenue y parpadeaba por el viento, sirvió para mostrarle el terrible error que, al parecer, había cometido, porque la cara del hombre que iba a matar tenía toda la lozanía de la niñez y la pureza de la juventud. Le pareció que no tendría mucho más de veinte años; realmente, no sería mucho mayor que su hermana cuando él salió de viaje hacía tantos años. Era obvio que aquél no era el hombre que había destrozado la vida de su hermana.

Lo soltó y retrocedió turbado.

—¡Dios mío! ¡Dios mío! —exclamó—. ¡Y lo habría matado!

Dorian respiró profundamente.

—Ha estado usted a punto de cometer un terrible crimen, amigo —dijo, mirándole severamente—. Esto le debe servir de advertencia para que no se tome la justicia por su mano.

—Perdóneme, señor —murmuró James Vane—. Estaba equivocado. Una palabra casual que he oído en aquel tugurio me ha hecho seguir una pista falsa.

—Lo mejor es que vuelva a su casa y guarde la pistola, pues podría acarrearle alguna desgracia —dijo Dorian, dándose la vuelta y caminando lentamente calle abajo.

En medio de la calle, horrorizado, James Vane temblaba de pies a cabeza. Hacía rato que una sombra negra se deslizaba junto al mojado muro, llegó bajo la luz y se acercó a él con pasos silenciosos. El marinero sintió que una mano se posaba en su brazo y se volvió con un sobresalto. Era una de las mujeres que estaban en el bar.

—¿Por qué no lo has matado? —le dijo, acercando su cara a la de él—. Sabía que ibas a seguirlo cuando te vi salir de casa de Daly. ¡Imbécil! Tenías que haberlo matado. Tiene mucho dinero y es lo peor de lo peor.

—No es el hombre que busco —contestó—, y no quiero dinero. Quiero la vida de un hombre. Y ese hombre que yo quiero debe tener unos cuarenta años. Éste era poco más que un muchacho. Gracias a Dios no he manchado mis manos con su sangre.

La mujer rio amargamente.

—¡Un muchacho! —dijo burlonamente—. Hace unos dieciocho años que el Príncipe Encantador me hizo lo que ahora soy.

—¡Mientes! —exclamó James Vane.

Ella levantó sus manos hacia el cielo.

—Ante Dios te digo que eso es cierto —exclamó.

—¿Ante Dios?

—Que me quede muda si no es verdad. Es el peor de los que vienen por aquí. Dicen que ha hecho un pacto con el diablo para conservar su bello rostro. Hace unos dieciocho años que lo conozco. No ha cambiado mucho desde entonces. Ya te lo he dicho —añadió, con tono enfermizo.

—¿Lo juras?

—Lo juro —repitieron sus labios como un eco—, pero no me lleves ante él —sollozó—, le tengo miedo. Dame algo de dinero para poder dormir esta noche.

Él soltó un juramento y se alejó de ella, corriendo hacia la esquina de la calle, pero Dorian Gray había desaparecido. Cuando regresó, la mujer se había desvanecido también.

XVII

Una semana más tarde Dorian Gray estaba sentado en el invernadero de Selby Royal, hablando con la bella duquesa de Monmouth, quien, junto con su esposo, un hombre de sesenta años de aspecto fatigado, figuraba entre sus invitados. Era la hora del té, y la luz tenue de la gran lámpara con pantallas de encaje que estaba sobre la mesa hacía relucir el servicio de plata y porcelana. La duquesa presidía la mesa. Sus blancas manos se movían elegantemente entre las tazas y sus labios rojos y carnosos sonreían por algo que le susurraba Dorian. Lord Henry estaba recostado en un sillón de mimbre forrado de seda, mirándolos. En un sofá de color melocotón se encontraba lady Narborough, fingiendo escuchar lo que le decía el duque del último escarabajo brasileño que había incrementado su colección. Tres jóvenes vestidos con esmóquines impecables ofrecían pastas de té a algunas mujeres. El grupo lo componían doce personas, y se esperaba que llegaran tres más al día siguiente.

—¿De qué están hablando? —dijo lord Henry, acercándose a la mesa y dejando allí su taza—. Espero que Dorian te habrá hablado de mi plan para rebautizarlo todo, Gladys. Es una idea deliciosa.

—Pero yo no quiero ser rebautizada, Henry —dijo la duquesa, mirándole con sus maravillosos ojos—. Estoy completamente satisfecha con mi nombre, y podría asegurar que mister Gray también lo está con el suyo.

—Mi querida Gladys, no quisiera cambiar sus nombres por nada del mundo. Ambos son perfectos. Estaba pensando principalmente en las flores. Ayer corté una orquídea para mi ojal. Era un maravilloso ejemplar moteado, tan alucinante como los siete pecados capitales. Le pregunté a uno de los jardineros cómo se llamaba. Me dijo que era una bella *Robinsoniana* o algún otro espanto por el estilo. Es la triste verdad, pero hemos perdido la facultad de dar nombres bonitos a las cosas. Los nombres lo son todo. Nunca me disgusto por los hechos, solamente por las palabras. Ésa es la razón por la que odio el realismo vulgar en literatura. El hombre que puede llamar azada a una azada debería ser obligado a usarla. Es para la única cosa que sería útil.

—Entonces, ¿cómo tendremos que llamarte, Henry? —preguntó ella.

—Su nombre es el de Príncipe Paradoja —dijo Dorian.

—Reconozco que eso es cierto —exclamó la duquesa.

—No quiero oírles —dijo riendo lord Henry, sentándose en una silla—. ¡No hay modo de escapar de eso! Rehúso el título.

—Las majestades no pueden abdicar —dijeron unos bonitos labios.

—Entonces, ¿deseas que defienda mi trono?

—Sí.

—Diré las verdades de mañana.

—Prefiero los errores de hoy —contestó ella.

—Me desarmas, Gladys —exclamó con el mismo tono obstinado de ella.

—De tu escudo, Henry, no de tu lanza.

—Yo nunca lucho contra la belleza —dijo con un ademán.

—Ése es tu error, créeme. Valoras demasiado la belleza.

—¿Cómo puedes decir eso? Admito creer que es mejor ser bello que ser bueno, pero, por otra parte, no hay nadie más dispuesto que yo a pensar que es mejor ser bueno que feo.

—Entonces, ¿la fealdad es uno de los siete pecados capitales? —exclamó la duquesa—. ¿Y qué pasa con tu símil referente a las orquídeas?

—La fealdad es una de las siete virtudes capitales, Gladys. Tú, como buena *tory,* no debes menospreciarla. La cerveza, la Biblia y las siete virtudes capitales han hecho de nuestra Inglaterra lo que ahora es.

—¿No te gusta tu país? —preguntó ella.

—Vivo en él.

—Para poder censurarlo mejor.

—¿Quieres que dé el veredicto de Europa sobre él? —inquirió.

—¿Qué dicen de nosotros?

—Que Tartufo ha emigrado a Inglaterra y ha abierto aquí una tienda.

—¿Eso es tuyo, Henry?

—Te lo doy.

—No podría usarlo. Es demasiado cierto.

—No necesitas asustarte. Nuestros paisanos nunca se reconocen en una descripción.

—Son prácticos.

—Son más astutos que prácticos. Cuando asientan su libro contable, nivelan la estupidez con la fortuna y el vicio con la hipocresía.

—Sin embargo, hemos hecho grandes cosas.

—Las grandes cosas nos han obligado a hacerlas, Gladys.

—Hemos soportado su peso.

—Solamente hasta el *Stock Exchange*.

Ella movió la cabeza.

—Yo creo en la raza —exclamó.

—Representa la supervivencia del impulso.

—Tiene su desenvolvimiento.

—La decadencia me fascina más.

—¿Qué es el arte? —preguntó ella.

—Una enfermedad.

—¿Y el amor?

—Una ilusión.

—¿La religión?

—Lo que sustituye de forma elegante a la fe.

—Eres un escéptico.

—¡Nunca! El escepticismo es el principio de la fe.

—Entonces, ¿qué eres?

—Definir es limitar.

—Dame una pista.

—Los hilos se han roto. Podrías perderte en el laberinto.

—Me confundes. Hablemos de otra cosa.

—Nuestro anfitrión es un tema delicioso. Hace años fue bautizado con el nombre de Príncipe Encantador.

—¡Ah! No me recuerde eso —exclamó Dorian Gray.

—Nuestro anfitrión está bastante arisco esta tarde —contestó la duquesa, ruborizándose—. Creo que piensa que Monmouth se casó conmigo por puras razones científicas, como si fuera el mejor ejemplar de mariposa moderna que pudo encontrar.

—Bueno, espero que no quiera atravesarla con un alfiler, duquesa —dijo riendo Dorian.

—¡Oh! Mi doncella me hace siempre eso cuando está enfadada conmigo, mister Gray.

—¿Y por qué se enfada con usted, duquesa?

—Por las cosas más triviales, mister Gray, se lo aseguro. Usualmente, porque llego a las nueve menos diez y le digo que quiero estar vestida para las ocho y media.

—¡Qué irrazonable es! Debería regañarla.

—No me atrevo, mister Gray. Inventa sombreros para mí. ¿Recuerda el que llevé en la fiesta del jardín de lady Hilstone? No lo recuerda, pero es galante por su parte fingir que sí. Bueno, pues ella lo hizo de la nada. Todos los buenos sombreros se hacen con nada.

—Como todas las buenas reputaciones, Gladys —interrumpió lord Henry—. Cada efecto que uno produce le crea un nuevo enemigo. Para ser popular hay que ser una mediocridad.

—No con las mujeres —dijo la duquesa, moviendo la cabeza—, y las mujeres gobiernan el mundo. Te aseguro que no podemos soportar a los mediocres. Las mujeres, como dijo alguien, amamos con nuestros oídos, lo mismo que los hombres aman con sus ojos, si es que aman de alguna forma.

—A mí me parece que nunca hacemos otra cosa —murmuró Dorian.

—¡Ah! Entonces usted nunca ama realmente, mister Gray —contestó la duquesa con un gesto triste.

—¡Mi querida Gladys! —exclamó lord Henry—. ¿Cómo puedes decir eso? Los romances viven por la repetición, y la repetición convierte al apetito en un arte. Además, cada vez que se ama es la única vez que se ha amado nunca.

La diferencia de objeto no altera la singularidad de la pasión. Simplemente la intensifica. Durante la vida sólo podemos tener, como mucho, una gran experiencia, y el secreto de la vida es repetir esta experiencia tan a menudo como nos sea posible.

—¿Aun cuando uno ha sido herido por ella, Henry? —preguntó la duquesa después de una pausa.

—Especialmente cuando eso ha ocurrido —contestó lord Henry.

La duquesa se volvió y miró a Dorian Gray con una curiosa expresión en los ojos.

—¿Qué dice de eso, mister Gray? —inquirió.

Dorian dudó un momento. Después echó atrás la cabeza, riendo.

—Yo siempre estoy de acuerdo con Henry, duquesa.

—¿Aun cuando está equivocado?

—Henry nunca se equivoca, duquesa.

—¿Y su filosofía le hace a usted feliz?

—Nunca he luchado por la felicidad. ¿Quién quiere ser feliz? Yo he luchado por el placer.

—¿Y lo ha encontrado, mister Gray?

—A menudo. Demasiado a menudo.

La duquesa suspiró.

—Yo busco la paz —dijo—, y si no voy a vestirme, esta tarde no la tendré.

—Déjeme que le traiga unas orquídeas, duquesa —exclamó Dorian, levantándose y caminando hacia el invernadero.

—Estás flirteando demasiado con él —dijo lord Henry a su prima—. Será mejor que tengas cuidado. Es muy fascinante.

—Si no lo fuera no habría batalla.

—Entonces, los griegos contra los griegos, ¿no?

—Yo estoy del lado de los troyanos. Ellos lucharon por una mujer.

—Fueron derrotados.

—Hay cosas peores que eso —contestó.

—Galopas con las riendas sueltas.

—La velocidad es vida —fue su respuesta.

—Escribiré eso en mi diario esta noche.

—¿El qué?

—Que a un niño quemado le gusta el fuego.

—Yo ni siquiera estoy chamuscada. Mis alas están intactas.

—Puedes usarlas para todo, excepto para volar.

—El valor ha pasado de los hombres a las mujeres. Es una nueva experiencia para nosotras.

—Tienes una rival.

Él empezó a reír.

—Lady Narborough —murmuró—. Le adora intensamente.

—Me llenas de celos. Apelar a la antigüedad es fatal para nosotras, las románticas.

—¡Románticas! Tenéis todos los métodos de la ciencia.

—Los hombres nos habéis educado.

—Pero no os hemos explicado.

—Descríbenos como sexo —dijo ella.

—Esfinges sin secretos.

Ella le miró sonriendo.

—¡Cuánto tarda mister Gray! —dijo—. Vayamos a ayudarlo. Todavía no le he dicho el color del vestido que me voy a poner.

—¡Ah! Debes vestirte con arreglo al color de sus flores, Gladys.

—Eso sería una rendición prematura.

—El arte romántico empieza con su clímax.

—Debo conservar una oportunidad para retirarme.

—¿A la manera de los partos?

—Ellos encontraron la seguridad en el desierto. Yo no podría hacer eso.

—Las mujeres no siempre pueden elegir —contestó él.

Casi no había terminado la frase cuando del fondo del invernadero llegó un gemido ahogado, seguido del ruido de un cuerpo al caer al suelo. Todos se estremecieron. La duquesa se quedó inmóvil de horror. Con el miedo reflejado en los ojos, lord Henry se dirigió al invernadero y encontró allí a Dorian Gray, tendido en el suelo, sin sentido, como muerto.

Lo llevó rápidamente al salón azul y lo acostó en uno de los sofás. Al poco tiempo volvió en sí y miró a su alrededor con expresión atontada.

—¿Qué ha ocurrido? —preguntó—. ¡Oh! Ya recuerdo. ¿Estoy a salvo aquí, Henry? —dijo, empezando a temblar.

—Mi querido Dorian —contestó lord Henry—, simplemente se ha desmayado. Eso ha sido todo. Debía estar demasiado cansado. Es mejor que no baje a cenar. Yo ocuparé su sitio.

—No, quiero bajar —dijo intentando levantarse—. Tengo que bajar. No quiero estar solo.

Fue a su habitación y se vistió. Mostró una infantil y aturdida alegría en la mesa pero, de cuando en cuando, era presa de un sentimiento de terror al recordar que, pegada al cristal de la ventana del invernadero, blanca como un pañuelo, había visto la cara de James Vane, que lo observaba.

XVIII

Al día siguiente no abandonó la casa y permaneció casi todo el tiempo en su habitación, enfermo de un salvaje miedo a morir y, sin embargo, indiferente a la vida. La sensación de ser acosado, perseguido, de estar acorralado, empezó a dominarlo. Si el viento movía las cortinas, él temblaba. Las hojas secas que chocaban contra los cristales le parecían sus propias e inútiles resoluciones y sus salvajes sentimientos. Cuando cerraba los ojos, veía el rostro del marinero tras los cristales, entre la niebla, y el terror volvía una vez más a atenazarle el corazón.

Pero quizá sólo fuera su fantasía la que le hacía pensar en la venganza de la noche, la que le envolvía con horribles formas de castigo. La vida real era un caos, pero había algo terriblemente lógico en la imaginación. Es la imaginación la que pone al remordimiento tras la pista del pecado. Es la imaginación la que hace que cada crimen tenga que soportar su informe progenie. En el mundo común de los hechos los malos no son castigados ni los hechos buenos son recompensados. El éxito es de los fuertes, el fracaso cae sobre quienes son débiles. Eso era todo. Además, cualquier extraño que rondara la casa podría ser visto por los criados o los guardas. Si hubiera alguna huella en los macizos de flores, los jardineros lo hubieran avisado. Sí, simplemente había sido una imaginación suya. El hermano de Sibyl Vane no había venido para matarlo. Había embarcado en su navío para naufragar en algún mar del polo. Por esa parte, al menos, estaba seguro. Ese hombre no sabía quién era él, no podía saberlo. La máscara de la juventud lo había salvado.

Pero si simplemente había sido una ilusión, ¡qué terrible era pensar que la conciencia podía imaginar fantasmas horrorosos, darles forma visible y hacerlos moverse ante nosotros! ¿Qué clase de vida sería la suya si de día y de noche las sombras de su crimen iban a vigilarlo desde los silenciosos rincones, haciéndole burla desde sus escondites, murmurando a su oído en las fiestas y despertándole con dedos de hielo cuando durmiese? Cuando este pensamiento cruzaba por su cerebro, se quedaba pálido de terror, y el aire parecía enfriarse repentinamente. ¡Oh! ¡En qué salvaje momento de locura había matado a su amigo! ¡Qué terrible era el simple recuerdo de la escena! Lo volvía a ver todo otra vez. Cada espantoso detalle revivía en él acrecentado de horror. Fuera de la negra caverna del tiempo, terrible y pintada de escarlata, surgía la imagen de su pecado. Cuando lord Henry llegó, a las seis en punto, lo encontró llorando, como si el corazón se le fuera a romper.

Hasta el tercer día no se atrevió a salir. Había algo en el aire limpio y oloroso de aquella mañana de invierno que pareció devolverle toda su alegría y el ansia por vivir. Pero no eran simplemente las condiciones físicas del ambiente las que habían provocado el cambio. Su propia naturaleza se había rebelado contra el exceso de angustia que había intentado destruir la perfección de su calma. Siempre ocurre así con los temperamentos sutiles y finamente formados. Sus fuertes pasiones destrozan o se rinden. O matan al hombre o mueren ellas mismas. Los dolores y los amores superficiales sobreviven. Los amores y los dolores grandes son destruidos por su propia plenitud. Además, Dorian se había convencido de que había sido víctima de una imaginación aterrada y ahora pensaba en sus temores anteriores con algo de lástima y no poco desprecio.

Después del desayuno paseó con la duquesa durante una hora por el jardín y luego atravesó el parque para unirse a la partida de caza. La hierba estaba llena de escarcha. El cielo era como una taza invertida de metal azul. Una fina capa de hielo bordeaba las orillas del lago.

Junto al bosque de pinos vio a sir Geoffrey Glouston, hermano de la duquesa, que sacaba dos cartuchos gastados de su escopeta. Saltó del carruaje, le dijo al criado que llevase la yegua a casa y se dirigió después hacia su invitado a través de los árboles y la maleza.

—¿Ha tenido buena caza, Geoffrey? —preguntó.

—No muy buena, Dorian. Creo que las aves se han ido a campo abierto. Podría asegurar que será mucho mejor después de la merienda, cuando vayamos al llano.

Dorian caminó a su lado. El aire aromático, la luz pálida y roja que brillaba en el bosque, los roncos chillidos de los batidores que se oían de cuando en cuando y las fuertes detonaciones de las escopetas le fascinaban y lo llenaban de una deliciosa sensación de libertad. Estaba dominado por el abandono de la felicidad y la gran indiferencia de la alegría.

De repente, en un espeso montículo de hierba seca, a más de veinte yardas frente a ellos, con las orejas de puntas negras erguidas y extendidas las largas patas traseras, apareció una liebre. Saltó a gran velocidad sobre un macizo de alisos. Sir Geoffrey se llevó la escopeta al hombro, pero había algo en los graciosos movimientos del animal que encantó extrañamente a Dorian Gray, que exclamó rápidamente:

—¡No dispare, Geoffrey! Déjela vivir.

—¡Qué tontería, Dorian! —dijo riendo su compañero, y cuando la liebre saltaba hacia la hierba, hizo fuego.

Se oyeron dos gritos: el de la liebre herida, que es terrible, y el de un hombre agonizante, que es aún peor.

—¡Santo cielo! ¡He dado a un batidor! —exclamó sir Geoffrey—. ¡Qué idiota ha sido ese hombre al ponerse delante de las escopetas! ¡Dejen de tirar! —gritó con todas sus fuerzas—. Hay un hombre herido.

El jefe de los guardas llegó corriendo con un bastón en la mano.

—¿Dónde, señor? ¿Dónde está? —dijo.

Al mismo tiempo todos dejaron de disparar.

—Aquí —contestó sir Geoffrey con tono enfadado, dirigiéndose hacia la maleza—. ¿Por qué no pone usted a sus hombres más atrás? Me ha estropeado el día de caza.

Dorian los observó mientras penetraban en la espesura apartando las ramas a un lado. A los pocos momentos reaparecieron llevando un cuerpo boca arriba. Se volvió horrorizado. Le pareció que la desgracia lo perseguía. Oyó preguntar a sir Geoffrey si el hombre estaba realmente muerto y la contestación afirmativa del guarda. De pronto le pareció que el bosque estaba lleno de caras vivas. Se oyeron las pisadas de muchos pies y un tenue murmullo de voces. Un gran faisán de pecho rojizo voló sobre su cabeza hacia las ramas.

Después de unos momentos que le parecieron, en su estado de turbación, interminables horas de dolor, sintió que una mano se posaba sobre su hombro. Se estremeció y miró a su alrededor.

—Dorian —dijo lord Henry—, sería mejor que suspendiéramos por hoy la cacería. No estaría bien continuarla.

—Desearía suspenderla para siempre, Henry —contestó amargamente—. Ha sido terrible y cruel. ¿El hombre está...?

No pudo terminar la frase.

—Me temo que sí —replicó lord Henry—. Ha recibido la descarga en el pecho. Debe de haber muerto casi instantáneamente. Venga usted. Vayamos a casa.

Caminaron juntos unas cincuenta yardas sin hablar. Después Dorian miró a lord Henry y dijo con un profundo suspiro:

—Es un mal presagio, Henry, un presagio muy malo.

—¿El qué? —preguntó lord Henry—. Ah, el accidente, supongo. Mi querido amigo, ha sido inevitable. La culpa ha sido de ese hombre. ¿Por qué se puso frente a las escopetas? Además, no nos concierne. Desde luego es bastante engorroso para Geoffrey. No se debe dar a los batidores. Eso hace que la gente piense que uno es un salvaje disparando. Y Geoffrey no lo es, es un buen tirador. Pero no debemos hablar más de este asunto.

Dorian movió la cabeza.

—Es un mal presagio, amigo mío. Siento que algo horrible va a sucederle a uno de nosotros. Quizá a mí mismo —añadió, pasándose la mano por los ojos con un gesto de dolor.

Lord Henry se echó a reír.

—Lo único horrible del mundo es el *ennui*, Dorian. Ése es el único pecado para el que no hay perdón. Pero esto no nos traerá ninguna preocupación, a no ser que los demás hablen de ello durante la comida. Les diré que este asunto es un tema prohibido. En cuanto a presagios, no existen tales cosas. El destino no nos envía heraldos. Es demasiado sabio o demasiado cruel para eso. Además, ¿qué podría ocurrirle a usted, Dorian? Tiene todo lo que puede desear un hombre en este mundo. No hay nadie a quien no le gustaría cambiar su puesto por el de usted.

—No hay nadie con quien yo no quisiera cambiarlo, Henry. No se ría. Le estoy diciendo la verdad. Ese pobre campesino que acaba de morir era más afortunado que yo. No tengo miedo de la muerte. Es su forma de llegar lo que me aterra. Sus monstruosas alas parecen envolverme. ¡Cielo santo! ¿No ve usted un hombre moviéndose tras aquellos árboles, observándome, esperándome?

Lord Henry miró en la dirección que la temblorosa mano le señalaba.

—Sí —dijo sonriendo—, veo al jardinero que le espera. Supongo que querrá preguntarle qué flores desea que se pongan esta noche en la mesa. ¡Qué absurdamente nervioso está usted, amigo mío! Debe ir a que le vea un médico cuando regresemos a la ciudad.

Dorian suspiró aliviado cuando vio al jardinero aproximarse. Éste se tocó el sombrero, miró un instante a lord Henry con un gesto vacilante y después sacó una carta que tendió a su amo.

—Su gracia me ha dicho que esperara la contestación —murmuró.

Dorian se guardó la carta en el bolsillo.

—Dígale a su gracia que ya voy para allá —dijo fríamente.

El hombre se volvió, dirigiéndose rápidamente hacia la casa.

—¡Qué costumbre tienen las mujeres de hacer cosas peligrosas! —dijo riendo lord Henry—. Es una de las cualidades que más admiro en ellas. Una mujer flirtea con cualquiera con tal de que la gente la esté mirando.

—Usted sí que tiene costumbre de decir cosas peligrosas, Henry, pero en el presente caso está equivocado. Me gusta muchísimo la duquesa, pero no la amo.

—Y la duquesa lo ama mucho más de lo que le gusta, por eso forman una pareja excelente.

—Está usted hablando escandalosamente, Henry, y nunca hay una base para el escándalo.

—La base de todo escándalo es una certeza inmoral —dijo lord Henry encendiendo un cigarrillo.

—Usted sacrificaría a cualquiera, Henry, por un epigrama.

—El mundo va hacia el ara por decisión propia —fue la contestación.

—Me gustaría poder amar —exclamó Dorian con una entonación profundamente patética—, pero parece que he perdido la pasión y he olvidado el deseo. Estoy demasiado concentrado en mí mismo. Mi propia personalidad se ha convertido en una carga. Querría escapar, marcharme, olvidar. Ha sido una tontería venir aquí. Creo que telegrafiaré a Harvey para que tenga el yate preparado. En un yate siempre se está a salvo.

—¿A salvo de qué, Dorian? Está usted algo nervioso. ¿Por qué no me dice lo que le pasa? Sé que podría ayudarlo.

—No puedo decírselo, Henry —contestó tristemente—. Puede que sólo sea una fantasía mía. Este desafortunado accidente me ha trastornado. Tengo el horrible presentimiento de que algo malo va a ocurrirme.

—¡Qué tontería!

—Espero que sea así, pero no puedo evitar pensarlo. ¡Ah! Aquí está la duquesa; parece una Artemisa vestida con traje sastre. Como ve usted, ya regresábamos, duquesa.

—Lo he oído todo, mister Gray —contestó—. Es terrible para el pobre Geoffrey. Y parece que usted le pidió que no disparase. ¡Qué curioso!

—Sí, fue muy curioso. No sé lo que me hizo decirlo. Algún presentimiento, supongo. La liebre me pareció un ser maravilloso. Pero siento que le hayan hablado del batidor. Es un asunto horrible.

—Es un asunto aburrido —interrumpió lord Henry—. No tiene ningún valor psicológico. Ahora, si Geoffrey lo hubiera hecho a propósito, ¡qué interesante sería! Me gustaría conocer a alguien que haya cometido un verdadero crimen.

—¡Qué desagradable eres, Henry! —exclamó la duquesa—. ¿No es cierto, mister Gray? Henry, mister Gray está enfermo otra vez. Va a desmayarse.

Dorian se recobró con esfuerzo y sonrió.

—No es nada, duquesa —murmuró—, mis nervios están terriblemente desquiciados. Eso es todo. Me temo que he andado demasiado esta mañana. No he oído lo que ha dicho Henry. ¿Ha sido muy malo? Debe contármelo en otro momento. Creo que voy a ir a acostarme. Me disculpa usted, ¿verdad?

Habían llegado a la escalinata que iba desde el invernadero hasta la terraza. Cuando la puerta de cristales se cerró tras Dorian, lord Henry se volvió a mirar a la duquesa con ojos cansados.

—¿Lo amas mucho? —preguntó.

Ella tardó un poco en contestar y permaneció mirando el paisaje.

—Desearía saberlo —dijo por fin.

Lord Henry movió la cabeza.

—El conocimiento podría ser fatal. Es la incertidumbre la que nos encanta. La duda convierte las cosas en algo maravilloso.

—Podemos perder nuestro camino.

—Todos los caminos acaban en el mismo punto, mi querida Gladys.

—¿Cuál es?

—La desilusión.

—Fue mi debut en la vida —dijo con un suspiro.

—Vino a ti coronado.

—Estoy cansada de las hojas de fresa.

—Te sientan bien.

—Solamente en público.

—Las echarías en falta—dijo lord Henry.

—No me quitaría ni un solo pétalo.

—Monmouth tiene oídos.

—Los viejos son duros de oído.

—¿Nunca ha estado celoso?

—Desearía que hubiese sido así.

Él miró en torno suyo como si buscase algo.

—¿Qué estás buscando? —inquirió la duquesa.

—El botón de tu florete —contestó—. Se te acaba de caer.

Ella se echó a reír.

—Todavía tengo la máscara.

—Hace tus ojos más maravillosos —fue la réplica.

Ella volvió a reír. Sus dientes parecían blancas pepitas de un fruto escarlata.

Arriba, en su habitación, Dorian Gray estaba tendido en un sofá, con el terror hincado en cada fibra de su cuerpo. La vida se había convertido de repente para él en una carga insoportable. La horrible muerte del infeliz batidor, acribillado entre la hierba como un animal salvaje, le había hecho pensar en su propia muerte. Casi se había desmayado cuando lord Henry había pronunciado, de forma casual, aquellas palabras a modo de cínica burla.

A las cinco llamó a su criado y le dio órdenes de preparar su equipaje para regresar a la ciudad en el tren de la noche y de tener el coche en la puerta a las ocho y media. Estaba decidido a no dormir otra noche en Selby Royal. Era un lugar horrible, donde la muerte ronda a la luz del día. La hierba del bosque se había manchado de sangre.

Después escribió una nota a lord Henry, diciéndole que regresaba a la ciudad para consultar a su médico y pidiéndole que atendiera a los invitados en su ausencia. Cuando la estaba metiendo en un sobre, llamaron a la puerta y su criado le informó de que el jefe de los guardas deseaba verle. Frunció el ceño y se mordió el labio.

—Hágalo pasar —murmuró después de unos momentos de vacilación.

Tan pronto como entró el hombre, Dorian sacó su talonario de cheques y lo puso ante él.

—Supongo que vendrá por el infortunado accidente de esta mañana, Thornton, ¿no es así? —dijo abriendo la pluma.

—Sí, señor —contestó el otro.

—¿El pobre muchacho estaba casado? ¿Había personas que dependieran de él? —preguntó Dorian con tono aburrido—. Si es así, no me gustaría dejarlos desamparados, y les enviaré la suma de dinero que usted crea conveniente.

—No sabemos quién es, señor. Por eso me he tomado la libertad de venir a hablar con usted.

—¿No saben quién es? —dijo Dorian con indiferencia—. ¿Qué quiere decir? ¿No era uno de sus hombres?

—No, señor. Nunca lo había visto. Parece un marinero, señor.

La pluma se cayó de la mano de Dorian Gray y éste sintió como si su corazón cesara de latir de repente.

—¿Un marinero? —exclamó—. ¿Ha dicho usted un marinero?

—Sí, señor. Parece una especie de marinero. Tiene tatuajes en los dos brazos, y todo eso.

—¿Llevaba algo encima? —dijo Dorian mirando al hombre con ojos exaltados—. ¿Algo que permita saber cuál era su nombre?

—Llevaba algo de dinero, señor, no mucho; también un revólver de seis tiros. No sabemos su nombre. Parece un hombre decente, señor, aunque algo rudo. Creemos que es un marinero.

Dorian se levantó de un salto. Tuvo una terrible esperanza. Se aferró a ella locamente.

—¿Dónde está el cuerpo? —exclamó—. ¡Rápido! Debo verlo inmediatamente.

—Está en un establo vacío de la granja, señor. A la gente no le gusta tener esta clase de cosas en su casa. Dicen que un cadáver trae mala suerte.

—¡La granja! Vamos allí enseguida. Dígale a uno de los mozos que traiga mi caballo. No. No importa. Iré yo mismo a los establos. Así ganaremos tiempo.

En menos de un cuarto de hora, Dorian Gray galopaba por el campo a gran velocidad. Los árboles parecían sucederse como en una procesión espectral y salvajes sombras se cruzaban en su camino. Una vez, la yegua se desvió hacia un poste indicador blanco y casi lo derribó. La azotó con la fusta. El animal salió como una exhalación, cortando el aire. Las piedras saltaban velocísimas bajo sus cascos.

Por fin llegó a la granja. Había dos hombres en el patio. Dorian saltó del caballo y entregó las riendas a uno de ellos. En el establo más alejado brillaba una luz. Algo le dijo que el cuerpo estaba allí. Corrió hacia la puerta y puso la mano sobre el picaporte.

Allí se detuvo un momento, sintiendo que en el descubrimiento que iba a hacer se jugaba la tranquilidad o la destrucción de su vida. Después abrió la puerta y entró.

Sobre una pila de sacos, en un rincón, yacía el cuerpo de un hombre vestido con una camisa vulgar y unos pantalones azules. Le habían colocado sobre el rostro un pañuelo manchado. Ardía junto a él una vela metida en una botella.

233

Dorian Gray se estremeció. Sintió que no era capaz de retirar él mismo el pañuelo y llamó a uno de los criados.

—Levante eso de su cara. Deseo verlo —dijo apoyándose en el marco de la puerta.

Cuando el criado lo hizo, él dio unos pasos hacia adelante. Un grito de alegría salió de sus labios. El hombre que había caído acribillado era James Vane.

Permaneció allí, durante unos minutos, mirando el cadáver. Cuando regresó cabalgando hacia su casa, sus ojos se llenaron de lágrimas, porque sabía que ahora estaba a salvo.

XIX

—No sirve de nada que me diga que va a ser bueno —exclamó lord Henry, introduciendo sus blancos dedos en una copa de cobre llena de agua de rosas—. Es usted perfecto. Se lo ruego, no cambie.

Dorian movió la cabeza.

—No, Henry, he hecho muchas cosas horribles en mi vida. Ya no voy a hacer ninguna más. Empecé mis buenas acciones ayer.

—¿Dónde estuvo ayer?

—En el campo, Henry. Fui a una pequeña posada.

—Mi querido amigo —dijo lord Henry sonriendo—, todos podemos ser buenos en el campo. Allí no hay tentaciones. Ésa es la razón de que la gente que vive fuera de la ciudad esté absolutamente incivilizada. La civilización no es, en absoluto, algo fácil de alcanzar. Solamente hay dos maneras de lograrla: una, siendo culto; otra, estando corrompido. La gente del campo no tiene oportunidad de ser ninguna de estas dos cosas, por eso se ha estancado.

—Cultura y corrupción —replicó Dorian—. Yo sé algo de eso. Ahora me parece terrible que las dos puedan encontrarse juntas porque tengo un nuevo ideal, Henry. Voy a cambiar. Creo que ya he cambiado.

—Todavía no me ha contado cuál ha sido su buena acción. ¿O ha sido más de una? —preguntó su compañero, mientras echaba en un plato una pirámide de rojas fresas y las cubría de azúcar con una cuchara perforada en forma de concha.

—Puedo decírselo a usted, Henry. No es una historia que pueda contar a nadie más. No he querido deshonrar a una mujer. Parece vanidad, pero usted entenderá lo que quiero decir. Es bellísima y se parece extraordinariamente a Sibyl Vane. Creo que fue esto lo que primero me atrajo de ella. Recuerda a Sibyl, ¿verdad? ¡Cuánto tiempo hace de eso! Bueno, Hetty no es una mujer de nuestra clase, desde luego. Es simplemente una muchacha de pueblo, pero la he amado realmente. Estoy seguro de que la he amado. Durante todo este maravilloso mes de mayo que hemos tenido he ido a verla dos o tres veces por semana. Ayer nos encontramos en un pequeño huerto. Las flores de un manzano habían caído sobre su pelo y ella se reía. Íbamos a escaparnos juntos esta mañana al amanecer pero, de pronto, decidí dejarla como una flor, tal como la había conocido.

—Creo que la novedad de la emoción debe de haberle causado un verdadero placer, Dorian —interrumpió lord Henry—, pero puedo terminar su idilio por usted: le ha dado un buen consejo y ha destrozado su corazón. Ése ha sido el principio de su reforma.

—¡Henry, es usted horrible! No debe decir esas cosas atroces. El corazón de Hetty no ha quedado destrozado. Desde luego, ella ha llorado y todo eso, pero no la he hecho desgraciada. Puede vivir, como Perdita, en un jardín de mentas y caléndulas.

—Y llorar por un Florizel que no le ha sido fiel —dijo lord Henry, riéndose y recostándose en su silla—. Mi querido Dorian, tiene usted las ocurrencias más curiosamente infantiles. ¿Cree que esa muchacha se contentará ahora con uno de su clase? Supongo que se casará algún día con un carretero o un burdo campesino. Bueno, el hecho de haberlo conocido a usted y haberlo amado le enseñará a despreciar a su marido y será una desgraciada. Desde el punto de vista moral, no puedo decir que crea mucho en su gran renuncia. Hasta para un principio es muy pobre. Además, ¿cómo sabe usted si ahora Hetty no estará flotando en alguna alberca rodeada de bellas lilas, como Ofelia?

—¡Es usted insoportable, Henry! Se burla de todo y además imagina las más espantosas tragedias. Ahora siento habérselo contado. No me importa lo que diga. Sé que estuve acertado al obrar como lo hice. ¡Pobre Hetty! Cuando pasé a caballo esta mañana por la granja, vi su blanco rostro en la ventana, como un ramo de jazmines. No hablemos más de esto, y no intente persuadirme de que la primera buena acción que he hecho desde hace años, el primer pequeño sacrificio que he efectuado, es en realidad una especie de pecado. Quiero ser mejor. Voy a serlo. Hábleme de usted. ¿Qué ocurre en la ciudad? No he ido al club desde hace días.

—La gente todavía sigue hablando de la desaparición del pobre Basil.

—Creí que ya se habrían cansado de eso —dijo Dorian, sirviéndose un poco de vino y frunciendo un poco el entrecejo.

—Mi querido amigo, sólo han hablado de ello seis semanas, y el público inglés realmente no tiene igual a la hora de concentrar toda su atención en un tema más de tres meses. Sin embargo, han sido afortunados últimamente. Han tenido mi propio divorcio y el suicidio de Alan Campbell. Ahora tienen la misteriosa desaparición de un artista. Scotland Yard todavía insiste en que el hombre del gabán gris que tomó el tren a París la medianoche del 9 de noviembre era el pobre Basil y la policía francesa declara que Basil nunca llegó a París. Supongo que dentro de quince días nos dirán que ha sido visto en San Francisco. Es una cosa curiosa, pero todos los que desaparecen se dice que han sido vistos en San Francisco. Debe de ser una ciudad deliciosa y posee todos los atractivos del mundo futuro.

—¿Qué cree usted que le ha ocurrido a Basil? —preguntó Dorian, levantando su copa de borgoña para mirarla al trasluz y maravillándose de lo fríamente que podía discutir ese asunto.

—No tengo ni la menor idea. Si Basil quiere esconderse, no es asunto mío. Si está muerto, no quiero pensar en ello. La muerte es la única cosa que me aterra. La odio.

—¿Por qué? —preguntó el joven cansadamente.

—Porque —dijo lord Henry, acercando a su nariz una cajita dorada de vinagrillo oloroso— hoy en día se puede sobrevivir a todo excepto a eso. La muerte y la vulgaridad son las dos únicas cosas que no tienen explicación en el siglo XIX. Vayamos a tomar el café a la sala de música, Dorian. Debe tocar para mí algo de Chopin. El hombre con el que se fugó mi mujer interpretaba exquisitamente a Chopin. ¡Pobre Victoria! Yo la quería mucho. La casa está bastante sola sin ella. Desde luego, la vida matrimonial es simplemente una mala costumbre, pero uno siente hasta la pérdida de sus peores costumbres. Quizá sean las que más sentimos perder. Son una parte esencial de nuestra personalidad.

Dorian no dijo nada, pero se levantó de la mesa y pasó a la habitación contigua, se sentó al piano y dejó correr sus dedos por el teclado de marfil blanco y negro. Cuando sirvieron el café, dejó de tocar y, mirando a lord Henry, dijo:

—Henry, ¿no se le ha ocurrido nunca que Basil haya sido asesinado?

Lord Henry bostezó.

—Basil era muy popular y siempre llevaba un reloj Waterbury. ¿Por qué había de ser asesinado? No era bastante inteligente como para tener enemigos. Desde luego, tenía un maravilloso genio para la pintura, pero un hombre puede pintar como Velázquez y, sin embargo, ser lo más torpe posible. Basil lo era realmente. Sólo me interesó una vez, y fue cuando me habló, hace años, de la ardiente admiración que profesaba por usted y de que era el motivo dominante de su arte.

—Yo quería mucho a Basil —dijo Dorian con una nota de tristeza en su voz—. Pero ¿la gente no dice que fue asesinado?

—¡Oh!, algunos periódicos, pero no me parece muy probable. Sé que hay sitios horrorosos en París, pero Basil no era la clase de hombre que acostumbra a frecuentarlos. No tenía curiosidad. Era su principal defecto.

—¿Qué pensaría usted, Henry, si le dijera que asesiné a Basil? —dijo Dorian, observándole fijamente.

—Pensaría, querido amigo, que me está diciendo una cosa que no va con su carácter. Todo crimen es vulgar, así como toda vulgaridad es un crimen. Cometer un crimen, Dorian, no va con usted. Siento herir su vanidad diciéndole esto, pero le aseguro que es cierto. El crimen pertenece exclusivamente a las clases bajas, aunque no lo critico de ninguna forma. Imagino que el crimen es para ellos lo que para nosotros es el arte: simplemente un medio para procurarnos sensaciones extraordinarias.

—¿Un medio para procurarnos sensaciones? ¿Cree usted entonces que un hombre que ha cometido un crimen posiblemente lo vuelva a cometer otra vez? No me diga eso.

—¡Oh! Todo se convierte en placer si se hace a menudo —exclamó lord Henry riendo—. Ése es uno de los secretos más importantes de la vida. Sin embargo, creo que el asesinato es siempre un error. No se debe hacer nada que luego no se pueda comentar después de comer. Pero no hablemos más del pobre Basil. Me gustaría creer que ha tenido un final tan romántico como el que usted sugiere, pero no puedo. Más bien podría creer que se cayó al Sena desde un ómnibus y que el conductor ocultó el asunto para evitar el escándalo. Sí, imagino que ése fue su final. Le veo entre las turbias aguas, con las barcas navegando sobre él y largos juncos enredados en su cabello. ¿Sabe usted que no creo que en el futuro hubiera vuelto a hacer buenos trabajos? Durante los últimos diez años su pintura había decaído mucho.

Dorian suspiró, y lord Henry cruzó la habitación y empezó a acariciar la cabeza de un curioso loro de Java, con plumas grises y cola y cresta rosadas, que se balanceaba sobre un columpio de bambú. Cuando sus puntiagudos dedos lo tocaron, el ave movió los ojos y empezó a mecerse más fuerte hacia adelante y hacia atrás.

—Sí —continuó, volviéndose y sacando el pañuelo del bolsillo—, su pintura iba a la baja. Había perdido todo su valor. Había perdido un ideal. Cuando usted y él dejaron de ser grandes amigos, dejó de ser un gran artista. ¿Qué fue lo que les separó? Supongo que él le aburría. Sin embargo, nunca le olvidó. Es una costumbre que tienen los aburridos. A propósito, ¿qué fue del maravilloso retrato que le hizo? Creo que no lo he vuelto a ver desde que lo terminó. ¡Oh! Ahora recuerdo que hace años me dijo que lo había enviado a Selby y que se había perdido o lo habían robado en el camino. ¿No lo recobró? ¡Qué lástima! Era realmente una obra maestra. Recuerdo que lo quise comprar. Ahora me gustaría haberlo hecho. Fue el mejor periodo de Basil. Desde entonces su pintura se convirtió en esa curiosa mezcla de mal arte y buenas intenciones que siempre hace que a un hombre se le llame artista inglés representativo. ¿Puso anuncios para recuperarlo? Debería haberlo hecho.

—Lo he olvidado —dijo Dorian—. Supongo que lo hice. Pero realmente nunca me gustó. Sentí haber posado para él. El recuerdo de esto me es odioso. ¿Por qué habla de ello? Suele recordarme aquellos curiosos versos... de *Hamlet* creo que son... ¿Qué decían?

Como la pintura de una pena,
un rostro sin corazón.

—Sí, así son.

Lord Henry rio.

—Si un hombre trata la vida artísticamente, su cerebro es como su corazón —contestó, dejándose caer en un sillón.

Dorian Gray movió la cabeza y tocó unos suaves acordes en el piano.

—Como la pintura de una pena —repitió—, un rostro sin corazón.

Lord Henry estaba recostado, mirándole con los ojos semicerrados.

—A propósito, Dorian —dijo después de una pausa—, ¿qué provecho alcanza un hombre que gana el mundo entero y pierde... cómo sigue la frase... su propia alma?

Sonó de pronto una nota discordante y Dorian Gray tuvo un estremecimiento. Por último, inquirió a su amigo:

—¿Por qué me pregunta eso, Henry?

—Mi querido amigo —dijo lord Henry elevando las cejas con sorpresa—, se lo pregunto porque creo que puede contestarme. Eso es todo. Iba yo por el parque el domingo pasado y junto a Marble Arch vi un pequeño grupo de gente que escuchaba a un vulgar charlatán. Al pasar oí al hombre hacer esta pregunta a su auditorio. Me pareció una cosa bastante dramática. Londres es una ciudad muy rica en curiosos efectos de esa clase. Un domingo lluvioso, un extraño cristiano con impermeable, un círculo de caras blancas bajo un techo roto de paraguas y una maravillosa frase lanzada al aire por labios histéricos eran algo muy bueno, a su manera, y enteramente sugestivo. Pensé decirle al profeta que el arte tenía un alma, pero que el hombre no la tenía. Me temo, sin embargo, que no me hubiera entendido.

—No, Henry, el alma es una terrible realidad. Puede ser comprada, vendida y cambiada. Puede ser envenenada o perfeccionada. Hay un alma en cada uno de nosotros. Lo sé.

—¿Está completamente seguro de eso, Dorian?

—Completamente.

—¡Ah! Entonces debe de ser una ilusión. Las cosas que se creen absolutamente ciertas nunca lo son. Ésa es la fatalidad de la fe y la lección de la novela. ¡Qué serio está usted! No se ponga así. ¿Qué tenemos que ver usted y yo con las supersticiones de nuestra época? No, nos hemos librado de la creencia en el alma. Toque algo. Toque un nocturno, Dorian, y mientras toca, dígame en voz baja cómo ha conseguido conservar su juventud. Debe de tener algún secreto. Soy sólo diez años más viejo que usted y estoy arrugado, cansado, amarillo. Usted es realmente maravilloso, Dorian. Nunca me ha parecido tan encantador como esta noche. Me recuerda el día en que lo vi por primera vez. Era un poco regordete de cara, muy tímido y absolutamente extraordinario. Ha cambiado, desde luego, pero no en apariencia. Desearía que me contara su secreto. Por volver a ser joven yo haría cualquier cosa, excepto ejercicio, levantarme temprano y ser respetable. ¡Juventud! No hay nada como ella. Es absurdo hablar de la ignorancia de la juventud. Las únicas opiniones que escucho ahora con respeto son las de la gente que es mucho más joven que yo. Me parece como si fueran superiores a mí. La vida les ha revelado su última maravilla. En cuanto a los de edad, siempre los contradigo. Lo hago por principio. Si les pides su opinión respecto a algo que ocurrió ayer, te dan solamente las opiniones corrientes en 1820, cuando la gente era ignorante, creía en todo y no sabía absolutamente nada. ¡Qué bello es eso que está tocando! Me pregunto si Chopin lo escribiría en Mallorca, con el agua meciéndose alrededor de la villa y la espuma salpicando los cristales. Es maravillosamente romántico. ¡Por fortuna hay un arte que no es imitativo! No se detenga. Quiero oír música esta noche. Me parece como si usted fuera el joven Apolo y yo Marsias, escuchándole. Tengo penas, Dorian, de las que usted no sabe nada. La tragedia de la vejez no es ser viejo, sino haber sido joven. A veces me maravillo de mi propia sinceridad. ¡Ah, Dorian, qué feliz es usted! ¡Qué exquisita vida ha tenido! Lo ha saboreado todo. Ha roto las uvas contra su paladar. Nada se le ha ocultado. Y todo ha sido para usted menos que el sonido de la música. No le ha estropeado. Sigue siendo el mismo.

—No soy el mismo. Henry.

—Sí, es el mismo. Me pregunto cuál será el descanso de su vida. No la estropee con renuncias. En el presente es un tipo perfecto. No se convierta en incompleto. Ahora es usted completamente entero. No mueva la cabeza, lo es. Además, Dorian, no se engañe a sí mismo. La vida no la gobiernan la voluntad y la intención. La vida es una cuestión de nervios, fibras y células lentamente formadas, en los que el pensamiento se esconde y la pasión sueña. Puede usted creerse a salvo y pensar que es fuerte, pero un tono casual de color en una habitación, un cielo luminoso, un perfume particular que usted amó una vez y que le trae sutiles recuerdos, un verso de un olvidado poema que vuelve a su memoria, una cadencia de una pieza musical que había dejado de tocar... se lo digo, Dorian, de todas esas cosas dependen nuestras vidas. Browning escribió algo sobre eso, pero nuestros propios sentidos nos hacen imaginarlo. Hay momentos en que el aroma de las lilas blancas me envuelve y revivo el mes más extraño de mi vida. Desearía poder cambiarme por usted, Dorian. El mundo ha gritado contra nosotros dos, pero a usted siempre le ha adorado. Siempre le adorará. Es usted el tipo que nuestra época estaba buscando y que teme haber encontrado. Estoy contento de que nunca haya hecho nada, de que no haya moldeado una estatua, o pintado un cuadro, o producido otra cosa fuera de su persona. La vida ha sido su arte. Ha compuesto música de usted mismo. Sus días son sus sonetos.

Dorian se levantó del piano y se pasó la mano por el cabello.

—Sí, mi vida ha sido exquisita —murmuró—, pero desde ahora no va a ser la misma, Henry. Y no debe decirme esas cosas extravagantes. Usted no lo sabe todo con respecto a mí. Creo que si lo supiera no querría volver a verme. Se ríe usted. No debería hacerlo.

—¿Por qué ha dejado de tocar, Dorian? Vuelva a interpretar ese nocturno. Mire esa gran luna de color miel que está suspendida en el aire. Está esperando que usted la encante, y si toca, se acercará a la Tierra. ¿No quiere? Vayamos al club entonces. Ha sido una noche encantadora y debemos terminarla encantadoramente. Hay alguien en el White que desea conocerle a toda costa: el joven lord Poole, el hijo mayor de Bournemouth. Ya ha copiado sus corbatas y me ha pedido que se lo presente. Es completamente delicioso y me recuerda bastante a usted.

—Espero que no —dijo Dorian con una expresión triste en los ojos—. Estoy cansado esta noche, Henry. No iré al club. Son cerca de las once y quiero irme temprano a la cama.

—Quédese. Nunca ha tocado tan bien como esta noche. Hay algo maravilloso en su interpretación. Tiene una expresión que no he oído nunca antes.

—Es porque voy a ser bueno —contestó sonriendo—. Estoy ya un poco cambiado.

—Conmigo no puede cambiar, Dorian —dijo lord Henry—. Usted y yo siempre seremos amigos.

—Sin embargo, usted me envenenó una vez con un libro. No puedo perdonarle eso. Henry, prométame que nunca volverá a prestar ese libro a nadie. Es dañino.

—Mi querido amigo, realmente empieza usted a moralizar. Pronto va a ser como los conversos y los predicadores, esa gente que habla contra los pecados que ellos mismos están cansados de cometer. Es usted demasiado delicioso para hacer eso. Además, no sería útil. Usted y yo somos lo que somos y seremos lo que seremos. En cuanto a ser envenenado por un libro, no hay tal cosa. El arte no ejerce influencia sobre los hechos. Aniquila el deseo de actuar. Es soberbiamente estéril. Los libros que el mundo llama inmorales son los que muestran su propia vergüenza. Eso es todo. Pero no discutamos sobre literatura. Vuelva mañana. Saldré a cabalgar a las once. Debemos ir juntos, y después lo llevaré a almorzar con lady Branksome. Es una mujer encantadora y quiere consultarle con respecto a unos tapices que está pensando comprar. Debe venir. ¿O quiere que almorcemos con nuestra pequeña duquesa? Dice que ahora nunca lo ve. ¿Quizá se ha cansado de Gladys? Creo que es eso. Su lengua inteligente le pone a uno nervioso. Bien, en cualquier caso, aquí a las once.

—¿Debo venir realmente, Henry?

—Desde luego. El parque está maravilloso ahora. No creo que haya habido tantas lilas desde el año en que lo conocí.

—Muy bien. Vendré a las once —dijo Dorian—. Buenas noches, Henry.

Llegó a la puerta y vaciló un momento, como si quisiera decir algo más. Después suspiró y salió.

XX

Hacía una noche encantadora, tan cálida que tuvo que echarse el gabán sobre el brazo y ni siquiera se puso la bufanda de seda alrededor del cuello. Mientras caminaba hacia su casa, fumando un cigarrillo, dos jóvenes vestidos con esmoquin pasaron junto a él. Oyó que uno de ellos le susurraba al otro: «Ése es Dorian Gray». Recordaba el placer que solía experimentar cuando la gente lo señalaba, o lo miraba, o hablaba de él. Ahora estaba cansado de oír su nombre. La mitad del encanto del pequeño pueblo donde iba a menudo últimamente consistía en que nadie sabía quién era. Le había dicho frecuentemente a la muchacha a quien había enamorado que era pobre, y ella le creyó. Una vez le dijo que era malo, y ella se había reído, contestándole que la gente mala es siempre vieja y fea. ¡Qué risa tenía! Parecía el canto de un tordo. ¡Y qué bonita estaba con sus vestidos de algodón y sus grandes sombreros! Ella no sabía nada, pero tenía todo lo que él había perdido.

Cuando llegó a su casa, encontró a su criado esperándolo. Lo envió a la cama, se dejó caer en el sofá de la biblioteca y empezó a pensar en las cosas que le había dicho lord Henry.

¿Sería realmente cierto que uno nunca puede cambiar? Anheló intensamente la inmaculada pureza de su infancia, su infancia blanquirrosa, como la llamó una vez lord Henry. Sabía que él mismo la había destrozado, corrompiendo su espíritu y alimentando de horrores su imaginación; que había ejercido una mala influencia sobre los demás, sintiendo una gran alegría al hacerlo, y que, de las vidas que se habían cruzado en su camino, habían sido las más bellas y las más llenas de promesas las que él había hundido en la vergüenza. Pero ¿todo esto era irreparable? ¿No había esperanza para él?

¡Ah! ¡En qué monstruoso momento de pasión y orgullo había rogado que el retrato soportase la carga de sus días y que él se mantuviera en todo el esplendor de la eterna juventud! Todo su fracaso se debía a eso. Mejor hubiese sido para él que cada pecado de su vida hubiera traído consigo su correspondiente castigo. En el castigo había una purificación. La oración de un hombre al más justo Dios debería ser «Castíganos por nuestras iniquidades», y no «Perdónanos nuestros pecados».

El espejo curiosamente trabajado que le había regalado lord Henry hacía muchos años estaba sobre la mesa y los blancos cupidos se reían a su alrededor. Lo tomó, como había hecho aquella noche de horror en que notó por primera vez el cambio de la pintura fatal, y con ardientes lágrimas en los ojos se miró en su pulida superficie. Una vez alguien que le había amado terriblemente le escribió una carta demente, que terminaba con estas idolatradas palabras: «El mundo ha cambiado porque tú estás hecho de marfil y oro. Las curvas de tus labios vuelven a escribir la historia». Las frases volvían a su memoria, y se las repetía a sí mismo una y otra vez. Luego aborreció su propia belleza y arrojó al suelo el espejo, pisando con el tacón los fragmentos plateados. Era su belleza la que le había arruinado, la belleza y la juventud por las que había hecho aquel ruego. Si no hubiera sido por esas dos cosas, su vida podría haber sido sin tacha. Su belleza había sido una máscara y su juventud, una burla. ¿Qué es, como mucho, la juventud? Una época prematura de hechos superficiales y pensamientos enfermizos. ¿Por qué había tenido que vivirla? La juventud le había estropeado.

Era mejor no pensar en el pasado. Nada podía cambiarlo. Era en él mismo y en su propio futuro en quien debía pensar. James Vane estaba enterrado en una tumba sin nombre en el cementerio de Selby. Alan Campbell se había disparado un tiro una noche en su laboratorio, pero no había revelado el secreto que se vio forzado a saber. El revuelo por la desaparición de Basil Hallward pronto pasaría. Estaba ya cesando. Estaba enteramente seguro de ello. Sin embargo, no era la muerte de Basil Hallward lo que más le preocupaba, sino la muerte en vida de su propia alma. Basil había pintado el retrato que manchó su vida. No podía perdonarle eso. Todo había sido culpa del retrato. Basil le había dicho cosas intolerables y, sin embargo, las escuchó con paciencia. El crimen había sido simplemente la locura de un momento. En cuanto a Alan Campbell, su suicidio no le incumbía. Él lo había escogido. La culpa no era suya.

¡Una nueva vida! Eso era lo que quería, lo que estaba esperando. Seguramente la había empezado ya. Había dejado como lo encontró a un ser inocente. Nunca volvería a tentar a la inocencia. Sería bueno.

Cuando pensó en Hetty Merton, empezó a preguntarse si el retrato habría cambiado. Seguramente ya no sería tan horrible. Quizá si su vida se hacía pura expulsaría de su rostro todos los signos de las pasiones malignas. Quizá habrían desaparecido ya. Iría a verlo.

Tomó la lámpara de la mesa y se dirigió escaleras arriba. Cuando llegó a la puerta, una sonrisa de alegría iluminó su rostro extrañamente joven y permaneció allí unos instantes. Sí, sería bueno, y aquella cosa horrible que tenía escondida no volvería a aterrorizarlo más. Sintió como si se hubiera librado ya de su carga.

Entró silenciosamente, cerrando la puerta tras él, como era su costumbre, y tiró de la cortina purpúrea que cubría el retrato. Un grito de dolor y de indignación salió de sus labios. No pudo ver ningún cambio, salvo en los ojos, que tenían una expresión astuta, y en la boca, que estaba curvada por la arruga de la hipocresía. El retrato era igual de horrible, más horrible, si era posible, que antes, y la mancha escarlata de la mano parecía más grande y brillante. Entonces tembló. ¿Fue simplemente vanidad lo que él creyó una buena acción? ¿O el deseo de una nueva sensación, como le había dicho lord Henry con una sonrisa burlona? ¿O esa pasión por los hechos que a veces nos hace efectuar cosas mejores que nosotros mismos? ¿O quizá todo ello? ¿Y por qué era más grande la mancha roja? Parecía haberse extendido horriblemente por sus arrugados dedos. Había también sangre en los pies pintados, como si hubiera goteado; también la mano que no había empuñado el cuchillo estaba manchada de sangre. ¿Confesar? ¿Quería aquello decir que debía confesar? ¿Entregarse y ser condenado a muerte? Se echó a reír. Sintió que la idea era monstruosa. Además, si confesaba, ¿quién iba a creerlo? No había rastro del cadáver por ningún sitio. Todo lo que le pertenecía había sido destruido. Él mismo lo había quemado. La gente pensaría simplemente que estaba loco. Lo encerrarían si persistía en su historia… Sin embargo, era su deber confesar, sufrir la vergüenza pública y también el castigo público. Había un Dios al que se debían decir los pecados en la tierra tanto como en el cielo. Nada podría salvarle hasta que no confesase su pecado. ¿Su pecado? Se encogió de hombros. La muerte de Basil Hallward le parecía muy poca cosa. Estaba pensando en Hetty Merton. El espejo de su alma, que él estaba mirando, era injusto. ¿Vanidad? ¿Curiosidad? ¿Hipocresía? ¿No hubo nada más que eso en su renuncia? Hubo algo más. Al menos, él lo creía así. Pero… ¿quién podía decirlo? No, no había nada más. Por vanidad no la había tocado. Por hipocresía se había ocultado tras la máscara de la bondad. Por curiosidad había intentado la negación de sí mismo. Ahora lo reconocía.

Pero ese crimen, ¿lo iba a perseguir toda su vida? ¿Tendría que soportar siempre su pasado? ¿Debía realmente confesar? Nunca. No había ninguna prueba contra él. El retrato, eso era lo único. Lo destruiría. ¿Por qué lo había conservado tanto tiempo? Antes sentía placer al verlo convertirse en viejo y arrugado. Hacía tiempo que ya no lo sentía. Le quitaba el sueño por la noche. Cuando estaba fuera, se sentía aterrado de que otros ojos pudieran descubrirlo. Había traído la melancolía a sus pasiones. Su simple recuerdo le había estropeado muchos momentos de alegría. Había sido como su conciencia. Sí, había sido su conciencia. Lo destruiría. Miró a su alrededor y vio el cuchillo con el que mató a Basil Hallward. Lo había limpiado muchas veces, hasta que en él no quedó ninguna mancha. Brillaba, relucía. Así como había matado al pintor mataría también su obra y todo lo que significaba. Podía matar el pasado y, cuando estuviera muerto, sería libre. Podía matar su monstruosa alma viviente y, sin su terrible influencia, alcanzaría la paz. Agarró el cuchillo y apuñaló la pintura con él.

Se oyó un grito y el golpe de una caída. El grito fue tan horrible en su agonía que los criados se despertaron y salieron de sus habitaciones. Dos caballeros que pasaban por la plaza se detuvieron y miraron hacia la gran casa. Siguieron andando hasta encontrar a un policía y regresaron con él.

Éste llamó al timbre varias veces, pero no hubo respuesta. Con la excepción de una luz en una de las ventanas altas, la casa estaba completamente oscura. Al cabo de un rato el policía se instaló bajo un pórtico y permaneció observando.

—¿De quién es esa casa, agente? —preguntó el más viejo de los dos caballeros.

—De mister Dorian Gray, señor —contestó el policía.

Los caballeros se miraron uno a otro y siguieron su camino con un gesto despreciativo. Uno de ellos era el tío de sir Henry Ashton.

Dentro de la casa, los criados a medio vestir hablaban en voz baja. La vieja mistress Leaf lloraba y se estrujaba las manos. Francis estaba pálido como un muerto.

Al cabo de un cuarto de hora éste se dirigió al piso de arriba con el cochero y otro de los criados. Llamaron a la puerta, pero nadie contestó. Gritaron desde fuera. Todo estaba tranquilo. Finalmente, después de varios intentos vanos de forzar la puerta, subieron al tejado y se descolgaron hasta el balcón. Las ventanas cedieron fácilmente, pues las cerraduras eran viejas.

Al entrar encontraron, colgado de la pared, un espléndido retrato de su amo, tal como lo habían visto por última vez, en todo el esplendor de su exquisita juventud y belleza. En el suelo, vestido de etiqueta y con un cuchillo clavado en el corazón, yacía muerto un hombre arrugado, viejo y de horrible rostro. No pudieron reconocer quién era, hasta que examinaron sus sortijas.